魔女的诅咒

[日] 绫辻行人 著

刘荣伟 译

浙江人民出版社

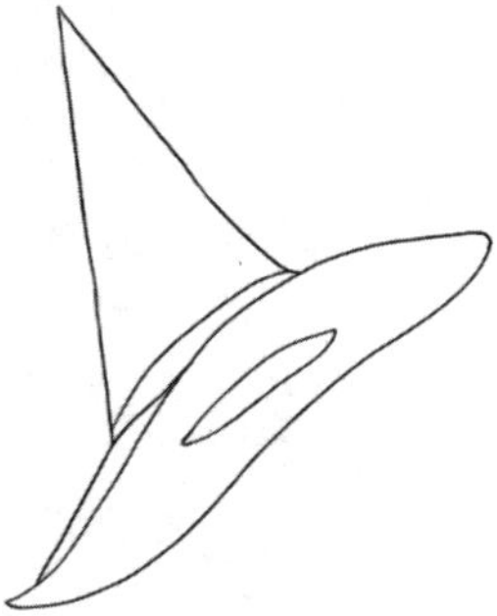

目 录

第一章　魔女学园　/ 005

第二章　打不开的门　/ 051

第三章　魔女之死　/ 087

第四章　红色星期天　/ 121

第五章　疑惑的影子　/ 163

第六章　疯狂的教室　/ 207

第七章　过去的耳语　/ 227

第八章　赎罪的羔羊　/ 263

第九章　魔女们的夜晚　/ 301

第十章　魔性大曝光　/ 337

尾声　/ 401

圣真学生公寓　一层平面图

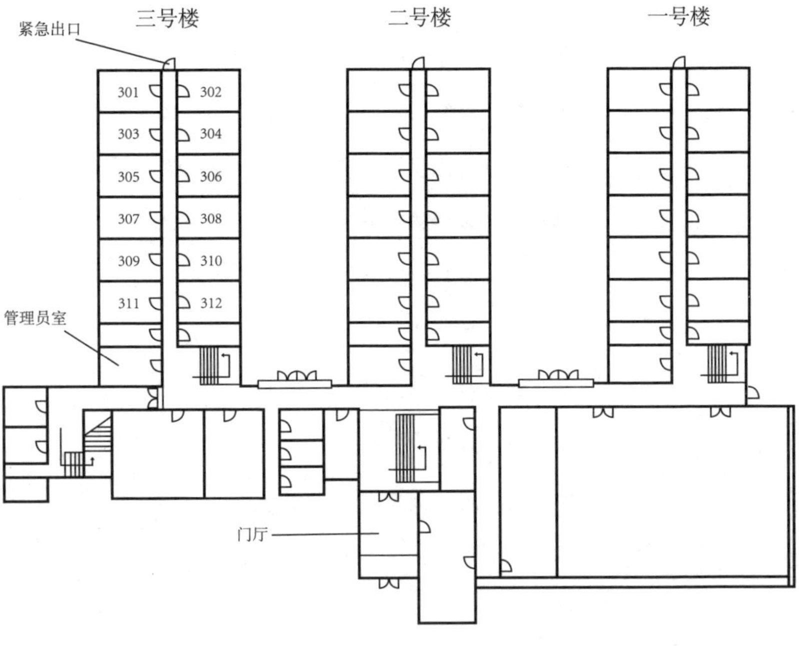

圣真学生公寓　二层平面图

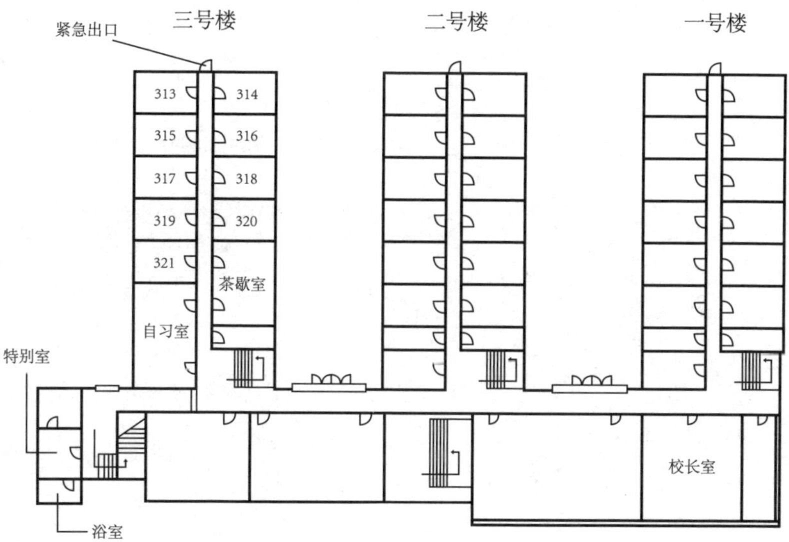

白蝶在空中飞舞。

春日，和煦的南风，微微吹拂；明媚的阳光，静静倾泻。风和日丽，碧空如洗的午后，蝴蝶随风翩翩起舞，宛如被风吹落的花瓣。

宽阔草坪的一隅，树荫下的长椅；少女水汪汪的大眼睛，炯炯发光。在她茶褐色稚嫩的瞳孔中，蝴蝶那微微扇动的白色粉翼，仿佛是跃动在异度空间的精灵。

少女从长椅上站起来，迈着踉跄的脚步，追逐着蝴蝶。

蝴蝶似逃似戏，时而高高飞起，时而又向少女的脚下俯冲而降。最后，蝴蝶婀娜的身躯停落在泛着新绿的树根处。

少女悄悄地蹲下身，屏住呼吸，目不转睛地注视着蝴蝶的粉翼。突然——小小的蝴蝶不知被什么东西瞬间掳掠而去。少女发出一声短促的惊叫。

一股绿色的狂暴意志牢牢地控制着蝴蝶，少女看到了那邪恶的巨大怪物。

蝴蝶一直挣扎着死去。食肉昆虫挥舞着强韧的巨螯“哧、哧”地撕碎了蝴蝶的粉翼。面对猎物，它眼睛无神，只有下颚机械地来回开合……

少女又发出一声惊叫。

她在地面拼命地搜寻，随手捡起一个石块，发疯般地将石块高高地举起，然后狠狠地砸下。一下、两下……

昆虫被砸烂了，圆鼓鼓、肥嘟嘟的大肚囊也裂开了花。突然，从那破碎的肚囊中咕咚咕咚地爬出了一条黑不溜秋的寄生虫。

少女再次举起石块，狠狠地砸着。一次，又一次……直到那个生物完全失去了原形。

——隐约听到有人呼唤她的名字。

“怎么啦？发生什么事了？”

（姐姐……）

“吧嗒”一声，沾满昆虫尸体残骸的石块从少女的手中滑落。

同时，传来一股隐隐的钝痛。她紧握石块的手掌疼痛不已。

少女凝视着自己的手。

晶莹剔透的肌肤已经破裂，鲜红的血正一滴一滴地往外渗。

少女歪着头，似有所思，稚气未脱的嘴角渐渐荡起一丝浅浅的笑意。

从粉红色的手指到指甲，从手腕到小臂，鲜红的血在静静地流。

第一章　魔女学园

1

“咦？好像什么时候见过。”

“怎么想不起来呢，是很久以前的事？还是最近梦中留下的记忆？”粉红色的雨伞下，亭亭玉立的冴子怀着一种不可思议的心情默默地伫立着。

细雨如雾，迎风斜舞。远处是幽幽的群山，苍翠欲滴的森林。在这里，看不到一户人家。

冴子慢慢转身，继续抬眼望去。

一栋古色古香的砖瓦结构的西式洋楼蓦然跃入眼帘，让人不由自主地联想到异国的修道院。古旧褪色的红砖墙上镶嵌着精巧的白色拱形窗。楼房四周全是茂密的树木，遮天蔽日。

大门门柱也用红砖修建而成。右侧门柱上镶嵌着一块青铜牌匾，牌匾上雕刻着“圣真女学园高级中学·圣真学生公寓”一行浮雕大字。

好像什么时候（什么时候……）见过。总有这样一种感觉，一种模糊的记忆，也许以前根本就没有见过，可是，莫名其妙地就有这么一种强烈的感觉。

（难道这就是所谓的似曾相识？）

“看到这么古老的建筑，你一定大吃一惊吧。”与冴子并肩而立的一位身材修长的女士说道。

“这座建筑是大正元年建校时修建的，尽管很古老，但是经过多次修缮，内部的设施还是相当现代化的。”

得意扬扬地说这番话的女士名叫宗像千代，虽然已经五十四岁了，但从外表一点也看不出来。她的头发乌黑而蓬松，尽管脸上的皱纹隐约可见，但面部皮肤却一点都不松弛，端庄的脸庞隐隐地散发着凛凛的威严。特别是从高档金丝边眼镜后面透射过来的那种眼神，犀利得近乎冰冷。

“以前也和你说过，”她的眼神中带着一丝威严，“以前你一直在公立高中走读，初来这里，你可能会觉得这所学校的教育方针、校规以及老师的态度等都过于苛刻，处处受约束、不自由。这一点你一定要有思想准备。”

“是！”

冴子惴惴不安地点头答应着，眼睛却注视着自己紧握伞柄的指尖。

“不管怎么说，你作为我们宗像家的女儿，我欢迎你的到来。不过，你也一定要时时刻刻注意自己的言行，千万不要给宗像家丢脸。”

“是！姨母。”

（千万不要给宗像家丢脸……）

在红色伞影的映照下，冴子的手指被染成了一种颜色。

（啊？红色……）

“我现在有事要去学校，一会儿你要听从公寓接待老师的安排。”

“是！姨母。”

“对了，冴子！”

“啊？”冴子抬头仰视着宗像千代。

“记住！在学校不要叫我姨母。你应该清楚，这里是学校，不是在家里。公、私一定要严格区分开来，明白吗？”

“——噢，明白了。”

避开直视自己的视线，冴子再次低下了头。“是，校长。”

“好，你要努力！如果有什么事需要找我，可以直接去我办公室，晚上的话，可以往我家里打电话。现在，你还有什么问题吗？”

“没有了。”

一丝微笑刚浮上嘴角，宗像千代就敏捷地转过身，一头钻进了那辆正开着车门等待她的黑色进口轿车里。

伴随着发动机的微鸣，汽车飞驰而去。沿着缓缓的坡路爬行二百多米后，汽车向左转弯，接着消失在高大的校门之中。

目送汽车远去后，冴子轻轻地叹了口气，将手提箱换了一下手。

圣真女学园高级中学·圣真学生公寓

冴子再一次凝视着这一行刻在门柱青铜牌匾上的字。

相里市位于关东平原的边缘，从东京出发需要换乘几次火车，需要两个多小时。这是一个可以远眺三国山脉[①]，只有五万人口的小城市，而这所学校位于市郊靠近山脚的地方。

“圣真”是一所相当有名的女子高中。在今年夏天宗像千代来访之前，冴子就听说过这所学校。严格的教育理念是这所学校的招牌。学校的特色是小班制和全寄宿。据说，过去这是一所专门招收关东地区名门贵族家千金小姐的名校，现在的实际情况到底如何暂且不论，但一提起“圣真”这个名字，首先联想到的一定是“贵族女子名校”。默默地站在原地，冴子又发出一声叹息。

---

① 三国山脉，是位于日本群马县与新潟县境内的山脉。

不知为何，她此时的心情无比沉重。

从校门延伸出一条细长的林荫小路，小路的尽头就是公寓的正门。

沏子慢慢地踏上了那条林荫小路。不管心情多么郁闷，现在已经没有退路了。

现在，自己是幸福呢，还是不幸？——不知道。

自己所期望的是什么？自己所担心的又是什么？——也不知道。

此时此刻，沏子唯一清楚知道的就是，对她来说，最大的谜团，不是别的，正是她自己。

2

“是和泉沏子吧！”

刚蹑手蹑脚迈进公寓的大门，沏子突然听到一个异常尖厉的女高音。她猝然一惊，蓦地停下了脚步。

门内一片幽暗、寂静，让人联想到空荡荡的教堂。借助镶嵌在大门两侧彩绘玻璃透射进来的微弱光线，沏子瞪着惊恐的大眼睛四处张望。

进门后，好像是一个大厅。在幽暗深处，一个人影从沙发上站了起来。

“是和泉冴子吧？不是吗？”

“是的，我是……”

看不见对方的脸，只有冰冷的声音肆无忌惮地在空中回响。

“校长没和你一起来？”

“是的，她去学校了。”

“哟，是吗！”

声音的主人一边从幽暗深处向冴子走来，一边说道：“就在那里把鞋脱掉，换上拖鞋。鞋架在那边——你穿左侧最下面那双。”

不容分说的命令口气。

冴子遵照指示换上拖鞋，并把脱下来的鞋放进一大排鞋架中指定的位置。

“到这边来！”声音命令道。

换好拖鞋，冴子的眼睛渐渐适应了幽暗的光线，开始仔细打量对方。原来是一个非常矮、非常矮的中年女人，比身高只有一米五五的冴子还要矮几个档次。微微发胖的身躯穿着素净的短裙和衬衫，上面托着一张没有化过妆的猿猴似的脸，梳着男人似的短发，一双犀利的小眍眼正估价似的打量着冴子。

“我姓原，是你的生活指导老师，教数学。请多关照。”没有一丝暖意，金属般的冰冷声音。

冴子有些惶恐，低着头，默不作声。

“不擅交际的性格啊。”女教师轻轻地抽了一下鼻子，“唉，好吧，先坐下来。”

冴子战战兢兢地坐在了指定的沙发上。

这时，冴子才注意到沙发是豪华的布艺沙发。白色的墙壁上挂着伦勃朗风格的油画，高高的天花板上，垂吊着一盏巨大的水晶灯……这些奢华的装饰放在学生公寓的一角，不禁使冴子产生了一种怪怪的违和感。

突然，原老师的手伸向冴子。想干什么？冴子还来不及细想，那只手就一把狠狠地抓住了冴子的栗色长发。

“啊——”

（干什么？）

原老师毫不客气地揪起头发，把它提到了冴子的鼻尖处。“这卷儿是烫的？”

“不是！”

疼痛使冴子不由得叫出声。

“哼！”

原老师再三抓起头发查看，最后终于“啪”的一下撒开了手。

“严禁烫发！头发是自然卷的要提供书面证明。染发也绝对禁止！你的头发怎么有点发红？”

“是天生的。”冴子细声答道。

“这个，也需要你的监护人提供证明。”

随后，原老师一边擦着扁平的鼻头，一边把身体靠到沙发背上，用目光向前面的茶桌处示意。那里放着一本黑色皮质封面的手册和一本紫色小册子。

“那是《学生手册》和《校规集》。好好学一学。圣真女学园是有着优良传统的名校，在这里就读的都是尊贵人士。如果你还以为这里和你以前的学校一样，那可不行。我们学校的学生都会很自觉地遵守学校的各项规定，你听明白了吗？”

“是。”

“制服已经准备好了，在你的房间里，和你提前托运过来的行李放在一起。去学校的时候一定要穿制服，外出的时候也一定要穿制服。你读了《校规集》就会知道，按照规定这里只允许周末外出，而且需要班主任的批准。私自外出视为逃跑。”

（逃跑……）

“随身物品就这些？”

女教师将目光移到手提箱上。

“是。”

“打开！”

“啊——”

冴子顿时说不出话来。刚才这个人说什么？

“没听见吗？”

“嗯——那个，您是说把手提箱打开吗？”

“你还有其他可以打开的东西吗？”

原老师的小眼睛“啪”的一下翻了个白眼。“有些东西不允许带进宿舍。别磨磨蹭蹭的，快打开！”

冴子提起手提箱，把它放到茶桌上打开。原老师粗鲁地翻动着满箱子的衣物。一会儿，“噌”的一下抽出一条蓝色牛仔裤。

“牛仔裤禁止带入。这个也不行，还有这个，这个。”

结果，运动短裤和紧身衫都被挑了出来。甚至还有去年冬天自己辛辛苦苦织的黄色毛衣和今年春天朋友送给自己的生日礼物——绒毛小猫玩偶……

“别的——好像没了。当然化妆品和花哨的装饰品也绝对不允许带入。收音机、录音机也不行。漫画也不行。杂志和书籍之类的，只能带学校允许的。每周都会抽查一次随身物品。”

原老师把搜出来的东西夹到腋下，“啪”的一下关上了手提箱。“这些会给你寄回家里。好了，走！带你去你的房间。”

说完，原老师站起身，推开门厅内侧一扇陈旧的木门，带着冴子走进了一个更加幽暗的走廊。

“两人一个房间。同寝室的同学正在上课，你见不到。快点换好制服，班主任会来接你。”

公寓内看不到一个人影。现在是上课时间，看不到人影是理所当然的。可是这种奇妙的冷清和凝滞的空气到底是怎么回事呢？在这种幽暗之中，仿佛有幽灵在飘荡。

跟在原老师的身后，顺着宽阔的台阶爬上二楼，冴子忽然有一种囚犯走向监舍的感觉。看着数学老师摇晃着矮墩墩的肩膀、急匆匆走动的背影，冴子不禁联想起丑陋的狱卒。

长长的走廊，铺着深红色的地毯。走到尽头，向右转，还是一条长长的走廊，两侧排列着一扇扇黑色的房门。

“这间。”原老师终于停下脚步，指着一扇门说道。

房间靠近走廊里侧的尽头。315 室。

“我下节有课，先走了。你早点准备好。”

“啊，是！”冴子终于松了一口气，马上回答道。

原老师刚要掉头往回走，又突然回头说道：“托运过来的行李已经检查过了。”说完，若无其事地快步离去。

冴子感到脊背一阵发凉。她一头钻进房间，锁上门，此时此刻，仿佛全身的汗毛都在一根一根地倒竖。泪水一下子涌上了眼眶。

（这里的老师，都这样吗？）

冴子脊背紧倚着房门，轻轻地擦拭着眼泪。

（好像有一种被仇视的感觉。）

她曾听说这是一所异常严格的学校。冴子想起了当初她把转学的消息告诉给之前的高中好友时，从她们口中冒出来的话。

——圣真女学园？那么苛刻的地方！

——对你深表同情！

虽说不是被宗像千代逼着来的，而且自己也做好了心理准备，可是——

冴子的确感到有些异常！至少这里和冴子所理解的“正常”世界差距太远。

过了好久，冴子才平静下来。她一边深呼吸，一边打量着房间。房间很古老，但很宽敞。正面是一扇古典式的白色对开窗，左手边放着两张外国电影中经常出现的欧式古典风格的床。靠门这张床上放着几个纸箱。冴子走到床边，弯下腰，打开纸箱。

里面叠放着整齐的制服。夏装是衬衫和短裙，冬装是西服套装，春秋装是连衣裙。（——*现在该穿哪套呢？*）除了夏装的衬衫是白色的外，其余都是稳重的黑褐色。

纸箱内的东西不只是这些，还有对襟毛衣、风衣、体操服、帽子、书包、鞋、短袜……这些是宗像千代特意为她准备的呢，还是所有这些东西都是学校指定的统一用品？

冴子的手从这些用高档面料做成的衣物上“嗖”的一下抽了回来。

现在自己所接触到的所有东西都是冰冷、没有人性、令人恐惧的。那位老师、这栋建筑……还有这个房间，虽然外表很整齐、干净，但却散发着一种阴郁的气息，令人毛骨悚然。

高高的天花板，光光的地板。窗户的右侧是盥洗池，可是，就连陶瓷面盆那光滑白润的颜色，在冴子看来也隐隐透着一些阴影，给人一种不祥的感觉。衣柜、书桌，每一件家具都古色古香，也许，普通的女孩子会陶醉于这样的环境。制服也是一样，很高档、很时尚，可是，冴子却无论如何也高兴不起来。

突然，响起了咚咚的敲门声。

“啊，来了——”

冴子的身体瞬间僵硬了起来。她朝着门的方向窥视。是原老师折回来了，还是班主任老师来了？

“可以开下门吗？”

听起来不是原老师的声音，是一个温柔、圆润的声音。

冴子悬着的心终于放了下来。尽管如此，她的面部表情依然紧张僵硬。她走向门口，打开房门。

一个穿着灰色衬衫、灰色短裙的娇小女人站在门前，五十岁左右的年纪。花白的头发束在脑后，端庄的脸庞使人联想起她年轻时的美貌，然而，细碎而深刻的皱纹又让人一眼就看出她今生的辛劳和无法抹去的沧桑。

“是原老师告诉我的，所以特意来和你打个招呼。”女人用一种怯怯的眼神看着冴子。

“我是三号楼的宿管员，叫山村丰子。你叫什么名字？”

“我姓和泉，叫和泉冴子。”

“噢！是和泉冴子同学。”

宿管员好像在口中咀嚼食物一样，反复念叨着和泉冴子的名字。

“初来这里，一定很不习惯吧。加油啊！我的房间就在这栋三号楼的一层，下台阶后的正对面。如果公寓生活方面有什么不清楚的地方，可以随时去我房间问我。”她以一种缓慢而没有起伏的语调说道。

“好的。嗯——”

“有什么事吗？”

“您刚才说三号楼？”

“啊——从公寓正面入口的主楼穿过来后，并排有三栋学生公寓楼。最西边的这栋就是三号楼，二年级的学生都住在这栋楼里。每栋楼都有一名宿管员。”

蓦地，山村丰子那刚刚看起来还茫然若失的眼神，突然间闪现出一股不可思议的光芒，瞳孔变得又大又圆，仿佛正在向里面连续不断地吸着什么。那个瞳孔直直地凝视着冴子，好像一刻也不愿岔开。

“怎么了？”

“没，没什么。”

“有点累了吧。”

山村丰子向前一步，贴近冴子，像是要仔细查看冴子的脸。一股暖暖的气息扑到冴子的脸颊。

“你的脸色很不好。是不舒服吗？”

“没——没关系。”

冴子有些不自在，不由向后退了一步。山村丰子略一蹙眉，嘴角的肌肉又马上放松下来，露出了微笑。

“对不起，我多管闲事了。”

“不，不是那个意思……”

“啊，对啦。左侧最里边那个门是卫生间和浴室。傍晚之后才有热水。要注意身体，不要勉强硬撑啊。如果身体不舒服了，不要客气，可以跟我说，也可以跟任课老师说。”

“好，谢谢。”

冴子一边回答，一边露出一个不自然的笑脸。

3

冴子从没有见过如此阴郁的教室。

坐在这里的学生或许没有这种感觉，然而在冴子看来，这里确实缺少一种教室里该有的生气。

宽敞的房间，亮着若干盏荧光灯。尽管如此，整个空间还是显得微微发暗。房间内摆放的桌椅不足四十套，桌椅之间的间隔很大，一律是穿着同样款式白色衬衫的少女们。她们直直地挺着腰板，将双唇全部紧闭成一字形状，面无表情地、静静地、齐刷刷地把目光投射向冴子。

站在讲台旁的冴子，本就娇小的身躯不自禁地又缩了一圈，视线无力地滑落到地面，柔弱的膝盖似乎都在颤抖。

“这位是新来的转校生——和泉冴子同学。”

班主任古山老师把和泉冴子介绍给全班同学。古山老师的年龄往小了猜，大概是三十刚出头的样子。她的脸色很苍白，毫无血色，就像戴了一副能面[①]一样，体形修长而枯瘦。然而，与她柔弱的体形正相反，冴子觉得她的说话方式、语气都与刚刚在公寓里见到的原老师有一个共同点——刻板冷漠。

“……她和高取惠同学住同一个房间。高取惠——哎，高取惠呢？”

午休过后的第五节是英语课，古山老师这时才突然发现高取惠同学不在教室。

“没交请假条吧。她上午来没来？班长！”

“到！”坐在右边最前排的一位同学应声答道。瞬间，在微暗的教室中，“唰”的一下所有的目光又都集中到那里。乌黑油亮的头发在眼睛上方剪成齐刷刷的刘海儿，那是一位让人目瞪口呆的美少女……

“上午的课，她都还在呢。”

那个被称作班长的美少女，用清脆洪亮的嗓音回答道。

“是吗？”古山老师细细的眉毛勾成一个锐角，“真愁人。”

① 能面，能乐面具，日本演员进行能乐表演时佩戴的桧木制成的面具。

就在此时，教室后面的门砰的一声被打开。冷冰冰的目光又齐刷刷地集中到那里。

“对不起！我迟到了。”

一个梳着短发的矮个儿少女走进来说道。她似乎就是高取惠。

“高取惠同学！你为什么迟到？”

古山老师严厉地问道。

“是，嗯——”

少女略显一丝狼狈，然后马上直视老师的脸。“我身体不舒服，去医务室了。”

“课后我会去确认！现在好了吗？”

“是，好多了。”

“归座吧！”

随后，古山老师又重新指着冴子说道：“高取惠同学，她叫和泉冴子。从今天开始和你同住一室。她可能有许多情况不熟悉，请你多帮帮她。”

冴子对着高取惠轻轻地点了一下头，然而，坐在后排座位的高取惠却没有丝毫反应，只是歪着头默默注视着冴子。

此时——冴子感到有一种莫名的东西涌入教室。是什么呢？一种无声的骚动（骚动？），而且，其中似乎还暗藏着白茫茫刺骨的寒意……

冴子抬起头，扫视一眼整齐端坐的同学们。她们安静的眼神似乎没有任何的变化。可是……

（是我神经过敏？）

冴子缓缓地合上了眼睑。

（我是不是过于神经质了？）

“和泉冴子。”

听见古山老师的声音。“怎么啦？”

“没……对不起。”

“你的座位在那儿。第一排，班长城崎绫的邻座。在没领到教材之前，你先和她一起看。班长，你不介意吧。”

黑发美少女默默地点了点头。那张像日本玩偶娃娃一样端庄秀美的脸庞对着冴子微微一笑。

冴子也向她点头致意，然后又将眼睑轻轻地合上。（——骚动渐渐平息。）

冴子偷偷瞥了一眼站在旁边的古山，然后再一次扫视教室。

（到底是怎么回事呢？）

在古山老师的催促下，冴子坐到了自己的座位上。她集中精力，想把刚才那种奇妙的感觉再一次从教室中拾起。然而，毫无效果。教室里依旧是那种寂静、冰冷、凝滞的气氛。

（果然是我神经过敏。）

刚才那种骚动的感觉，其中充斥的绝不是友善，而是异常寒冷、令人讨厌的感觉（敌意？憎恶？）……果真如此的话，那是为什么？

冴子撩起垂在额头的刘海，擦着额头上的汗水。心脏“扑通扑通”的跳动声，听得清清楚楚。

“心情不好还是身体欠安？看你的脸色不佳。”邻座的少女——城崎绫仔细地审视着冴子的脸。

“啊，不……”

（咦？这个人的措辞。）

“不要紧，没什么。”

随后，老师宣布上课。古山老师开始朗读课文。准确、圆润的发音，流畅、自然的语调在教室内回响。

（就像语音教室里的录音磁带——小玄老师可没有这么好。）

冴子不禁想起了以前的高中英语老师。

手中的教鞭就像挥舞的指挥棒，嘶哑的嗓音在声嘶力竭地叫喊。一生气就将手中的粉笔飞出。尽管粉笔头横飞，但学生们私下的悄悄话却屡禁不绝。甚至，用签字笔书写的五颜六色的小纸条还会不停地在书桌间传来传去……

怀着郁闷的心情，冴子侧耳倾听。

而这里，在没有一丝杂音的教室里，只有古山老师那金属般硬质的声音在飘荡。其他什么也感觉不到（除了寂静）。静，出奇地静，仿佛坐在这里的学生都是没有生命的玩偶。

（我所理解的教室，不是这样的。）

（不是这样……）

冴子忽然感觉眼前一片模糊。回荡在教室中的古山老师的声音如耳鸣般，“呼”的一下消失得无影无踪。

冴子紧紧地咬着干燥的嘴唇。

4

下课铃响了，古山老师走出教室。教室的各个角落立即响起低沉的嘈杂声。学生们三三两两地离开座位……

很快，几个学生就把城崎绫的座位围了起来。

“和泉同学，你来自哪里？”城崎绫问道。

似乎就是在等城崎绫开口，围过来的少女们霎时把目光都转移到了冴子的脸上。

“从东京来……”冴子吞吞吐吐地答道。

“这么说，之前你是在东京读的高中？”

“是的，在荻洼附近。”

“我家也在东京。在成城。”

说完，美少女绽出灿烂的笑容。

“好怀念啊。只可惜，在这里只有休长假的时候才能回家。”

冴子也缓缓地回给她一个笑脸。

好久没和同龄少女说话了，冴子多少感觉到一些轻松的气氛。可是——

城崎绫——她的说话方式和口气怎么听都感觉有点做作，根本不像和自己同时代少女的语言。还有，聚集在她周围的少女们都集体保持沉默。（为什么谁也不和我搭话？）仿佛她们在听城崎绫和冴子谈话的同时，在对她进行某种鉴定。

和城崎绫又闲聊了三两句，这时，一个从外面走进来的学生报告说："老师来了。"

然后就一溜儿小跑回到座位。

（这么快就上课了？）

冴子有点纳闷，离第六节上课还有好几分钟呢。城崎绫凑近冴子的脸边，悄悄耳语道："这位老师总是提前五分钟进教室。"

冴子向教室门口望去，在公寓刚刚见过面的教数学的原老师正耸着低矮的肩膀站在门口。

"我是不是跟你们说过！课间休息时间，可不是给你们玩的！"

伴随着尖厉的女高音，原老师手中长长的教鞭不停地敲打着黑板。"没事儿的同学轻一点回到座位，预习！怎么总是这种放暑假的心情！"

咕咚咕咚，桌椅在一阵低鸣之后，安静了下来。在一片安静之中，上课铃声响了。

原老师站在讲台上，用犀利的眼光扫视着全班同学。她的目光捕捉到冴子的脸，一下子停了下来。“和泉冴子！”

冴子的身体顿时抖了起来。原老师大步走到冴子身边。“为什么不把头发扎起来？”

“哎……？”

教室里所有的目光都集中到冴子身上。“叫到你的名字，还不站起来！你想坐着和尊长讲话吗？”冴子慌慌张张地站了起来。

“校规规定，在学校内，发不过肩。如果头发超过肩膀就一定要扎起来或者绾起来。”

“啊，对不起，我不知道。”

“不知道？”

原老师使劲皱起短粗的眉毛，对冴子怒目而视。“怎么回事？发给你的《校规集》中不是写得清清楚楚吗？”

“对不起！”

面对不容分说的口吻，冴子只能低头认错。“我还没看呢。”

“不要找借口，把手伸出来！”

“啊？”

“我说把手向前伸，手心朝上，对，就这样……”原老师一把抓起冴子那细细的手腕，向前拉出。

“啊！疼！……”

一阵撕裂空气的尖啸声划过半空，原老师高举的教鞭，“啪”的一下抽到冴子的手掌心。剧烈的刺痛！冴子惨叫一声，手也条件反射地抽了回来。

原老师依然瞪着冴子。

“今天回到宿舍，马上把《校规集》看一遍。不需要我一个字一个字地教你吧？”

（太过分了。）

冴子看着自己的手掌，被抽打的地方已经肿了起来。“回答！和泉冴子。”

“是！”

“有什么不满吗？”

冴子轻轻地摇了摇头。

“很好。记住，下次再让我发现，我就把你的头发剪掉！”

丢下这句话，原老师返回讲台。冴子无精打采地坐下，将一声长叹咽到肚中。

5

只要原老师站在面前，冴子就感到恐惧，无比的恐惧。整堂课，她都一直提心吊胆，生怕那个尖厉的女高音不知何时再次叫到自己。直到下课，原老师走出教室后许久许久，那种令人痛心的紧张心情还没有放松下来。

很快，刚才那些少女又重新聚集到城崎绫的周围。“我们一起回公寓吧。”

城崎绫招呼着冴子。冴子终于鼓足力气，从座位上站了起来，跟着她们走出了教室。

有高高钟楼的那栋建筑是办公大楼，与其并肩相邻的这栋是教学大楼。由于一个年级只有一个班，在校生人数非常少，因此整个教学区的建筑也都是由优雅舒适的二层小洋楼构成。建筑风格和学生公寓一样，都是古色古香的红色砖瓦建筑。由于学校允许穿鞋进入教学楼，因此教学楼内的木地板在漫长的岁月中经过一次又一次地反复涂刷，从内部渗透出来的油脂就像流淌出来的煤焦油一样乌黑油亮。

雨停了。从朝西的走廊窗口，伴随着夏末的阵阵凉风，射进一缕微弱的阳光。外面传来少女们轻快的说话声和爽朗的笑声……这个校园内，总算有了一些学校应有的生气。可尽管如此，冴子依然隐隐感到有一种阴森抑郁的凝滞气息在四处游荡。

在二楼通向一楼的台阶前，城崎绫停住了脚步。“看来，我得先把大家介绍给你。”

说完，她转身面向跟在她身后的少女们。

“——桑原加乃。”

这是一位中等个儿，苗条匀称的少女，给人一种落落大方的感觉，容貌中透着一种古典美。长而柔顺的头发用一条黑头绳扎起来，垂在肩头。

“——关绿。”

这是一位身材消瘦，满脸雀斑的少女。脸长得有点像男孩儿。身材虽然瘦小却透出一股聪明伶俐的劲头。红褐色的头发满是顽固的自然卷。她戴着一副银边圆形眼镜。

“——中里君江。”

与关绿正好形成强烈反差，这是一位高高胖胖的少女，红彤彤的大脸庞上长着一双小眯缝眼。圆圆的鼻头、厚厚的嘴唇，给人一种强悍的感觉。

“还有，堀江千秋。”

她身材修长，是这几人中个子最高的少女。齐肩的黑发，长眉大嘴，下颌微微突起，和其他少女相比，她看起来更稳重一些。

介绍完这四个人，城崎绫又重新面向冴子。

“请允许我再做一次自我介绍，我叫城崎绫，初次见面，请多关照！”

她的个头比冴子高一些。

“请多关照！”冴子说完这句话，恭恭敬敬地低下了头。城崎绫以灿烂的笑容接受了冴子的敬礼，然后带头向楼梯走去。

（桑原加乃、关绿、中里君江、堀江千秋……）

冴子在心里默默地重复着四人的名字，可不知为什么，总有一种和她们不太融洽的感觉。

刚才在做介绍的时候，这四人都只说了“初次见面”这同样的一句话，而且四人的表情和举止都有一种奇妙的相似感，不，是出奇地相似！

当然，这四人的长相、体形、声音等完全不同，可是（怎么回事呢？）——嘴角的微笑、文雅的举止（……相似）……每个人都是一样，一副“大小姐”的礼仪……

啊，原来都像城崎绫。冴子忽然意识到。

是心理作用吧。也许是因为城崎绫——她的美貌、她的措辞，给自己留下了很深的印象，所以才会有这样的感觉吧。

她们走到室外。

雨后的天空，灰色的云正向远方涌去。回首远望，校舍就像一座豪华的公馆——古旧的红砖墙、白色的拱形窗。眼前，成排的树木舒展着腰肢，精心修整过的绿化带很是精巧，远处是淡墨色的群山和笼罩着校园的深绿色丛林。

“今天吓坏了吧，和泉同学？这里的校规超严厉的。”小瘦子关绿搭话过来。

“是，和以前的学校完全不一样。果然——”

“原老师是最严厉的。她对谁都那样，你不要太在意。刚来就挨了一顿打可能会觉得郁闷，时间一长你就知道啦，那老师就是那个德行，什么忘交作业啦，考试成绩不好啦，只要被她抓住一点把柄，她都会那样对待的……”

“关绿！不要在背后说老师坏话！”城崎绫说道。关绿立即用手把嘴堵住。

“啊，是！对不起！绫大小姐。”

（绫大小姐……）

冴子吃惊地望着城崎绫。城崎绫那白皙透明的脸颊依然保持着微笑的表情。

“不管多么严厉，既然校规这样规定了，那我们就应该严格遵守。如果触犯了校规，受到惩罚也是理所当然的。对于老师们来说，她们也不是因为憎恨我们才斥责我们。桑原加乃，你怎么认为？”

桑原加乃不停地用手指从上到下抚弄着她扎起来的长发。“是，正如绫大小姐说的那样。”

（大家都是同样的说法……）

“中里君江，你的想法呢？”

“正像您所说的那样。”

（同样的说法……）

从教学区到公寓有一条小路，穿过一片幽暗的榉树林，是缓缓的下坡路。中途比较陡峭的地方铺设了工整的石阶。

走了一会儿，小路前方出现分岔口。城崎绫停下脚步，说道：“从这里向右走，是教师公寓。”

教师公寓可能离得比较远，从这里看不到任何大楼的踪影。

"高取惠，是一个什么样的人呢？"

冴子忽然想到这个问题，就随口问道——"啪"的一下，五个少女同时停下了脚步。在短短的一瞬间，出现了一阵微妙的沉默。

"稍微有点古怪。"

城崎绫回答道。她的语气似乎有些吞吞吐吐，话中有话。

"你很快就会了解的。不谈这个，和泉冴子，到我房间喝点茶吧。"

"谢谢了——不过我必须得先回去学习《校规集》，不然的话，说不定马上还会遭到惩罚。"

"是啊。"

城崎绫以一种冷漠的口吻说道："那么，就再找机会吧。"

冴子随着城崎绫她们熟悉了一遍公寓后，双方分手离开。尽管和她们相处时感觉有点不自然，但不管怎么说，能够遇到愿意和自己接触的同学，多少还是有种庆幸的感觉。

和自己同室的少女——高取惠，还没有回来。冴子没有整理东西，想把它推到以后再说，而是迫不及待地捧起了《校规集》。

越往下看，越是叹息不断。条款的数量多得令人头疼和恐惧。《校规集》详细地规定了在教学区、公寓区的全部生活以及外出时涉及的各种场合所必须遵守的行为准则。这时，冴子才知道原来和制服放在一起的所有物品都是"学校指定"使用的东西。

“看一遍根本记不住嘛。”

伴随着叹息声，冴子喃喃自语道。冴子把小册子扣在书桌上，将疲惫的身躯一头扎到床上，慢慢地闭上了眼睛。

（千万不要给宗像家丢脸……）

这所学校的校长，也是自己的姨母——宗像千代说的话，不知不觉地给她施加了很大的压力。

——我希望一切如故，什么也不想知道。（本来也没想知道……）

已经住惯了的荻洼的那个家，还有当中学老师的憨厚父亲，还有一直疼爱自己的温柔的母亲……这一切，回想起来似乎都成了遥远的过去。结果，结果一切都变成了虚幻。短暂的过去、虚幻一样的现实……

眼泪，潸然而下。

6

冴子再次见到高取惠，是在吃过晚饭，从食堂回来之后的事了。

食堂在公寓一层，从门厅进来后顺着走廊右拐，一直走到头就是。宽敞的就餐大厅可以容下全校的学生。华丽的吊灯、厚重的红木大餐桌，这里的装修陈设以及使用的餐具，与冴子心中“学校食堂”的印象大相径庭。

两三个教师模样的女性混杂在众多学生中，正用犀利的眼神巡视着各张餐桌，观察着就餐学生们的一举一动——原来是在监视啊。

冴子拘谨地坐在桌边，一边战战兢兢地向四周窥视，一边迅速吃完了晚饭。当然，她根本不知道饭菜的滋味。其他学生吃完晚饭后，大部分都会留下来继续喝点茶什么的，而冴子却一点心情也没有。

她逃跑似的离开食堂，快步穿过昏暗的走廊，回到房间时，看到一个少女正躺在床上看书。

“晚上好！”

冴子一边看着默默仰视自己的少女的脸，一边笨拙地打着招呼。高取惠用镶嵌着浓密睫毛的乌黑大眼睛盯着冴子。

“我是和泉冴子。以后请多关照！”

高取惠的瞳孔像一汪深邃湖水，有一种说不出的神秘。

她依然没有开口说话的意思，只是直勾勾地盯着冴子的脸。

——如果她不和我说话，我该怎么办？从房间里逃出去？正当冴子开始认真思考这个问题的时候，高取惠开口了。

“好大的眼睛……好神秘的容貌。怎么？没有人这样说过你？”望着冴子目瞪口呆的样子，高取惠的眼睛一下子变成一条可爱的细缝。

“你准备就这样一直粘在门上吗？”说完这句玩笑话，她从床上下来，“喝红茶吗？我有法国馥颂（Fauchon）。”

“——谢谢。给我来一杯吧。”

“杯子！你带杯子来了吗？”

“带了。”冴子离开门口，走向放在床上的行李。

“行啦，别找啦，用我的吧。你最好先把行李收拾好。说不定那个原老太婆明天就来检查呢。”

听到原老师的名字，冴子的身体马上颤抖起来，急急忙忙开始整理纸箱。

“右边那个衣橱是你的。下面第二层那个整理柜你用吧。洗漱用品放到这里。”

高取惠靠在盥洗池旁，一边看着冴子，一边指着头上的梳妆架。旁边的小桌上，电热水壶开始发出令人愉悦的沸腾声。

“——你为什么这个时候转学到这里来？”

高取惠一边沏着茶，一边询问道。冴子停下收拾行李的动作，全身僵硬。

“因为——”

“这几天，一定会有人问你这个问题。当然你也早有思想准备了吧？”

“是因为我被这里的亲戚收养，所以才……”

高取惠瞪大双眼。“那么，你父母……”

“不，不是那样……”

那是两个月前——进入七月份，马上就要开始期末考试的时候。有一天，她从学校回到家，忽然看到家门口停着一辆从没有见过的轿车，一进家门，就看到了母亲那悲伤的眼神……

家中的客人，就是宗像千代。这是你的亲姨妈，妈妈这样介绍道。冴子一下子就蒙了，在她的记忆中，这个女人的名字是第一次听说，这个女人的脸也是第一次见到。

宗像千代凝视着冴子。“我是来接你的。”她说道。

“你父亲已经同意了。”

父亲在她对面站着，弓着背、低着头。她从来没见过父亲的身躯变得如此渺小。

冴子只记得自己当时微微歪着头，像傻瓜一样呆立了良久。不知道这是怎么一回事，也不知道该如何回答。

“对不起了，冴子。”妈妈一边哭，一边说……

“本来想早点告诉你，可是，怎么也张不开口啊。”父亲依然默不作声，低着头，看着脚下，“我这也是迫不得已。”

宗像千代说道：

“和泉先生，你们把冴子养这么大，真是十分感谢。不忍放手也是理所当然的。请原谅我的自私和信口开河，不管怎么说，冴子流的都是我们宗像家的血。”

（我的血是宗像家的？）

听了这话，冴子终于恍然大悟。

（原来我的家不是在这里。）

震惊、疑问、狼狈、悲伤……在这交替变换的情感中，竟然有“果然如此”的感觉，这是为什么？（为什么？）

一直以为的亲生父母、朋友、学校，还有那熟悉的街道……虽然不敢大声说出对这些的喜爱，但是，所有的这一切，冴子确实是真的打心眼里喜欢。然而……

“茶沏好了，放几块糖？”

高取惠的声音打断了冴子的回忆。不知不觉，冴子的眼眶中早已噙满了泪水。

“你好像有什么心事啊。”

高取惠一边把茶杯递过来，一边说道。

“不方便的话我就不问了。来这所学校读书的，都或多或少有各种难言之隐。学费贵得离谱，虽然这也意味着这里是贵族小姐云集的地方，但是，实际上这里的情况和外界的想象却是大相径庭。”

“原来是这样啊。”

“华丽的监狱。至少，对于我来说是这样。”

高取惠的嘴唇像涂了口红一样，鲜亮红润。她个头比冴子稍微矮一点，脖颈像日本玩偶娃娃一样纤细柔弱，一副小妖精的模样。

稍微有点古怪，城崎绫这样评价高取惠。

果然，高取惠的气质和城崎绫以及她周围的少女们完全不同，奇妙般清醒的思维、玩世不恭的口吻、忧郁的神情……可是，冴子觉得她不是坏人。

“你的鼻子像赫本。”

冴子突然想到，就随口说了出来。“哎？像谁？”

“赫本，奥黛丽 · 赫本。”

“你竟能说出这么古老的人名？”

高取惠一边耸着肩，一边绽开了笑容。“其实，我哥哥也这么说过。”

“你哥哥？”

“他今年春天大学刚毕业，正在准备参加司法考试。”

“啊？将来想当律师？”

“不，他想当检察官。他说，这样的话就可以收拾像我父亲那样缺德的议员了。他年纪轻轻，是个浪漫主义者。”高取惠轻轻地抿了一口热茶。

“我们兄妹，是不是有点变态啊。我俩都恨父亲。”

“恨？”

听到这些意想不到的话，冴子有些不知所措。高取惠却毫不在乎地继续说道：

“母亲死得早，父亲是很有权势的议员，在外面有好几个情人，她们整天缠着他，所以父亲几乎不回家。也就是说，我和哥哥成了他的累赘。因此，他把我送进了这所寄宿制高中。当然了，从表面上看，他是为女儿着想，是为了让女儿接受严格的教育。

“我说得有点多了，冷不丁听到这样的牢骚，你一定很吃惊吧。”

“嗯——有点。”

“那些人，都说了些什么？关于我的事。”

“啊——？”

“今天你们不是在一起说话了吗？咱们班的城崎绫她们。”

“啊——”

（有点古怪的人……）

（真的是那样吗？）

“不过，没说你什么。”冴子回答道。

“不用不好意思说。”

高取惠再一次直勾勾地盯着冴子的脸。片刻之后，她用阴郁而又凝重的腔调说道：

“这所学校已经疯了。我想过几天你就会明白了——对了，至少暂时这段时间，你不要和我太亲近。”

“哎？”

冴子不禁反问道：“为什么？”

“所以说，过几天你就会明白了。”

“过几天？可是……”

“这是忠告，你一定要老老实实地接受我的忠告。如若不然，你一定会后悔的。”

高取惠把茶杯放到床头的台灯下面，再次躺到床上，随后，一手拿起刚才没看完的书，压低嗓音，自言自语似的说道：

“我是魔女呀！”

7

在高取惠的劝说下，冴子先去洗澡。

房间内的卫生间和浴室好像都是最近才增设的。虽然和这栋古典洋楼的风格不相称，而且又是最普通的那种整体式卫浴设计，但是，这在冴子看来却十分难得。

冴子一边冲着热水澡，一边尽情地伸展着四肢。全身各处，都感到僵硬和疼痛。

（现在爸爸妈妈在干什么呢……）

冴子平时很少和父母聊天。父亲在家里是个沉默寡言的男人。温柔的母亲总爱找冴子聊天，冴子虽然很高兴，但她却不善于把自己内心的喜悦表达给母亲。

这一点，对于学校的老师和朋友们来说也是一样。他们都说，虽然冴子心里喜欢，但她却不知道怎样将其完美地表达出来。

因此，总的来说，冴子是一个孤独的少女。然而对她自己来说，她却喜欢这种孤独，她在孤独之中常常会体验到一种无上的愉悦。只是——

只是，在那段无声无息、平淡无奇的日子中，偶尔会有一种莫名其妙的东西（不安？）涌上心头——对，那种感觉就是不安。令人心神不宁、噩梦似的无形的预感……

当她突然听说自己的身世后，瞬间想到的就是“果然如此”。这莫非是缘于内心的不安?

“宗像老师对我有特殊的恩情。”

那天，当她与宗像千代第一次见面后，父亲耷拉着头，讷讷地说道：

“已经是十二年前的事了。冴子，你的亲生父母，还有比你大两岁的姐姐，在一次事故中都去世了。你死去的母亲叫加代，是今天来访的千代老师的妹妹。当时，由于他们家有特殊情况，所以不能收养你，于是他们就找到我们夫妇，问我们能否收养你做养女。”

十二年前——还是冴子上小学之前的事情了。

那个时候，还有那之前——不，就连小学三年级以前的记忆，对于冴子来说都异常模糊，这一点，冴子以前就感觉到了。其实，与其说是模糊，不如说是空白。可是，冴子对于这一点却没有过任何的怀疑。她想，也许别人对小时候的记忆也是这样的吧。可是……

造成父母和姐姐一起死亡的那个事故，到底是什么样的事故呢——对于自己的提问，谁都没有回答。

养父默默地摇着头。是他知道不想说呢，还是他压根儿就不知道？

（为什么我自己一点印象也没有呢？）

让她一次失去所有至亲的事故，即使她再小……为什么……

（为什么？）

就这样，冴子回到了宗像家。

从宗像千代来访那天开始，冴子一直恍恍惚惚，仿佛一直在梦中彷徨。在捉摸不定的世界中，捉摸不定的自己思考着捉摸不定的前程，茫然不知最终的自己将会流落到何方——就是这样一种心情……

冴子一边用浴巾擦拭着发热的身体，一边望着墙壁上模糊的镜子。冴子悄悄地伸出手，擦去镜子上的水汽。

一头飘逸的长发从脖颈滑过瘦肩，滑过洁白湿润的肌肤，在小小的乳房前飘动。细细的手腕，细细的脚踝，虽说还缺少一种成熟女性的魅力，但绝对是一副精美的中性身躯。小巧的脸庞上，长着一双出奇的双眼皮大眼睛。面对自己镜中的身影，一种恐惧和不安袭上心头，冴子的眼神渐渐变得飘忽起来……

突然，小腹部感到一阵沉重的钝痛。

（讨厌。还没到日子怎么就……）

自从初一那年的春天开始，这种熟悉的感觉已经有好几年了。肚子好像灌了铅似的，沉重地钝痛。这种痛——预告着例假的开始。

例假来了——

……圣诞……

冴子不禁叹了一口长气。

例假（啊……）——红色（鲜红……），闹心的时候又来了……

……快乐……

冴子再次望向镜子。镜子表面又开始模糊不清。镜子对面，一个模模糊糊的白色影子在晃动。

（这是谁？这是什么？）

冴子心中充满了谜团。

“你认为这所学校怎么样？”

十一点熄灯。冴子刚钻进被窝，高取惠就用一本正经的口吻搭话过来。

“怎么说呢？”

借助外面路灯透过窗帘照射进来的微弱光线，可以看见微微发白的天花板。冴子直盯盯地望着天花板，思考着如何回答。

“今天刚来，还不好说。不过，和以前的高中相比，果然是太严厉了。”

“岂止严厉？”

高取惠立即接话道。“《校规集》——你都看过了吧。”

“嗯。”

“可是那上面没有写，当你触犯这些规则的时候，即使是一丁点的小事都会受到相应的惩罚。”

“惩罚？”

“比如，课堂上罚站啦，罚跪啦。像今天你挨教鞭这样的惩罚都是家常便饭。甚至真的有过剪人头发，还有把水桶里的水泼到头顶上的惩罚，最恐怖的是，还有禁闭室。”

“禁闭室？”

“在这栋楼的后面，有一座像过去那种泥灰墙储物间似的建筑。如果受到禁闭处罚，就要被关到那里面待上几天。学生们都把那里称作‘单身牢房’。”

“单身牢房……”

冴子蜷曲在被窝中的身体已经开始瑟瑟发抖。高取惠继续说道：

“再说啦，规则，不仅仅来自老师那一方面。她们——我们班那些女生的说话方式，你不感到吃惊吗？”

“嗯——这里的人，怎么都那样？”

“没想到吧。”

一声冷笑，轻轻地传来。“我和她们不一样吧？”

“是。”

“就算是有钱人家的女儿，现如今也根本没有传说中的那种大小姐了。一个两个就不说了，我们班的女孩，几乎都是那样。”

“啊，是吗……”

“不仅如此，而且，大家都在玩‘模拟游戏’。”

“模拟游戏？”

“是。模拟大小姐的游戏。怎么解释呢，就是大家都戴着大小姐的面具。”

（面具……）

（全都是一样的……）

“可是，为什么会那样呢？”

“说来话长——大家刚入学的时候并不这样。去年秋天，城崎绫转学到这里，大概到冬天的时候，大家就变成那样了。”

“城崎绫？”

“是的。她……”

说到一半，高取惠突然停了下来。

“嗯，这个嘛，过几天你也会知道的。现在你可不要想太多。”

“可是……”

“这里已经疯了，我刚才这样说过吧。至于起因，我想一定是因为这种极端严厉的管理方式。也许，这是必然的。”

高取惠说的这些话，冴子并不太明白。正当她不知道该如何提问的时候，高取惠冷不丁提高声调问道：

“圣魔女学园。明白吗？”

“圣魔女……？”

“这所学校的名称啊。”

说完，高取惠轻声地笑了起来。“圣真女学园。在‘圣’字后面断开。把‘真’字读作‘魔’，恶魔的魔。这样就变成‘圣·魔女学园’[①]。”

“魔女……”

“很多学生都这样称呼这所学校。多贴切啊。”

“为什么会想到‘魔女’这个词？”

刚才高取惠也把她自己称作“魔女”。这到底是怎么回事呢？

“怎么？你不觉得用这个词来形容我们学校最贴切吗？这样的建筑，这样的老师们……看，多么像《阴风阵阵》中那所芭蕾舞学校的氛围。”

（阴风阵阵？）

这是意大利一部有名的恐怖电影的片名。冴子缺乏这方面的知识。

“而且，我们这所学校，也有类似的隐情，也有一个魔女的

① 日语中，“真”和“魔”有发音相同的情况。

传说。”

“哎呀！受不了了，我对这方面特敏感，特害怕。”

“是嘛。”

高取惠骨碌一下转过身去。

“那就不和你说了。过几天一定会有人和你提起这个半有趣半恐怖的话题。我想哪所学校都可能有这样的怪谈，你最好是左耳进，右耳出。不过——”

“什么？”

“魔女——还是真的有。你最好小心点。”

高取惠在说什么？她到底想说什么？

魔女——魔女学园——谜一样不祥的回荡声，与冴子心中固有的那种忐忑渐渐产生了共鸣。有点——（奇怪）不正常，（奇怪）不寻常……

“怪吧！我这个人。”

高取惠一边自嘲地笑着，一边说道。

“刚才还警告你不要和我太亲近，可我却和你说了这么多。明知道你应该很累了。对不起，你困了吧？”

“不，没关系……”

“唉，奇怪。我好像挺喜欢你的。”说完，高取惠轻轻打了一个哈欠。

“晚安。闹钟我已经定好了。睡过头可是严重违规事件啊。”

“晚安。”

夜深人静——在出奇的寂静中充斥着无边无际的黑暗，夜越来越深。躺在床上，冴子使劲儿地闭上眼睛，渐渐恍然入梦。

咚、咚、咚、咚……

宽敞的单人房间——白色的针织窗帘随风翻卷，射进来的夕阳，所照之处，一片殷红。

咚、咚、咚、咚……

少女一边侧耳细听，一边离开高高的椅子，迈着踉踉跄跄的脚步，向着窗户旁边的桌子走去。

咚、咚、咚、咚……

微微的、轻轻的，像脉搏跳动的声音。在身体内，胸膛的深处，总能听到这样一种不可思议的声音。

有什么东西，好像有什么东西在那里，在我的身体里，发出那种不可思议的声音——难道是从吞噬白色蝴蝶的那个怪物的大肚囊中咕咚咕咚爬出来的那条黑不溜秋的寄生虫？在我的心里……

（不是。不是。）

因为，姐姐说过，胸膛里面是“心脏”，是心脏在跳动。由于心脏的跳动，血才能够在身体内流动。因为血在流动，所以人才能够活着。

桌子上，有一个铅笔刀。小小刀片上那银色的刀刃，在夕阳下闪着红光。

少女神奇地取下了刀片。笨拙的手势，好像是在那里，举行着某种仪式。

血——红色、鲜红，和夕阳的余晖是同一种颜色……

咚、咚、咚、咚……

没有丝毫的变化，那个声音还在持续。

红色的血，在手掌上颤动。少女，静静地凝视着。

第二章　打不开的门

1

第二天早上，像电话铃一样尖锐的闹铃声响起。

“早上好！睡得好吗？”

高取惠已经起床，也已经洗漱完毕。

“是……”

冴子一边坐起来，一边点着头。清晨的光线射进来，屋里一片明亮。睡得这么香，超出了冴子的想象。然而，冴子的心情有一点不清爽。栖息在小腹深处那种惯例式的疼痛，使身体变得异常沉重。“早餐从七点开始，在食堂就餐。八点五十分打预备铃。”

“现在是几点？”

“七点半。”高取惠一边往电热水壶里倒水，一边说道，“你赶紧起床，收拾收拾，早点下去吧。到八点人就多了。”

“你呢？”

“我经常不吃早餐，只在这儿喝茶。实际上，不去吃早餐，也算违反校规的。”

“那我也不去吃了……然后，我们一起去上学。”

“不行。看你这么瘦，不好好吃饭可不行。而且，昨晚我不是和你说了吗？”

高取惠用她那乌黑的大眼睛严肃地注视着冴子。“千万不要和我亲近——哪怕有一点点，能够被别人看出来的亲近举动也不行。”

“可是……”

“好啦，别说啦。赶紧换衣服去食堂。你还没有习惯这里的生活，今天一整天都会很紧张，一定！”

正如高取惠所说，八点一过，食堂立即嘈杂起来。

穿着同样制服的少女们鱼贯而入，一个也不认识。冴子想从中寻找一下昨天认识的人，可是马上就打消了这个念头。即使找到了，自己也没有勇气主动去和她们说话。

与高取惠告别走出房间后，冴子的心情越发沮丧。她觉得和新同学交往很难。

（为什么？）

不用问，原因也是知道的。

沉重、断续的疼痛——在那里，在内心深处，一个不祥的阴影在晃动，一种鲜艳的色彩在渗透，在扩散。红色的阴影、红色的预感、红色的耳语，红色、红色。

（红色……）

……

（好可怕。）

冴子坐在一张靠窗的大餐桌一角。早餐只吃了一点烤面包。她一边咬着橙汁的吸管，一边茫然地看着窗外。窗外是一个美丽的大花园。

修剪得整齐低矮的绿树丛，像几道围墙，排列井然。散落在其中的花坛，开满了鲜花，白色的玫瑰花……

天气真好。绿色的大地，洒满了金色的朝阳。然而，对于心情郁闷的冴子来说，这样的风景过于明亮，过于晃眼。

“坐在这里可以吗？”

顺着柔和的声音望去，冴子看到了一张面熟的脸。“哎，可以。你是——你是桑原加乃吧。”

“叫我加乃吧。”

桑原加乃把放有早餐的托盘轻轻放到餐桌上，挨着冴子坐了下来。白皙光滑的瓜子脸上，长着一对细丝一样的眉毛。她一边用细长清澈的眼睛盯着冴子，一边说道：

“想什么呢？看你好像有什么烦心事吧。”冴子苦笑着摇了摇头。“《校规集》都看完了？”

“嗯，看了一遍。”

冴子一边捋着头发，一边说道，“唉，好像太……”

“嗯，特别是刚开始的时候，都是这样的感觉。”桑原加乃安慰似的微笑着说道：

“我刚入学的时候，好长一段时间，也是相当郁闷。我总在想，虽说这是以严格著称的传统名校，但还是严厉得过分了。因此，那段时间我每天想的事情就是——怎样才能从这里逃出去！”

“是这样啊。”

“大家都是一样。昨天和你说话的关绿、中里君江、堀江千秋，她们也是一样。我们班有好几个人都得神经官能症了。”

“城崎绫，也是这样吗？”

“绫大小姐——是啊，虽然她表面不表现出来……不过确实，她太强了。”

“强？”

“是的。这种说法很奇怪吧。”桑原加乃一直注视着窗外，“你喜欢玫瑰？”

“是的。很漂亮的花园。”

“人们常说，越是危险的东西越美丽。如果花刺有毒的话，是不是会加倍美丽呢？”

桑原加乃缓缓地眨了一下眼，然后用一种唐突的语气问道：

“昨晚，你休息得好吗？”

“嗯，相当不错。”

“和同寝室的人说话了吗？”

“高取惠……”

冴子斜视着桑原加乃的小嘴。“昨天，关于高取惠，城崎绫说她有点古怪。确实，我也感到她有点怪。”

“怎么个怪法？”

“比如说，她说自己是魔女啦。”

桑原加乃握着黄油刀的手，蓦地停在了空中。

“哎呀，那个事……”

“到底是什么意思呢？问她她也不告诉我。加乃，你知道是怎么回事吗？”

“啊——”

桑原加乃长出了一口气，把视线转到了窗外。“我，我和她关系不好。”

“为什么？”

“她也很强，但是和绫大小姐正好是相反的类型，怎么说呢——就是有一种令人恐惧的感觉，对吧？”

“可是，我感觉，她不是一个坏人。”冴子情不自禁地加重了语气。

“尽管现在还不太了解她，不过，我感觉还是能够和她成为好朋友的。”

冴子说完,昨天晚上高取惠多次告诫自己的话突然浮上脑海。

“千万不要和我亲近……”

（为什么那样？因为你是“魔女”？）

冴子悄悄地窥视着桑原加乃的反应。桑原加乃歪着头，向一旁斜视着，仿佛在隐藏着某种困惑，虽然脸上仍露着淡淡的微笑。

2

“公元一九八六年九月十二日（星期五）——”

冴子一边看着黑板右侧标记的日期，一边陷入了沉思。小腹部的疼痛依然如故，湿漉漉的、迟缓的、懒倦的、沉重的。

（将来，我会变成什么样呢？）

还要在这所学校，那栋公寓，还有那些几乎令人窒息的规则和惩罚的束缚中，度过一年半多的光阴。毕业后，也许会进入宗像家所期待的女子大学。那时候，自己可能已经不是和泉冴子了（宗像冴子……）。不久之后，他们一定会为自己寻找一个和宗像家门当户对的结婚对象，然后将他招赘入户。

（不管怎么说，这所学校都是我人生的一个分水岭。）

冴子回忆起了前天的事情。

她在宗像千代的带领下，来到了宗像家。那是一座位于相里市最好地段的大宅院。穿过一个像学校操场那么大的私家花园，推开一扇巨大的房门，在一间宽敞豪华的房间里，冴子见到了一位老人。

宗像伦太郎——千代的父亲，冴子的外公。这个男人现在是圣真女学园高级中学的理事长，也是前任市长。

长期以来，在本地握有极大权力并享有巨大财富，可以随心所欲、叱咤风云的老人，脸上已是布满皱纹，他用一双透视似的眼睛，上下打量着冴子，然后用低沉嘶哑的声音说道：

“这就是加代的女儿？像她妈妈，也长着一双不可思议的眼睛啊。”

结果，在短暂的会面中，老人就说了这么几句话。然后宗像千代向他汇报了两三件事务性的工作，老人也只是默默地点着头……

“自从你母亲死后，你外公几乎病了一年。从那之后就几乎不再和别人见面了。”宗像千代说道。

“他虽不好相处，但你不要害怕，你是有着他血统的外孙女。”

既然如此，那他为什么在十二年前把这个外孙女送给了和泉家？……冴子想问，但却张不开口。她知道，即使问了也得不到回答。

那一天，冴子还见到了宗像千代的丈夫——宗像庄司。

凭借宗像伦太郎的背景，他在市议会里是大权在握的实力派，也是下一届市长的候选人。宗像庄司头发花白，性情温厚，有着绅士风度。

“今后你就叫我爸爸吧，也可以和我撒撒娇。”他慈祥和蔼地说道。就这样被收养，冴子怎么也高兴不起来。

宗像千代和庄司没有孩子。冴子会被宗像家接回来，这是其中一个重要原因。为了宗像家的血脉不断绝——正是因为如此，他们才把已经送出去的外孙女又强行要了回来……（原来如此啊！）

也许正因如此，冴子并不怨恨他们。对于轻易就把自己放手的和泉家的养父养母，冴子也丝毫没有责怪他们的想法。只是，由于此前一直生活在虚幻的现实中，环境的突然变化，对于一个只有十七岁的少女来说，没有任何心理抵触就立即接受也是不可能的。

巨大的院落、在这个城市中说一不二的外祖父、冷静睿智的姨母，还有她的丈夫，所有的这一切，都让冴子感到困惑，感到胆怯。而且，比这些更让冴子感到疑惑不解的是——流淌在自己身体内的血，和这个陌生环境中所居住的人竟然是同一个血脉，真是个不可思议的事实……

“和泉冴子！你发什么呆！”一个尖厉的女高音在头顶响起。

坏了。抬眼一看，是原老师那张可怕的脸。第三节课。天天都有的数学课——

“是！没，没……”

“没什么没？那好，到前边来，把下一道题解出来！”

“啊？是！”

虽然这样回答着，可冴子根本不知道是哪道题。邻桌的城崎绫用手指指着课本，把问题序号告诉了战战兢兢的冴子。

冴子拿起课本，走向黑板。

嘶——冴子感到一阵把身体向下拉扯的钝痛——此时，疼痛愈加强烈。

幸亏，这道题冴子有印象。如果是这道题的话，自己能够做出来。冴子一边握着粉笔，一边思考着。然而——

在解题过程中，疼痛越来越强烈。

马上就要来了——刚想到这里，更加……冷汗从全身渗了出来，脚在颤抖，眼前变得模糊起来，甚至耳鸣也开始了。

冴子再也坚持不住了，腿一软，蹲坐到地上。

“怎么啦？”原老师问道。

“我——不舒服。”

原老师哼着鼻子。

“不会就是不会！为什么不说实话？”

“不是那样……”

“上课的时候心不在焉，所以你才不会。不会就应该坦率地承认并认错。你以为用装病来搪塞就能逃过去？”

教鞭“啪”的一下抽打到讲台上。

“你已经不是小学生了，还用装病这种小把戏，你应该感到羞耻！”

冴子顿时怒火中烧，直视着原老师的眼睛，想要反驳。但是，疼痛让她说不出话来。

“怎么？你！还想跟我辩驳？”

原老师又把教鞭在讲台上使劲地敲了一下。

“和泉冴子！这个时候，我不得不说了。你不要以为自己是校长的外甥女，老师就可以对你特殊照顾，那样想是大错而特错！从昨天开始，你那种态度，在我看来就是撒娇！你要再不紧张起来，哼！”

（说得太过分了。）

冴子屈膝蹲在地上，眼睛看着黑漆漆的地板，紧紧地咬着嘴唇，眼中噙满苦涩的泪水。疼痛越来越猛烈，就像被狠狠鞭打的烈马在奔腾一样。一阵眩晕，冴子感到天旋地转。

“喂！为什么一言不发！如果认识到错误了，就赶紧谢罪！”冴子想回答，可喉咙却好像被什么东西堵住了，发不出声来。“真不是个诚实的孩子。”

原老师一边喘着粗气，一边走近冴子，把她那只沾满粉笔灰的右手伸向蹲坐在地上的冴子头部，一把抓住头发，猛地一使劲，把冴子的脸提了起来。

“你能不能说点什么？哎呀哎呀，哭啦！这是你哭就能饶恕的问题吗？”

（太过分了……）

“快！快道歉！现在道歉，我还可以原谅你。不然的话……”

“老师！”随着一声大叫，一名学生从座位上站起来。原老师放下冴子的头发，眉毛拧成了倒八字。

“什么事？高取惠！”

“够了，住手吧。不分青红皂白就开始责难，你不觉得过分吗？”

高取惠用严肃的语调说道。教室内所有的人都大吃一惊。原老师瞬间变得呆若木鸡。

然后，高取惠从后边的座位上径直走上前，贴着原老师的鼻尖走过，来到冴子身旁。

“不要紧吧，冴子？”

她仔细观察着正用力捂着肚子蹲坐在地上的冴子的脸，“出这么多汗。”

“不要紧。”

“说什么呢。你的脸已经苍白成这样了。”高取惠挑战似的转向原老师，“你说她装病？老师，你没看见她的脸色吗？如果不早点送到医务室，万一发生什么意外，老师！这可都是你的责任啊！”

“啊——啊啊，是，是啊。”原老师看起来有些惊慌失措。

“我带她去看病。课后，你去医务室确认吧。”

不等老师回答，高取惠就挽着冴子的胳膊把她搀起来。鸦雀无声的教室里顿时泛起了一阵低沉的嘈杂声。

在教室内所有目光的注视下，冴子在高取惠的搀扶下，走出了教室。

3

校医名叫冈田，与想象的相反，是一位恬静文雅的女性。她用哄小孩似的语气询问着冴子的病情，然后给她开了一些止痛药和营养药。冈田说这是痛经加上神经紧张造成的贫血。

接着，她以作为健康管理参考的名义，询问了冴子的月经周期和每个月的大致预测日期。冴子漫不经心说出的数字，她都认真地记到了笔记本上。

随后，趁着冈田离开房间的机会，冴子好奇地偷偷看了一眼留在桌上的那个笔记本……

“哎？什么？”

那是全校学生的花名册。可是，在学生姓名的后面，是一排用红笔书写的密密麻麻的数字……

原来所有学生的月经日期，都被记录了下来。

（健康管理的参考——就是这个？）

冴子惊呆了。同时，一种近乎恐怖的不快感使她“唰”的一下扬起了头。

（原来在全面监视着学生啊。）

（可以预防请假的借口？及时发现和男人之间的不正当关系？别这么过分好不好……）

午休的时候，冴子迈着沉重的脚步走出了医务室。

第四节课是日本历史，冈田给她开了病假条。虽然冈田劝她午休时间最好躺在病床上好好休息，可是，冴子已经感觉好多了，就走了出来。

止痛药使疼痛减缓了好多，可冴子依然感到浑身无力，心情也更加郁闷。虽然还没有开始出血，可那种全身的污血都一齐向小腹深处沉淀的感觉，令她心烦意乱。

在走廊里，每当冴子与下课的老师们擦肩而过的时候，都特别害怕与她们说话。要是看到了原老师，她一定会转身逃跑。

刚才原老师的行为——

只要一回想起来，眼泪就会不由自主地涌出。

原老师是最严厉的，昨天关绿这样说过。可冴子万万没有想到她竟能这样对待学生。难道世上还有这样的教育理念？

她是以欺负学生来取乐，只能这样理解。而且，冴子明显感到她对自己更是格外仇视。

（难道是因为我是校长的外甥女？）

也许她只是想显示显示她并没有偏心眼，所以才让自己吃更多的苦头。可是，至于这样吗？

（当时，如果没有高取惠的帮助……）

大概，冴子一定会当场倒下，伴着悲惨的哭泣。高取惠真了不起，冴子想。

如果换作自己，是绝对没有勇气敢公然挑战原老师的。难道这个就是今天早上桑原加乃评价高取惠时所说的“她也很强”的“强”吗？

冴子对高取惠充满了感激，同时也为她担心。不管她的行为多么正确，可是那样的行为一定会招来原老师的反感。

另外，每当冴子想到不得不和原老师再次见面时，心中更是充满了绝望：下一次，她会用什么样的理由和方式对我进行责难呢……

在从医务室所在的办公楼通往教学楼的走廊上，冴子遇到了一群同班同学。

“看！和泉冴子。”

一个瘦小并长着卷毛头发的少女，向这边指了过来。是关绿。冴子默默地向她点了一下头。她抬高了嗓门，大声说道：

“你真的好了！你知道吗，我们可惨了。”

“——哎？”

“那之后——第三节课，在你出去之后啊，原老师几乎歇斯底里，留的作业像山一样多，而且宣布下周就考试。八十分以下的，一个月内，即使周末也一律禁止外出。”

“把我们也连累了，真受不了。”

中里君江一边瞪着冴子，一边用尖细的声音说道，“都是因为你和高取惠……”

“都住嘴！你们两个。”

城崎绫一边说，一边向前迈了一步。堀江千秋紧紧跟在她的身后，脸上露着冷冷的微笑。其余的少女好像是为了衬托城崎绫似的，都集体向后退了一步。

“你的身体怎么样啦，和泉冴子？”

“是，已经好多了。”

冴子垂下了眼帘。

“嗯——你确实给大家带来了麻烦，不过……

“你也不是故意的。”

城崎绫继续说道，脸上始终洋溢着美丽的微笑。“不过，刚才高取惠对老师的那种态度，作为一个学生来说，这是绝对不应该有的行为。你不这样认为吗？”

“可是，当时她——”

“好了，你不用说了。”

城崎绫突然打断了冴子的话，冴子不禁退缩了一步。

“我们现在去吃午饭，你——看起来，情绪欠佳，最好别去吃了。”

你现在可能没有食欲，但无论如何，最好还是强迫自己吃一点——刚才，校医冈田这样劝说道。

“嗯——”

怎样回答好呢？正当冴子犹豫不决的时候，城崎绫噌地转过身，“多保重，和泉冴子。”

她扔下这句话后，就从冴子眼前阔步而去。紧随其后的，是一群沉默的、戴着“面具”的（所有人都是一样……）少女。

冴子愣在那里，有一种被排斥、被抛弃的感觉。

4

自从午休期间发生了这一幕之后，也许是心理作用，冴子感到城崎绫她们对自己的态度更加冷淡了。不仅如此，班里其他的同学也都对她疏远起来。

（因为我，让原老师发起了神经——）

是因为这件事引起了她们对我的共愤？还是……（另有隐

情？）

第五节课后的课间，冴子刚想鼓起勇气和邻桌的城崎绫打个招呼，却发现她正一动不动地坐在座位上，装模作样地拿出一本精装小说读了起来。端庄的侧脸，明显地暗示着拒绝和冴子说话。坐在她的旁边，就这样默默地等待下节课的开始，真是一种难言的痛苦。

冴子想离开座位去找高取惠，可回头却发现，此时高取惠已经离开了座位，不在教室内。

终于熬到了放学。冴子把挪到城崎绫旁边的座位搬回原位。向城崎绫道谢后，她马上抓起书包站了起来。她想去找高取惠，然后和她一起回公寓。

“等一下！和泉冴子。”这时，城崎绫开口了。

“——嗯？”

冴子的身体一下僵硬起来。不知怎么回事，她开始对城崎绫产生一种强烈的恐惧。

“你的身体状态已经恢复了吧。”

冴子默默地点着头。疼痛基本止住了。城崎绫优雅地微笑着。“那么，现在领你到图书室去看看吧。你现在还不知道图书室在哪儿，也不知道怎样利用图书室吧？”

“嗯……”

不等冴子回答，城崎绫一转身，向后面喊道：“守口委津子。”

这是一个少女的名字。

“是——”

马上一个胖乎乎的高个女生跑了过来。宽宽的白白的额头，圆溜溜可爱的眼睛，长长的头发用丝带吊扎起来，像一条尾巴在垂荡着。

“守口委津子。”城崎绫介绍道。

“她是图书委员。让她带你去吧。”

“请多关照。”

这是一个十分招人喜爱的少女。她深深地鞠着躬。“那就麻烦你了，守口委津子。”

“遵命，绫大小姐。”

守口委津子一边用开玩笑似的口吻回答着，一边夸张地鞠着躬。

图书室位于办公楼的二楼。守口委津子一边走着，一边骨碌骨碌地转动着眼睛，表情丰富而又亲切地向冴子介绍说：

“在这里，自己买书看几乎是不可能的。所以，一定要学会充分利用图书室。虽然大部分都是一些枯燥无味的书，但也有一些推理小说、科幻小说之类的——开馆时间，平日的话，从午休时间开始到下午五点。星期六是到下午三点。星期天，只有每个月的第二个星期天开馆，是下午一点到五点。这里的藏书非常丰富。可以借出的时长是一个星期。恭候大家光临。”

“图书委员，是不是有很多工作要做啊？很辛苦吧。”

“是啊。工作嘛，就是需要经常整理整理书籍。我几乎整天泡在那里。特别是星期天，一开馆就过去。反正在公寓待着也是无聊。况且，图书室的管理员，还是一个非常非常好的人。

“这里的老师，比如像原老太婆之类的啦，一个个都像恶魔似的。整天絮絮叨叨、神经兮兮的，好像打骂学生就是她们生存的意义。班主任古山老师，更是那样。只有图书室川岛老师，真是一个令人难以置信的和蔼可亲的人。即使稍微有什么差错，她也不会说你。她对学生非常体贴，就像亲生父母似的，可以倾听你的烦恼，帮你出主意。她很聪明，而且还是个大美女呢……据说，她的老公，是本地有名的陶艺大师。”

“噢，是这样啊。”

“实际上，这所学校，也没什么了不起的。我认为它已经过时了，在现今这个时代。可是，想不到，这类依靠严厉的规则对人进行全面束缚的高中，却大受家长们的欢迎。他们认为，在女儿出嫁前，一定要严格管教，把她们送进‘圣真’一定没错。因此，不惜付出高额的学费……啊！对不起！”

“咦？怎么了？”

“哎呀——”

守口委津子停下脚步，看着冴子的脸。“你是校长的外甥女呀……”

“是——这个嘛，你别在意。”冴子勉强做了一个笑脸，“我也认为太过分了，这所学校。”

“果然你也这么想。”守口委津子吐了一下舌头。

“怪不得——昨天我一看到你的时候，就觉得你的脸看起来好像和谁相像呢。这样说来，你是像校长啊。”

“是吗？”

“嗯，有点像——唉，这个原老师，连你都……真是的。你刚刚转学过来，一定受不了吧。其实，我也经常被她修理，现在都已经习惯了。这个老师现在还是单身。不过，那一定是理所当然的啦。既丑陋又讨人嫌的中年老太婆，多像漫画中画的那样啊。每当她向我发怒的时候，我都会在心底暗暗骂道：‘你这个老母猴！’”

胖乎乎的脸颊上露出了可爱的小酒窝，守口委津子扮了个鬼脸，笑了起来。

冴子也被她逗得“扑哧”一声笑了起来。不知不觉中一颗悬着的心也终于放了下来。在这所学校之中，终于找到了一个自己所熟悉的平常高中女生的身影。

“如果你有什么不懂的，可以过来找我。我住在301室，一楼的最里头。还有，你觉得无聊的时候就来找我玩吧。你——啊！是和高取惠同一个房间吧。”

“是的。315。”

“你怎么看她？”

面对唐突的发问，冴子一时有点惊慌失措。“昨天刚刚来，还不太了解……”

“是啊——”

守口委津子的表情瞬间凝固起来，然后马上用一种惊诧的声音说道：“她今天的表现太给力了！”

听她这么一说，冴子马上高兴起来。“你也这么认为？”

“把那个老母猴惹怒了，虽然后果很严重。但是，我还是在心里为她鼓掌，为她喝彩。只可惜——”

守口委津子把视线移到了脚下。“太危险了！她。”

“危险？这话，是什么意思……”

守口委津子装作若无其事地摇了摇头。“没什么。我在自言自语。你不要介意。对了，冴子，你喜欢童话吗？我正在尝试写童话呢……”

5

图书室的房间比想象的还要大，大概有三间教室那么大吧。高高的书架，一排排整齐地耸立着。房间虽然很大，但由于窗户很少，所以给人的第一印象就是幽暗。房间内的空气有些阴冷，就像幽深的海底，不知经过了多少漫长岁月的沉淀……

图书管理员川岛老师，正如守口委津子所说的那样，是一个给人感觉非常好的女性。高高的鼻梁，知性的脸庞，举止端庄，温文尔雅，在她身上，看不到一丝冷漠的神情。冴子一眼就对她产生了好感。

办完图书借阅卡后，冴子忽然想查点资料，于是就把这个想法告诉了守口委津子。

“好吧，那我就先走了。如果你有什么不懂的，川岛老师，就麻烦您告诉她吧。”

说完，守口委津子就离开了图书室。

“你想查什么资料呢？”川岛老师询问道。

“我想看看关于本校的校史之类的资料，如果有的话。”

“啊，有的。”

川岛老师指着房间的最里侧说：“那边的尽头，有一个教育类的书架。那里有一本《圣真女学园高级中学》的红皮书。你为什么对这个……”

“嗯，随便看看。”

冴子含糊地答道。川岛老师也没有再多问，只是温和地说道：“如果你找不到的话，就过来叫我。”

冴子轻易地就找到了那本书。

这是一本用红布作封面、装帧豪华的精装书。还有一个副标题是“对现代教育诸问题的思考”。作者是“宗像千代”——原来是姨母写的书。

冴子翻到目录。

本以为这是一本写给家长和相关人员看的宣传类书籍，可打开一看却全然不是。从“日本中等教育的现状”开始，提及“存在的问题”，进而介绍了德国斯坦纳教育[①]等古今中外各种特色教育的实践结果及其评价，后半部分着重介绍了圣真女学园的发展历史，并阐述了其教育理念。原来这是一本地地道道的学术著作。

书后附有作者的简历。

宗像千代，一九三二年生于相里市。T女子大学研究所文学研究科硕士课程结束以后，专攻心理学。后又在该校修读过教育学学位。现任圣真女学园高级中学校长。

履历太漂亮了，冴子从内心开始折服。

其实，冴子想了解的是，这所学校为什么会延续这样一种严格得近乎扭曲人性，甚至可以说是“犯了时代错误”的教育管理制度。这种严格的教育管理制度是不是有必要坚持下去？如果翻阅校史，是不是可以找到一些答案呢？冴子是这样想的。

可是，由于专业术语太多，再加上学术论文式的文体，冴子

① 又称华德福教育，是一种人性化的教育方法，以自然教育为主，是基于创立人智学的奥地利哲学家鲁道夫·斯坦纳的一种教育哲学理念。

实在是看不太懂。连借回去慢慢读的兴致也提不起来。

（即使讨厌，我也得把它读完。这种劲头，什么时候会来呢？）

冴子一边思考，一边把书放回原位。

“……喂喂，佑子！果然，那个事，是真的。”

就在此时，不知从何处传来了一阵窃窃私语的声音。冴子屏住呼吸，向四周张望。

“喂？哪个事？”

“前几天不是有人说过吗？你不也在场嘛。”原来是两个女生在说话。

透过斜后方书架的空隙，冴子看到在对面的幽暗之中站着两个人影。大概，她们并没有注意到冴子的存在。

“就是，二年级住的三号公寓楼，不是有一个向西突出的房间吗，你不也知道吗？传说中打不开门的那个……”

“怎么？难道有什么东西从那里面出来？”

“是啊。听说一到半夜，就有女人的哭泣声从那里面传出来。”

“这不就是经常谈论的灵异事件嘛。什么自动增加的台阶啦，会笑的骨骼标本啦……秋子，你真的相信吗？我初中的时候，就听过一打这样的灵异事件呢。”

“其实，我也并不是真的相信。不过，关于那个房间的传说，好像确实是真的。今天中午，我在食堂从学姐那里听说的。”

从她们谈话的内容判断，好像两人都是一年级的学生。

冴子向入口处的办公桌望去。由于书架的遮挡，所以看不见川岛老师的身影。

在宽敞图书室的一隅，在由众多书籍围成的幽暗空间之中——站在这个奇妙的场所，谈论着“鬼怪故事”的话题，真是太合适不过了。

“据说，那个房间，最早是一个王公贵族家的小姐入学时居住的特别室。和其他房间相比，更大，更豪华……‘二战’后，这个房间就不再给学生使用。可是，后来有一个超级有钱的大财阀家的大小姐来这里上学，这个房间才重新为她开放。这已经是三十五年前的事了……你在听吗？”

“嗯，听着呢。”

“那位大小姐，怎么形容呢，是个十分傲慢、十分任性，整天郁郁寡欢、难以相处的人。而且，她还有一些古怪的嗜好。”

“古怪的嗜好？难道是……”

“不是你想的那样。比如说，她一年到头总是浑身上下清一色的黑衣黑裤的打扮。大家都穿制服，她说讨厌穿，就从来不穿。由于她父亲太有钱有势了，学校也拿她没办法。只能睁一只眼闭一只眼。”

“哎？这所学校还有这样的事？”

“是的。很吃惊吧。那人名叫美津子，她把所有的精力都放在现在所说的超自然现象上。”

“超自然现象？”

“她的房间里收集的都是一些令人恐怖的东西。比如，魔术的书籍啦，爬行动物的标本啦，山羊的头骨啦。”

“恶心！”

“有人说她神经不正常。其实，这位美津子小姐是一个魔女……”

“魔女？”

“是的。恶魔中的魔女。她经常把一些追随自己的学生招集到自己的房间，然后举行黑魔法仪式。”

昨天晚上，高取惠所说的“魔女的传说”——难道指的就是这个？正像对高取惠说过的那样，冴子对鬼怪之类的故事很敏感、很害怕。只要是一本正经说出来的，即使明知道是谎言，也会不知不觉地受其暗示的影响。

冴子想马上离开这里，然而，不知何故，却挪不开脚步。越不想听，书架对面传过来的耳语声，就变得越来越大，并一直向耳孔的深处、更深处使劲地钻。

“最后，那个人，在一个夜晚死在了自己的房间内。而且，不是正常的死法，而是浑身浇满了煤油，烧死的。明白了吧，这就是传说中用来对付魔女的——火刑。”

“胡说吧。”

“从表面上看好像是自杀……不过，那个房间已经被那个受火刑而死的魔女下了诅咒。从那以后，那个房间的门就一直锁着。一到晚上，就可以听到她的呻吟声和诅咒声。”

“荒诞！无聊！”

“不要说那么无情的话嘛，我是特地诚心诚意告诉你的。”

“可是，提到魔女……”

“学姐们说，那个房间，到了晚上是绝对不可以接近的。有好几个人都吃到苦头了。”

“知道了，知道了，我已经听够了……”不久，两人的脚步声渐渐远去。

虽然感到荒诞不经，可是，冴子依然感觉有些阴森可怕。她悄悄地将起满鸡皮疙瘩的双臂抱在了胸前。

6

冴子一个人走在回公寓的路上。

穿过校园，她看见了公寓的大门。虽然晚风习习，有些瑟瑟刺骨，但是蝉声阵阵，依旧花香四溢，满眼都是美丽的玫瑰……

冴子不禁停下脚步，仰望起这座被夕阳染红的西式洋楼。

前方左手边，西侧那栋就是三号公寓楼，最凸出的那部分……

（所说的那个“特别室”就在那里？）爬满了常春藤的红砖墙、

紧闭的白色装饰窗——在那里面，三十五年前，真的发生过刚才听说的事件吗？（魔女的传说……）

在公寓门口，冴子看到了宿管员山村丰子。正在打扫卫生的她，认出冴子后，拖着长音说道：“你回来啦。怎么样？学校，还适应吗？”

“是，暂时……”冴子轻轻地低下了头。山村丰子一手扶着扫帚，温和地问道：“在公寓，有什么困难吗？”

“不，暂时还没有。”

冴子小声地回答，然后鼓起勇气问道：“嗯——我可以问一个奇怪的问题吗？”

“什么问题？”

“我听说，这栋公寓有一间‘特别室’，是真的吗？”

“特别室……”

山村丰子瞪大了茶褐色的眼睛，露出一副不可思议的神情。

“啊，那个啊。是的，有。在二楼的拐角处。好像一直没有使用。怎么啦？”

“听说是一间封闭的房间？”

“嗯，学生们都这么传说。”

“我听说，好像还会有幽灵从那里面出来，是真的吗？”

“哈哈哈哈……”

山村丰子一边捂着嘴，一边咯咯地笑了起来。“没什么可怕的，冴子，我来这里已经六年了，一次也没有见过那些恐怖的事情啊。”

“啊……是嘛。对不起，问这么奇怪的问题。”

冴子的脸红红的。她带着如释重负的心情，离开了这里。

高取惠不在房间内。冴子没有看到她的书包，可能她还没有从学校回来。

冴子感到浑身黏糊糊的，很难受。也许是今天出了大量冷汗的缘故吧。

无论如何得先冲个澡。

热水从头顶喷泻而下，冴子思绪翻飞。

在图书室幽暗之中听到的对话……虽然这栋楼里真的有一扇“打不开的门”，可为什么会有那样离奇的传说？对了，一定是有人据此杜撰出来的。最初可能只是单纯的吹牛或吓唬人的幽灵故事，然后经过学生们的口口相传，不断地添枝加叶，最后，演变成现在这样的“魔女传说”。

三十五年前，在那个房间里死了一个女生。所以？

魔女的传说……经过三十多年的岁月，再一想到那扇封闭的门后盘踞着的阴暗和潮湿，即使明知是编造的故事，冴子也不免感到毛骨悚然。

一定是因为“魔女”这个词。

与“幽灵”“妖怪”之类的词相比，这个词更加让人感到恐怖和不寒而栗。

中世纪的欧洲，有过一段狩猎魔女的历史，沏子读过几本这方面的书，也许就是这个原因吧，她的心开始强烈地慌乱起来，渐渐地，在她的内心深处，魔女的传说好像变成了奇妙的现实。

而且——

最让她担心的是高取惠。昨天晚上，她自称“魔女”。（我是魔女！）这到底是怎么回事呢？

高取惠是魔女吗？她身上到底隐藏着沏子所不知道的什么秘密呢？

被高取惠讽刺为在玩“模拟大小姐游戏”的同班少女们，无论是城崎绫，还是今天早上在食堂与之交谈的桑原加乃，好像都对高取惠没有一点好感。就连那个看似是普通女高中生的守口委津子，也意味深长地说高取惠很“危险”。（如此说来……）

沏子想起了昨天班主任老师介绍自己时的情景。

鸦雀无声的教室里，突然涌起一阵异常的气氛，那种可以强烈感受到的恶意，或者说敌意一样的奇妙的“骚动”，与其说是冲着我这个“新生”来的，不如说是冲着后进来的高取惠发出的。

高取惠到底有什么不可思议的地方呢？

沏子绾起头发，把淋浴调成冷水。通红炽热的身体突然受到一股冰凉的刺激，顿感畅快淋漓。

——突然，沏子感到一种黏糊糊的液体，从身体的深处哗的一声向下涌动。啊——瞬间，一种温乎乎的感觉，从胯间顺着大腿向下滑动……

……圣诞……

（来了。）

冴子关掉淋浴，惊恐地向下看。

……圣诞……

一股浓浓的红色液体（什么？红色……）一直滑落到脚底，在水中溶解、扩散（血……红色……红色……血……），然后，打着漩涡，流进那银白色的金属地漏之中。

……快乐……

一阵强烈的眩晕袭来，冴子一下子蹲坐到白色浴槽里。

六点多了，高取惠还没有回来。冴子独自下楼去食堂吃了点晚饭。高取惠回来时，已经七点多钟了。那时太阳已经落山，外面一片漆黑。

“你回来啦！”

躺在床上恍恍惚惚的冴子，抬起倦慵的身体，歪着头看着穿着制服的高取惠。

“你这么晚才回来，去哪儿了？”

“散步去了。”她若无其事地回答说。

“这里，不是五点半就锁公寓大门吗？”

高取惠立即露出不耐烦的表情。“你不要用老师的口气说话好不好？”

“我，没那个意思……”

“啊，知道了，对不起。”

高取惠的表情缓和下来，把书包放到自己的书桌上。

“今天心情不太好。穿过公寓后面的小树林，对面有一个小池塘，我去那里了。那里非常静，可以让人忘却烦恼。我经常去。”

“心情不好？因为什么？”

“——跟你没关系。”说完，高取惠避开冴子的目光，“怎么样了，你的身体？”

“谢谢。今天多亏有你的帮忙，否则……”

“没有要你领情的意思。不过，这个忙，好像帮得不好。”高取惠用一种自嘲的口吻说道。

冴子情不自禁地抬高了嗓门。“你这么说是什么意思？”

（“不好”是什么意思？是因为惹恼了原老师？还是……）

“没什么。”高取惠耸了一下肩，摇头说道，“你不要那么愁眉苦脸嘛。”

“唉——”

（你，这是怎么啦？）

“好啦好啦——今晚你必须得早点睡。那个怎样了？疼得还厉害吗？”

“嗯，还有点。”

“药还有吗？如果没有的话，把我的给你。先把药吃了，然后你先睡。我只开床头灯不影响你吧？”

冴子温顺地点点头。此时，与疼痛相比，倦乏的身体显得更加沉重，似乎有一种稍一松劲，就会“咕咚”一下倒回床上的感觉。

冴子拿着药，来到盥洗池前，把两片白色药片吞了下去。

“什么事也没有……什么事也不会有……”

此时，高耶惠一边换衣服，一边喃喃自语的声音，偶然传到了冴子的耳中。

急促尖厉的刹车声，惊天动地的撞击声，玻璃破碎的飞散声，四处涌起的说话声，波浪一样围拢过来的人群，嘎啦嘎啦空转的车轮……

少女停下了脚步。“哎呀，发生什么事了？”妈妈不知所措的声音。“汽车，变成那样啦——”

倒翻在路边的汽车、被撞断的电线杆、扭曲的灰色车身。

转瞬之间，围拢过来的黑压压人群。被妈妈紧紧握住小手的少女，屏着呼吸，用一双天真无邪的大眼睛四处张望。

从破碎的玻璃窗中，爬出两只手，沾满鲜血，哆哆嗦嗦地用手指抓着车窗上的玻璃残片……

不久，猛然出现一个人影，某个部位就像一个破碎的西红柿，鲜红的汁液滴滴答答地向下流淌——少女刚刚想到那个人影也许会来一个大转身，不料却无力地一垂，停止。然后，静止。

“不行！你不能看！”

妈妈牵了一下少女的手。少女的嘴唇一咧，使劲甩开妈妈的手。穿过围观人群的间隙，少女晃晃悠悠地跑到肇事车旁。

绝命司机的上半身，从玻璃窗中探了出来。少女莫名其妙地看着这一切，看着看着，嘴角露出一丝瑟瑟的苦笑。

路上，红色的血，还在不断地扩散——

穿白色短袜白色童靴的小脚丫，吧唧吧唧地踏在血路上……

第三章　魔女之死

1

深夜。

圣真女学园三号公寓楼的宿管员——山村丰子，忽地睁开了眼睛。

在一片漆黑之中，她摸索着打开了台灯的开关，坐起身来，看向四周。已经六年了，自己一个人生活在这个房间。整洁的房间内，没有发现任何的异常。

看一眼挂在床头的时钟，她不禁大吃一惊！

凌晨一点二十分——她是十一点半上床睡觉的，到现在还不到两个小时。

（为什么会在这个时候醒来？）

既不想上卫生间，也没有口渴。可是……

是的，好像确实是听到了什么声音，一种让人挂心的响动。侧耳细听，一片安静，没有听到什么奇怪的声音。

（讨厌。难道是做噩梦了？）

揉了揉惺忪的睡眼，山村丰子深深地吸了一口气。一种说不出的忧郁充斥于心。这个时候，没有一个可以说话的人，形单影只，才会如此吧。其实，山村丰子对自己目前的生活状况，没有丝毫不满。工作方面待遇很优厚；和其他同事之间的关系也相处得比较融洽，没有什么矛盾；学生们也都是优雅乖巧的姑娘……

唯一的忧郁，就是自己的身体状况。不知为何，最近一段时间，自己的身体状况不是很好，经常感到浑身乏力，没有食欲。头疼和肩膀疼已经成了慢性病。

还有，今年春天，随着五十二岁生日的来临，自己也进入了绝经期。是不是患上了更年期综合征？山村丰子这样想道。

“咕咚！”不知从什么地方，传来一声闷响。山村丰子大吃一惊，不禁仰望天花板。

（上面传来的？）

若是平日，山村丰子也许不会太在意，继续去睡觉就好了。然而，不知为什么，今天她却格外担心，咚咚跳动的胸膛，感到一种针扎似的疼痛。

“咕咚！”又传来一声响动。没错！难道？是从二楼的房间里……正上方的房间是学生自习室，晚上已经上锁了，应该没有人能进得去。十一点的熄灯时间早就过去了。而且每个房间都有卫生间，这个时候不应该有学生在走廊走动。

那——

是小偷？还是色狼？

想到这里，山村丰子一下子紧张起来。公寓里住的都是女生，万一发生了什么事可不得了……

山村丰子悄悄地走出房间。她没有穿拖鞋，光着脚走在地毯上。要叫值班老师吗？对了，今天宗像校长也住在这里。她每周都要来这里住几个晚上。作为一名教育工作者，一定要和学生们在同一个屋檐下共眠，听说这就是她作为校长所秉持的一种教育理念。

山村丰子犹豫了一会儿，最终还是决定一个人上去察看。

只是听到一点细微的响动，就把老师们都惊动起来，怎么说都显得自己太过胆小。即使发生了什么大事，只要大声喊出来就可以了。就算是个男小偷，只要大家都出来……

沿着黑暗的台阶，山村丰子蹑手蹑脚地向上移动。

楼梯平台的墙壁上，亮着一盏样式古旧的电灯，每向上移动一下脚步，那微弱的灯光，都会摇曳出一串朦胧的黑影。

山村丰子终于爬完了台阶，来到二楼走廊。此时，淋漓的冷汗已经从腋下流到了侧腹。

昏暗的阴影笼罩着整个走廊。特别是右手边，更是漆黑一片，黑暗，一直向深处延伸。

山村丰子站在那里，寻找响声的来源。

外面，传进一阵窸窣的虫鸣。无边的寂静，又将虫鸣声渐次包围。“嗡——”像耳鸣似的声音。这是寂静演奏的无声之曲，宛如飘游在这座古老洋楼之中的黑暗之音……

“咕咚！”又听到一声响动。山村丰子马上朝那个方向张望。

左手边，台阶的斜对面，有一扇镶嵌着彩绘玻璃的对开门。声响好像是从那里边传出来的。

(那扇门的后面……)

山村丰子缩着身子，蹑手蹑脚地向那边走去。

门——一推就开了，里面一团漆黑——借着走廊处射过来的微弱光线，山村丰子勉强地一步、两步向前摸索着挪动脚步。

这是一段很短的走廊，向左拐，应该还有一扇门。对，那就是已经三十多年没有使用过的“特别室”的门——那扇传说中的“打不开的门”。山村丰子想起了昨天傍晚，在公寓门口和一个学生聊天的情形。

和泉冴子——一个刚刚转学过来，娇小瘦弱，略显忧郁的少女。第一眼看到她时，山村丰子就感到她那双大得出奇的茶褐色瞳孔中，隐隐散发着一股不可思议的神秘魅力。

“听说会有幽灵从那个特别室中出来，是真的吗？”她这样问道。其实，以前山村丰子也听其他同学这样说过。

（这简直是胡言乱语……）

山村丰子猛地摇摇头。

（哪有什么幽灵之类的……）

她一边慢慢地往前走，一边凝视着黑暗深处。

隐隐可见黑色紫檀木的门板上，有一个做工精巧的金色门把手，那就是传说中的那扇“打不开的门”。

突然——

山村丰子一下子惊得说不出话来。

门把手下面的钥匙孔中透出一丝细细的光线。

（啊！）

这扇房门的钥匙，在好多年前就丢失了。于是，就像传说中说的那样，这扇门自然就成了一扇“打不开的门”。那之后，也从没听说过有换过锁。那光线一定是外面路灯的灯光透过窗户射进来的。是的，一定是这样。

山村丰子想转身回去，可不知为什么却挪不动脚，仿佛陷入了一场身不由己的噩梦之中。

她走到门前，尝试着把手伸向门把手。应该转不动。应该——

“咔嗒”一声轻响，门把手动了。门，没有锁。

山村丰子的呼吸一下子停了下来，心跳加速。抖动的手稍稍一用力，门悄无声息地——开了。

霎时，映入她眼帘的是……

2

咚——咚——咚……

缓慢的敲门声。

宗像千代睁开眼，看了眼墙壁上挂钟的荧光指针，眨着惺忪的睡眼。

（——谁？在这个时间。）

“哪位？”没有回答。

咚——咚……

同样节奏的敲门声。

宗像千代戴上眼镜，披上睡袍，向房门走去。“哪位？”

宗像千代再次问道。还是没有回答。低沉的敲门声在机械地重复着。“谁啊？”

宗像千代打开房门，发现三号学生公寓的宿管员正呆呆地站立在幽暗之中。

“啊？怎么啦？发生什么事了？”

“啊，啊，不好啦……”

山村丰子脸色苍白，眼神恍惚，大张着嘴，喃喃自语。

“怎么不好啦？”

宗像千代抓住茫然自失的山村丰子的肩膀，用力地摇晃着。她想，一定是发生了什么事。

“三号楼的……二楼……那间……打不开的门……那间……特别室……”断断续续地还没有说完，山村丰子就一下子瘫软在地。

“特别室？那里怎么啦？”

山村丰子的嘴机械地半张着，眼睛望着半空，缓缓地晃着头。

“知道了。我过去看看——你自己先回房休息，可以吗？明白吗？”

“啊——”

她好像受到了强烈的刺激。虽然把她一个人丢在这里有些不放心，但是无论如何也得先去那个出现问题的地方看看，宗像千代想。

校长室位于公寓正楼二楼的东端。宗像千代顺着长长的走廊，一路向西急奔而去。

本不该开着的那扇特别室的房门——竟然大开着！

（怎么会这样？为什么……）

瞬间，三十五年前发生的那件事，又从宗像千代的心底苏醒过来。那时，宗像千代已经从这所学校毕业，刚刚迈进大学的校门——不料就在那时，母校却发生了一件离奇之事。住在这个房间的少女，在这个房间内以极惨烈的方式死了。

大开的房门中露出了微弱的光线。宗像千代轻轻地抬起脚，迈进门内，忽然，她感觉脚下好像踩到一摊凝固的血液。站在门口，她向左边望去。

那里有一扇门通向浴室。光线，果然是从那里散发出来的。

半开的门内，灯还亮着。从那里面传出来一种声音——

哗……

——是水的声音，是淋浴的水声？还是……

浑浊、阴冷的空气中弥漫着一股异臭，宗像千代不由自主地捏住鼻孔。是一种焦臭，令人讨厌的气味。

（莫非——）

最初的不安渐渐变成了对最坏事态的预感和确信。

宗像千代鼓起勇气，向浴室走去。可是她却发觉自己两腿发软，有点不听使唤。

她好不容易走到了浴室门前，先使劲闭了一下眼睛，然后屏住呼吸，向门内窥视。

“咕！”喉头一震，宗像千代马上把视线移开，一股已经冲到嗓子眼的猛烈尖叫被她死死地咽了回去。

一个让人生厌的物体，横躺在浴室地面的瓷砖上。

黑黑的焦烂皮肤，斑驳的熔化了的衣物纤维……花洒的水，哗哗地流，静静地淋着一具仰面朝天的——人形死尸。

3

那一天的校园里，从一早开始就弥漫着一种诡异的气氛。虽然跟往常一样正常上课，但教室里却没有了往常的那份安静。

老师们显得心神不宁，下面学生之间的“骚动”也是此起彼伏，还会时不时地传来一阵阵悄悄的私语声。可是，老师在斥责她们的时候，没有了往常那种不近人情的严厉，更像是心不在焉的走走形式的提醒。

公寓出事了——

这一点，学生们都感觉到了。

凌晨三点，所有的学生都被突然惊醒。这次不是宿管员，而是由班主任老师亲自到各个房间查点人数。随后，听到有几辆车驶进院内的声音，好多人的脚步声，还有平时根本听不到的男人说话声……

“没什么事，大家都待在房间里不要出来。”虽然老师们这样要求学生，可是没有人相信。好多人都因此惴惴不安，再也没有了睡意。

其中，冴子显得最憔悴。

昨天晚上，她听从高取惠的劝告，吃完药后就早早地睡下了，开始睡得很沉，但很快就转成了浅眠，接连不断地做起了一个又一个讨厌的梦。（为什么！红色……）

然后，班主任古山老师来了。

古山老师对于自己深夜的突然闯入，没有表示任何的歉意，直接就打开了房间的电灯。她脸色苍白，当她看到冴子旁边的床位没有人时，立即大声惊叫起来："高取惠！"

冴子不知缘由，忙向四周张望，确实没有看到高取惠的身影。古山老师去浴室查看，也没有。

冴子刚想问发生了什么事，古山老师"啪"的一下熄灭了电灯。"好啦，睡觉！"

说完，她向走廊里飞奔而去。

之后，冴子再也睡不着了。躺在床上，（到底怎么了？）身体缩成一团。结果，直到天亮，高取惠都没有回来。（怎么回事……）

各种各样的猜想在脑海中萦绕。早餐的时候，冴子终于忍不住问了几个同桌吃饭的同学，结果大家都是一样，谁都不知道到底发生了什么事。

在从公寓去教学楼的途中，冴子看到有几个穿白衬衫的男人在大楼周围转来转去。他们是干什么的？难道和高取惠的失踪有什么关系……

到了教室也一样，大家都默不作声，也没有人和冴子说话。

课间休息的时候，教室内终于响起了叽叽喳喳的交谈声。冴子听到其中有“警车”“刑警”等字眼，心中的不安不免更加强烈起来。

（发生什么事了。）

（好像……）

好像，有什么不好的事情……（发生在她的身上？）

第三节课结束了。第四节是古典文学，然而当第四节课的上课铃声响起的时候，走进教室的却是班主任古山老师。她的脸色更加苍白，憔悴不堪的神情一览无余。

嘈杂的教室刚一安静下来，古山老师就命令全体同学马上到礼堂集合，说校长要紧急训话。

去礼堂的路上，排起了长长的队伍，冴子夹杂在学生队伍中，一次又一次地擦拭着充满血丝的蒙眬双眼。一种无以言表的不祥预感，加上沉重和令人倦怠的痛经，一齐向她袭来，冴子感到胸口发闷并伴有隐隐的疼痛。

（果然，发生什么事了。）

似乎还不是普通的事……

礼堂位于办公楼的一楼，全体学生刚刚排好队，主席台上就出现了宗像千代的身影。她迈着镇定的步伐走到麦克风前，静静地扫视了一下全体学生，然后开口说道：

“今天凌晨，当大家还在熟睡的时候，老师们突然把大家吵醒，让大家受惊了。昨天晚上，在学生公寓发生了一起突发事件。为了避免引起恐慌，所以没有及时向大家通报，请大家理解。刚才，警方向我通告了他们的调查意见，为了向大家传达，所以把大家紧急召集到这里。”

礼堂内鸦雀无声。宗像千代略微停顿一下，然后继续说道：“昨天深夜——准确地说是今天凌晨——在本校学生公寓二楼特别室内，发现了二年级高取惠同学的尸体。”

一片哗然——冴子感到一阵强烈的眩晕。她一手扶着额头，不由自主地向后趔趄了一步。

“安静！”

宗像千代铿然说道。然后继续训话：“现在初步认为高取惠同学是在特别室的浴室内自杀身亡的。暂时还没有发现遗书。关于她为什么自杀，如果有谁知道线索，请及时向班主任老师汇报。

“另外，她的死亡也有一些异常的地方，所以，在接下来的一段时间内，还会有警方人员出入校园和学生公寓，请大家不要惊慌。另外，周末外出的时候，也要时时刻刻以本校学生的高度自觉性来严格要求自己，绝对不可草率行事……”

（……平安……夜……）

高取惠死了。高取惠……

（自杀？）

（那样的事……）

（……昨……晚……）

“怎么会……”

喃喃自语的冴子忽然眼前一黑，颓然跌倒，脸颊触到冰冷的地板。随后，她感到有一股强大的吸引力悄然而至。冴子的意识随着那股吸引力渐渐远去，也隐约听到在自己身边涌起并迅速向四周扩散的骚动。

4

天真无邪的冴子在尽情地奔跑，玩耍。

郁郁葱葱的针叶林，环抱着一个小湖。湖面结了一层洁白的冰。冷风袭来，松涛阵阵。紫色的云在空中飘游……

冰层很厚，似乎直达湖底。冴子光着脚，在坚固的冰面上奔跑，仿佛是在滑行。对于冰冷，她没有丝毫的痛苦。

“冴子！”

忽然，传来一声呼唤，更像是一声悲鸣。转头望去，冴子发现在岸边的树荫下站着一个和自己长得十分相似的少女。

（谁？你是谁？）

“危险——快回来——”

（你是谁……我不认识你）

冴子又奔跑起来，向着湖心，轻快地。

（不行——不要往那儿去！）

少女一边叫喊着，一边踏上冰面追了过来。冴子逃跑似的，加快了脚步。

——突然，脚下传来一种不祥的声音。嘎吱……

（什么？）

冴子刚一停住脚步，又听到一声嘎吱的声音。

“冴——子、子、子……”

少女发出一声惨叫。她脚下的冰层，眼看着，眼看着，裂开了……

一股强劲的水流从冰裂处喷涌而出——水？不对！不是！那颜色……红色！

一种鲜红鲜红、浓得有些刺眼又令人作呕的东西，像喷泉一样喷涌而出。

冴子睁大眼睛，呆呆地站立着。红水很快就淹没了少女的胸部，她的双手一边疯狂地摇晃着，一边向着冴子大声叫喊：

“冴——子——快——跑！快——快……”

不久，声音消失了。少女扑腾着沉入冰缝之中——

（姐姐？）

突然，冴子的心中闪现一丝记忆。

“姐姐——！”

伴随着冴子的喊叫声，湖面“唰”的一下改变了颜色。白色的冰变成了红色——血一样的鲜红。

冴子的身体轻盈地飘起，脸伏在红色的冰面上。她撑起双手，想站立起来。就在此时，冰层下面突然出现了一张巨大的女人的脸，那张脸“啪”的一下睁开双眼，直勾勾地盯着冴子，冷峻的眼神中透着一股疯狂。那是……

（谁？）

（这是——我吗？）

冴子一边使劲地摇着脑袋，一边扭头向天上望去。不料，在那飘游的紫色云层中，也出现了一张同样的脸（我？）……

（哎呀，真讨厌！）

（讨厌！）

（讨厌！讨厌厌厌厌厌厌厌厌……）

噩梦突然中止，冴子的意识终于清醒过来。

冴子感觉自己躺在一张硬床上，空气中充满了消毒水的气味。她睁开眼，发现有几张面孔正在注视着自己。

“你为什么在这里，知道吗？”原来是校医冈田。

“噢！”

在礼堂，自己晕倒了。校长训话的时候——当听说高取惠死了的时候，自己就……

“刚才做噩梦了吧。现在感觉怎么样？”

全身疼痛。尽管各个关节都像发烧一样难受，但冴子还是将枕在枕头上的头轻轻地点了一下。

“不要紧了，谢谢。”冴子淡淡地说道。

“受了刺激，不要勉强硬撑。”另一张面孔说道，是宗像千代，“刚到这里，同屋的同学就发生了那样的事。”

“姨母！”冴子哽咽地说道，“为什么，高取惠……”

“这个，现在还不太清楚。一定有什么原因吧。”宗像千代深深地皱起了眉头，“这件事你不要想太多，先安心把身体调养好。暂时回宗像家住几天好吗？”

“不了。”

听宗像千代这样说，冴子感到十分高兴。可是，与其一个人回到那么大的家中，还不如待在学校更踏实一些。冴子这样想道。

“我已经好了，不用担心了。”

“真的？”

“是的——给你们添麻烦了，真对不起。”

“既然你这么说……古山老师！”宗像千代转头看着站在一旁的古山老师，“冴子——不，和泉冴子同学现在的身心状态比较特殊，如果让她一个人继续在那个房间住，我感觉有点不太合适。况且她还是刚刚转学过来——你看，能不能找个同学搬过去陪她一起住？”

“是，明白了。”

表情拘谨的古山老师立即点头答应。宗像千代又把视线转回到冴子身上。

“你觉得这样可以吗，冴子？”

“是！”

宗像千代说着同情和担心的话，但又始终一副冷静的表情。（她和你长得像，守口委津子这样说过……）冴子蒙眬地看着宗像千代的表情，想起了刚才的那个噩梦。

其实，当噩梦还在缠绕的时候，冴子就已经意识到那是一个梦。从某种意义上说，那是一个冴子早就习以为常的梦。习以为常——因为，那是冴子来例假期间经常做的一种噩梦。充斥着红色（鲜红！）——血红色的——噩梦……

除了噩梦之外，现在又增加了高取惠的死。高取惠的死——这件事，对冴子来说，好像就是一个在心中蠢蠢蠕动的噩梦。

高取惠的死。

她是怎么死的呢？为什么会死呢？她……（为什么……）

5

那天傍晚时分，回到公寓的冴子接到一个会面请求。“高取惠的哥哥来了，想见你。”

接到宿管员山村丰子的通知后，正昏昏沉沉躺在床上的冴子，立即起身向门口跑去。

“他是来取妹妹遗物的，想来房间看一看，并强烈要求想与妹妹同寝室的人面谈一下。”

“可是我没有会见许可证……”

住在公寓内的学生在与外来人员会面时，须事先申请，在取得宿管老师批准签发的《会见许可证》后，方可与访客会面。冴子想起了《校规集》中有这样的规定。

“现在宿管老师并不在公寓这边，好像在开什么紧急会议。”

“那……”

“好吧，特殊情况特殊处理。我也没有理由拒绝你们会面。”山村丰子这样说道。她的脸上也带着明显的忧郁和倦怠。

在公寓门厅内等待会面的是一位瘦高身材的青年。他穿着松松垮垮的牛仔裤，黄色的POLO衫，还有一头好像已经几个月都没有剪过的乱蓬蓬的头发，与其说是追逐潮流，更像是不修边幅。

“我叫高取俊记。”

当冴子走过来的时候，青年男子很有礼貌地向她点头致意。“我是今天早上接到通知后，急忙从东京赶过来的。你和小惠住在同一个房间？”

“是的，我叫和泉冴子。”

“和泉冴子……啊，昨天傍晚，我接到小惠电话时，她在电话中还特意提到过你。”

“昨天她给你打过电话？”

“嗯。她经常给我打电话。倒也没有什么特别的事，只是想听听彼此的声音而已。昨天，也是和往常一样。”

高取俊记的眼睛（和高取惠的眼睛十分相像……）红肿着，低哑的声音中流露出难以掩饰的悲伤。冴子怀着十分羞愧的心情说道：

“我，前天才刚刚转学过来，和高取惠也是刚刚认识，还不太熟悉，但是，我根本不相信高取惠会自杀。”

“是吗？”

高取俊记低着头，沉默了片刻。然后，他重重地挥了一下紧握的拳头，用低沉的声音，一字一顿地说道：

“小惠绝不是自杀！”

（欸？）

“不是自杀，可是……”

“和泉同学。”

高取俊记向惊慌不安的冴子投去了真挚的目光。

“小惠到底是怎么死的，你知道吗？”

“不知道。我们只听说是自杀。”

“我刚才去警察局辨认尸体了。那——那还是小惠吗？我简直不敢相信，面目皆非——根本不敢看……”高取俊记猛地闭上了眼睛。

“警察说，在这栋公寓里，有一个一直闲置的被称作特别室的房间，小惠就是在那个房间浴室里，把从公寓储物间中取出来的煤油浇满全身，然后自己点着火柴，自焚而死。”

“啊！”

冴子，还有站在她身后正在听他们谈话的山村丰子，同时发出了一声短促的惊叫。

“自焚……”冴子像说梦话一样，喃喃自语着。

特别室——自焚——（是浑身浇满了煤油，烧死的）被烧死——（明白了吧，这就是传说中的魔女的——火刑）被烧死的魔女——魔女……

（怎么会！）

“喂——”背后传来了山村丰子的声音，“我，我先回房了……我有点……不太舒服。”

她脸色苍白。冴子和高取俊记面面相觑之后向她点头致意。山村丰子颓然地耷拉下头。

“如果有什么事，就去叫我。”她有气无力地丢下这句话后就转身离开了。

“刚才那个人，就是宿管员山村丰子吧？”

山村丰子的身影消失后，高取俊记向冴子询问道。当冴子做出肯定的回答后，高取俊记一边抚摸着尖尖下颌上邋遢的胡子，一边说道：

“是她最先发现小惠尸体的。”

“山村丰子？”

“是的。我从警察那里听说的。看来，她也被吓着了。我刚才提到尸体，一定勾起了她不好的回忆，所以身体才不舒服……”

高取俊记耸了耸肩膀，叹了一口长气，然后把手伸进牛仔裤前兜，一边掏一边问：

“我抽支烟，可以吗？”

冴子点点头。他掏出一盒被压扁了的七星烟，从中抽出一支叼到嘴上。

“算了，不抽了。”

他自言自语地说道，然后又把烟放回原处。“小惠很讨厌人抽烟——对不起，和泉同学，刚认识就说这些……”

“我不在意。”冴子使劲地摇了摇头，“我从高取惠那里，也听到一些关于你的事。提到你，她非常自豪……你们兄妹关系可真好。”

“谢谢。你也是一个善解人意的女孩子。”高取俊记垂下头，疲惫地坐到沙发上。

“小惠在电话里告诉我说，这次转学来的和泉同学是个非常好的女孩子。她说，什么时候要把你介绍给我。不过，她说那个时候让我一定要打扮得干净利落才行。唉，因为妈妈去世得早，小惠虽然很独立，但许是这个原因，她一直没有什么亲近的朋友……她一直都在逞强，实际上，她非常孤独寂寞。我父亲的事，她跟你说过吗？”

“嗯，听说过一点。”

“呵呵，我家里的事让你见笑了。她根本没把他当作父亲。这一点，也许是受了我的影响。”高取俊记咬着嘴唇。

“今天早上，是父亲告诉我这件事情的。他突然用一种极不耐烦的语气对我说：‘小惠好像自杀了，我这边很忙，你过去看看。这么忙的时候，她竟搞出这么一桩麻烦事来！葬礼的事，我来安排。学校那边的善后事宜，你去处理一下……’”

“太过分了。”

“我们家就是这样。所以对小惠来说，所谓的家人，只有我一个。她对我非常……

“对不起，啰啰唆唆说了这么多无聊的话。”

高取俊记抬头看着冴子，脸上浮现出与高取惠一模一样的略带落寞与自嘲的笑容。

“我不认为那是无聊的话——”

“不。”高取俊记一边缓缓地摇着头，一边说道，“第一次见面，就当着比自己小的女孩子发牢骚，太失礼了。刚才那些话，你就当作没听见，好吗？”

冴子默默地垂下了视线。

“好啦，如果可能的话——”

高取俊记一边说，一边站了起来。冴子的身高正好到他的肩膀。

“可以带我去房间看看吗？我去收拾一下妹妹的物品。顺便也看看妹妹生前是在什么样的房间里生活的。”

6

冴子带着高取俊记来到了315室。一进屋，高取俊记就坐到冴子的椅子上，两肘支在桌边，埋着头。缩成一团的肩膀微微地颤动着。他好几次发出长长的叹息，口中喃喃自语地念叨着妹妹的名字。

冴子坐在床边的小凳子上，不知该说些什么话来安慰他，只能默默地注视着他的背影。

外面正值黄昏。透过镶有白色窗框的玻璃窗，可以看见西天的彩霞和被夕阳映红了的山峦。可是，在那鲜艳的色彩（为什么？红色……）里却仿佛暗藏着锋利的寒光，使人的心不禁揪成一团……

冴子打开房间的灯。从窗口照射进来的夕阳，把荧光灯的颜色也染成了红色。

终于，高取俊记抬起头，转向冴子，脸颊上的泪痕清晰可见。“让你感觉不自在了吧。对不起——谢谢你了。”

他一边用两手向上拢着头发，一边从椅子上站了起来。“小惠的东西，我下星期来取。到那时，请学校的老师也过来做个见证。今天，十分感谢。”

“啊，高取先生！”

沮丧的高取俊记正要离开房间的时候，冴子客气地叫住了他。

“什么事？”

“刚才，你说高取惠不是自杀，是什么意思……那高取惠到底是怎么死的呢？”

霎时，高取俊记那茫然若失的表情，一下子变得异常严峻起来。他的眼睛长得和高取惠十分相似，细长的眼睛里镶嵌着乌黑乌黑的瞳孔，薄薄的嘴唇向一侧微微倾斜。他向前一步，走近冴子。

“小惠不是自杀！”他斩钉截铁地说道，“她也绝不会自杀！”

“可是……”

“刚才，我在警察局也这样说过。我说小惠没有自杀的理由。可是，警察对我说，她一定有什么不为人知的烦恼吧，你去房间找一找，也许会找到遗书之类的东西，仔细去找找。”

“那么，你不在她的抽屉里找找看吗？”

“这个以后再说吧。不过，和泉同学，我敢打赌，一定找不到遗书之类能够证明小惠自杀动机的书面东西。”

“如果能找到日记之类的，也可以知道一些什么原因吧？”

“小惠从来不写日记。”

高取俊记再次走到桌旁，用手指摸了摸铺在上面的绿色软垫。

“她的个性我最了解。确实，小惠在一个没有温暖的家庭中长大。她恨父亲。也许她对自己目前的生活也会有各种各样的不满和烦恼，但是，正因为如此，她才绝不会结束自己年轻的生命。

“因为她很坚强，有时还很固执。但是，本质上，她是那么单纯和善良，这一点连我都感到震惊。她又有很强的正义感……不过，她外柔内刚，好打抱不平——因为，她知道，在这个世界上，比她更加不幸和悲惨的人还有很多。我不知道怎么说才好，但是我相信，这样的人，根本不会有自杀的动机。”

“是啊。”冴子想起了昨天高取惠与原老师针锋相对的情景，“她确实是一个很坚强的人。”

“坚强，是吗？”高取俊记静静地望着冴子的眼睛，“和泉同学，你心地善良，可能不太能理解刚才我说的话。我不相信小惠会自杀，我这样说你是不是认为我很不理智？只是一个失去了妹妹的兄长的感情用事？你是这样想的吧？”

“不是那样……”冴子一时语塞，把视线移到了一旁，“不过，我想她好像确实有什么烦恼。不是家里的原因，好像，在这所学校……”

“怎么说？”

“具体我也说不好。比如……”

冴子把她前天来到这所学校后与高取惠相识，直到昨天晚上，自己对于高取惠的言行中感到可疑的地方，简单地向高取俊记做了说明。

“魔女？”

高取俊记最感兴趣的，果然也是这个词。“她确实有股小妖精的劲儿，不过，提到魔女……”

“与魔女有关联的，我听到过这样的故事。在图书室，我偶然听到过一年级女生在谈论这个话题。这所学校，在过去，出现过魔女……”

冴子把她听到的“魔女的传说”告诉了高取俊记。高取俊记听完后，浓重的眉毛一下子吊了起来。

“在特别室烧死？这么说来——那个传说和这次的事件岂不是完全相同？”

“是的。因此，当我听说高取惠是自焚而死时，真的吓坏了。”

“到底是怎么回事呢？”

高取俊记用双手轻轻地拍打着自己的脸颊。“她怎么——不，一定有什么隐情。”

“隐情？”

“和泉同学，刚才我反复强调小惠不是自杀，这虽然带有个人感情因素，不过，也确实还有其他几个理由。”

高取俊记直视着胆怯的冴子。

“在警察局，我详细询问过小惠死时的具体情况，办案刑警告诉我说，她是在特别室的浴室内，往身上浇满煤油后点火自焚的。可是，不管如何去想，这种说法都有很多不正常的疑点。”

他的声音十分冷静。也许，他是在努力压抑着亢奋的心情。

“首先是死的方法。煤油，是冬天使用暖炉时才用的东西，在那个储物间里听说还剩一些。也就是说谁都可以进入那个储物间，并把它拿出来。浴室里有一个横倒在地上的饮料瓶，听说，小惠就是用那个瓶子装满煤油来到浴室，并把煤油浇到头上和衣服上，然后点着了火柴——

“有几个疑点我一直没弄明白，假设小惠是自杀的，那她为什么要选择自焚的方法？选择这种把自己的尸体烧得丑陋不堪、面目皆非的手段，这绝不是一个年轻少女所能想到的。小惠的内心世界，是一个极其普通并憧憬浪漫的少女。即使是想自杀，还有很多其他的方法，她为什么偏偏要选择特意钻进储物间，把煤油倒进饮料瓶，然后再拿出来，这样一种费时费力的方法呢？

“而且，发现尸体的时候，浴室内的淋浴是打开的。对于这个事实，警察解释说，也许是她为了防止火烧到建筑物，死前特意打开的。她点着身上的火后，冲向那里，在断气前打开淋浴，然后倒在那里。奇怪？一个一心想要自焚的人，那时会想到这个问题吗？就算她想到了这个问题，她有能力去行动吗？”

冴子茫然地侧头倾听着。高取俊记的声调，渐渐有些激动起来。

“还有一个问题，就是关于特别室这个自杀现场。听说，那个房间已经好多年都不用了，甚至，几年以前，那个房间的钥匙已经丢失了。可是却在浴室的地面发现了房间钥匙。警察解释说，那把钥匙，也许是掉到哪里，被小惠偶然拾到的。这种解释也太牵强一点了吧。还有，我联想到你刚才说的三十五年前发生的那件事。如果那次事件是真的话，警察一定不会不知道。那次事件和这次的事件会不会有某种关联？

“可是，警察为什么没想到这个问题？为什么就这样简单定案，草草处理呢？怎么想都令人费解，我无论如何都想不通。简直，对了，简直就像是在刻意封锁和压制这次事件的影响。”

“这，到底是什么意思呢？”

“也就是说——”高取俊记停顿一下，继续说道，“这次事件，是不是受到了某种外在的压力？这种压力让警察对所有疑点都视而不见，只能按照单纯的自杀事件来处理。”

“压力——到底是谁给警察施加了压力？”

“一定是这所学校。”

“学校？”

“我是从小惠那里听说的，所以对这所学校还算比较了解。

我不仅了解这所学校的教育方针等实际情况，还知道现在这所学校的理事长宗像伦太郎这位老人，曾是前任市长，在这个小地方无论是在政治方面还是经济方面，都是一言九鼎的大人物。”

高取俊记这样一说，冴子终于明白了。

站在学校这方面来看，如果说高取惠的死是他杀的话，那么，这对学校的负面影响是毋庸置疑的。对于这次事件，如果无法掩盖的话，那么，只有作为自杀事件来处理，才能保住学校的名誉，才可以避免作为丑闻被大加报道。

高取俊记继续说道：“圣真——是一所有着优良传统的名校，把女儿送到那里，绝对没错。校方绝对不允许任何事件来动摇这样的社会评价。因此，学校无论如何都会竭力低调处理这次事件。基于这样的判断，那么一眼就可以看穿，这种压力一定是来自宗像伦太郎。”

“这么说，高取惠的死不是自杀……”

“是他杀。对，小惠是被人杀害的。”

“可是——”

冴子感到有些头晕，说话也喘息起来，虽然自己也曾考虑过这种可能，但是，真的从高取俊记的口中说出“他杀”这个词时，她依然觉得心惊肉跳。高取惠的死，就像一个噩梦。现在这个噩梦开始渐渐成形，并在冴子的心中变得越来越清晰。

“如果是他杀的话，那么凶手是谁？是这所学校内部的人？

还是……”

“至于凶手是谁？为什么要杀人？这些我还回答不出来。我只是确信小惠不是自杀。另外，从现场看，也不是意外事故。所以，最后只剩下一种可能性，那就是他杀。因此……”

高取俊记长出了一口气。脸上又露出了那种自嘲似的微笑。“抱歉，我又说了一大堆。本来想马上走的……谢谢你听我啰唆了半天。小惠对我说，她第一眼看到你就很喜欢你。现在我终于明白原因了。如果还有机会见面的话，我想说点轻松点的话题。”

冴子一时不知该怎么答话，眼神变得迟疑起来。

“好吧，我告辞了，去和宿管员山村丰子打个招呼就回去了。”高取俊记打开门后，再一次停下脚步，转向冴子。

“关于小惠的死，我想亲自调查，并得出自己的结论。首先去调查你刚才讲的发生在三十五年前的那件事，看看是否确有其事。”

“你真的要去调查吗？”

高取俊记认真地点了点头。“我已决定这样做。”

“如果你有什么消息的话，可以告诉我一声吗？”

“哎？”高取俊记一脸诧异。冴子也对自己的问话感到吃惊。

“因为我也很关心这次的事件。我想知道高取惠到底是怎么死的……”

“谢谢。”高取俊记边说边走向走廊，乌黑的瞳孔却一直注视着冴子，“如果有什么消息，我一定会与你联系的——再见！和泉同学。”

少女，一个人在画画。

用妈妈给的生日礼物——素描本和蜡笔。在宽敞房间的正中央，一张幼稚的小脸一边一本正经地画着画，一边咿咿呀呀地哼着刚刚学会的歌……

房间有些幽暗。从大大的院落之中，传来一阵窸窣的脚步声。一个人、两个人……

少女正画着人像。在四开画纸上，从右侧开始，等间隔地画着一个个脑袋大大的，蹩脚玩偶似的人像。

一个人、两个人、三个人……

（最右边这个男人——是爸爸。长着可怕的脸，双手抱在胸前。）

（下一个是妈妈，总是骂我。）

（姐姐，既聪明又温柔。）

（下一个是奶奶，什么都听我的。）

（下一个……）

一个人、两个人、三个人、四个人……

少女用草绿色的蜡笔，笨拙地画着一个又一个蹩脚玩偶似的人像。不久，画纸上便画满了人像。少女换了一种颜色的蜡笔。

（我再给大家描漂亮一点。）

右手握着红色的蜡笔，少女专心致志地把玩偶似的人像都涂上了颜色。

（爸爸、妈妈、姐姐、奶奶，还有……）

人像都被涂成了鲜红的颜色。无论是脸、手，还是衣服，全部都是红色，鲜红、绯红。

第四章　红色星期天

1

九月十四日，星期日。

早早醒来的冴子，走出房间，向楼下走去。一个人待在房间里，看不到高取惠——她死了。这个残酷的事实，强烈地萦绕在脑海中，让她无比惆怅。

昨天，班主任古山老师在从医务室护送冴子回公寓的路上曾说：“我会尽量动员一位同学早点搬到315室去住。”虽然对于换房间的同学来说，这是一件麻烦事，但是讲心里话，听到老师这样说，冴子确实安心了许多。一个人住在那个房间，实在有点害怕。冴子很是感谢宗像千代的细心安排。

一楼大厅里，没有一个人影。

冴子看了一眼墙上的钟——刚过六点。她信步向公寓大门走去。

换好鞋，推门。门没有锁。看来有人起得更早，也许是宿管员吧。外面很冷。

现在已是九月中旬，虽然中午的时候还残留着夏天的闷热，但是，这个季节的清晨，即使是在城市中，也会感到寒意袭人。站在树木环抱的校园之中，这种感觉更加明显，清洌的寒意不禁使人想到瑟瑟的晚秋。

从半袖衬衫露出来的胳膊，起满了鸡皮疙瘩。冴子没想起返回房间去取一件长袖上衣，而是恍惚地径直向花园走去。

在洒满朝阳的玫瑰园中，冴子走到一张白色的长椅旁坐了下来。小路两侧，西式洋楼遥遥相望。目光沿着古旧的红砖墙，向上看去——铜锈色陡峭的山字形屋脊，切断了布满卷积云的天空。

冴子的心，就像陷在浓浓的迷雾中，时而清醒，时而混沌。砖红色的建筑和淡蓝色的天空，形成鲜明的对比。冴子久久地凝视着，凝视着。终于，迷雾渐渐消散，意识随之慢慢清醒，冴子想起了昨天晚上做了一夜的梦。

梦——是的。（红色……）被染成鲜红色的噩梦……

什么时候开始做这种梦的呢？冴子自己心里很清楚。

初中一年级的春天——甚至还清晰地记得是五月二十日那天。那一天，冴子第一次见到了从自己身体里，一个女人的肉体中流出来的红色的血。这大概就是噩梦的诱因。

尽管有这方面的常识，但冴子还是受到了很大的刺激。毋庸置疑，初潮那红色的血液，那种颜色所特有的不祥之兆，在她的脑海中定格成一幅变异的图像。转眼之间，自己的世界，全部被那种颜色（为什么？红色……）所覆盖、所笼罩、所压迫、所束缚，无边无际、无尽无休……

那之后。

冴子每天晚上，都会做各种各样千奇百怪的梦。虽然梦见的人和风景千差万别，但都拥有同一个主题——“红色”。

红色。千真万确，就是从她身体里流出来的那种——血红。梦的开始一般都是一些平常的场景，然而，不久就统统演变成噩梦，最后一定都是被一股暗示血的“恶毒的红色”的狂流所吞没。在噩梦中，冴子的分身都会在极端困惑和恐怖之中尖叫不已。

红色的噩梦会随着例假的结束而慢慢淡去。血红的颜色，也会暂时偃旗息鼓。然而，当下次例假来临的时候，噩梦便会卷土重来。

梦，还会随着冴子对“血”的感觉程度而改变频率。例假期间，冴子的心情异常紧张不安。因此，有时即使在大白天清醒的时候，稍有些诱因，也会使冴子陷入“白日梦”的状态。例如，在打预防针看到胳膊上的血在流动时，或者在生物实验课解剖青蛙时……

有一次，朋友找冴子去看电影《闪灵》的重映。本来冴子并不感兴趣，可还是被朋友连拉带拽地拖去了。后来发生什么事了呢？

电影开映后不久，男主人公登场。舞台是一所深山里的旅馆。在走廊里，他看到了一个令人恐怖的双胞胎少女幻影。然后，从电梯门的对面，大量红色的鲜血像洪水一样奔流而来。

一看到这个镜头，冴子就感到荧幕上的画面仿佛一下冲进了自己的眼中，顿时失去了清醒的知觉，宛如自己正茫然若失地彷徨在一个被红色所浸透的世界里。后来，当自己清醒过来的时候，发现在电影院的大厅里，一起来的朋友正使劲摇晃着自己的肩膀。

（……圣诞……夜……）

问了朋友，冴子才知道，原来电影看到一半，自己突然惊叫起来，然后“腾”的一下站起，向外面走去。朋友很担心，紧跟着走了出来，然后看见冴子“扑通”一下坐到电影院大厅的地板上，神情恍惚地呆视着半空。和她说话也没有一点反应。朋友差点就叫救护车了。

（……圣善……夜……）

为什么？究竟为什么自己会出现这个状态？冴子无从知晓。她曾经想问问妈妈，可最终还是没有开口。冴子担心和妈妈说后，一方面会让妈妈担心，另一方面更担心自己说不定会被妈妈带到医院去看精神科。所以，她一直没有开口。

就这样，冴子对每月一次的例假一直很恐惧。与其说是害怕那期间来访的噩梦，不如说是对于隐藏在自己身体内部的某种东西感到恐惧不安。在自己的内心深处，好像栖息着一种莫名的东西，而且是一种可怕的东西……

因此，冴子觉得自己就是一个最大的谜团：究竟我是什么？我的身体里到底栖息着什么？

这种疑惑，终于在今年夏天随着宗像千代的出现，正式成为一个待解的谜题。

现在，冴子确实感到，从初潮开始到现在，自己和之前的自己、过去的自己之间，存在着某种奇妙的断层。

幼儿时期的记忆异常模糊，这也许是正常的，但渐渐长大后，本应记事的小学时期的记忆为何依然遥不可及？那时的自己究竟在想些什么？有什么感受？那一切简直就像是过去梦中发生的事情一样，虚无缥缈，难以捉摸。

那时的自己和现在一样，身体不怎么好。老实内向，不爱与人说话……总是畏首畏尾，长着大大的眼睛，扎着长长的小辫，但脑海中这个少女的轮廓，为什么那么模糊不清？为什么会觉得和现在的自己没有连续性？

一定是过去发生过什么事情，冴子想到。

（到底发生过什么事呢？）

（……万暗……中……）

（什么呢……）

难道要追溯到十二年前，造成父母和姐姐一起死亡的那次“事故”吗？冴子想。可是，那次事故的记忆，她无论怎么回想都没有一丝的印象。仿佛那一切都被笼罩在内心深处的那种无边无际的黑暗所掩埋、所窒息。就是这样一种感觉。

（……光华……射……）

一阵冷风吹过，身后的丛林中发出瑟瑟的声响。白色的玫瑰花瓣随风曼舞，飘落在栗色的头发上。

“冷……”

冴子终于有了正常人的感觉，从长椅上站起。飘浮在空中的云，流速越来越快。

她快步离开花园。

起了一身鸡皮疙瘩，身体在微微地颤抖。因为寒冷，再加上害怕，冴子觉得很恐怖。

自己身边突然发生的死亡事件——死去少女的哥哥说是他杀——谜一样的“魔女”字眼。传说中三十五年前发生的事件……

可是与这些相比，冴子觉得最恐怖的，当然还是隐藏在自己身体内部的那种莫名的东西。那种从自己内心最深处传来，伴随着红色（鲜红……）的血，用语言无法形容的阵阵耳语和无休无止的忐忑不安。

冴子很恐惧，在自己的身体内蠢蠢蠕动着莫名的，却可以隐隐预感到的、疯狂的红色魔影。

2

周末，外出的人意想不到的少。

虽然大部分学生的家都不在相里市，可是她们不上街的最大理由却是，如同学们一起结伴去市内游玩时，必须穿制服啦，不能进咖啡馆啦之类的规定太多了。另外，对于一个小城市的人来说，名校“圣真”的学生们的一举一动，人们都会十分关注。因此，很多学生都因为被当地居民举报而被学校处罚过。

虽然同一个屋檐下住着很多年轻的女孩，然而，星期日的公寓里，依然是静悄悄的，空气依旧凝滞、沉重。

食堂、大厅、自习室、茶歇室、校园内的花园里，虽然到处都可以看到消磨假日时光的少女，但是，无论从哪一处传来的说话声，都是悄悄的耳语。在公寓内不准大声喧哗，这是《校规集》中的规定。这样的规定，再加上这栋建筑本来特有的一种阴郁氛围，完全剥夺了少女们自由奔放的天性。冴子不禁这样想。

冴子天生就是与奔放这类词无缘的少女，对于公寓里飘荡的这种不自然的寂静，本该习以为常，一个人独处也不应该感到痛苦。

可是，现在却不同了。寂静和孤独、恐惧，再加上萦绕在心头的恐怖想象，越来越使她心神不宁。

即使在房间里，也没有什么可做的事。电视，每栋公寓只有一台，放在茶歇室。

没有读完的书也没有心情打开，想到应该写作业和准备下周二的数学考试，可是无论如何也提不起一点精神来。

明天是九月十五日，是敬老日，学校依然放假。如果这种状态依然持续到明天的话，那可坏事了。不过，不管怎么说，总比去上原老师的课要好。

这个时候，如果有个可以尽情聊天的人……唉，这也只能是想想而已了。

现在，高取惠不在了。在班里，能够和自己说说话的也只有城崎绫以及围绕在她身边的那一帮人了。可是，自从前天发生原老师那件事情之后，她们——特别是城崎绫，都在有意地疏远自己。

（她们，都在玩“模拟游戏”呢。）

对！她们对高取惠都有一种敌视般的成见。可那是为什么呢？自己一点儿也不知道。对了，也许这就是原因所在，当她们看出自己和高取惠的关系渐渐亲密时，就立刻翻脸了，对自己的态度马上冷淡了下来。是的，一定是这样的。

（为什么？为什么大家都戴着大小姐的面具呢？）

那么，对于高取惠的死，她们又是怎样想的呢？

昨天，校长公布事件之后，她们的表情……虽然在晚餐的餐桌上看到了关绿和桑原加乃，但那时冴子根本没有时间好好观察她们的表情。因为她正在头脑中整理和高取惠的哥哥高取俊记见面时的对话。

守口委津子——（她怎么样？）

现在能够和自己说话的对象，除了她恐怕再没有别人了。

冴子看了一眼时钟，马上就到正午了——虽然到了午餐时间，可是她却一点食欲也没有。

等午餐过后，就去找守口委津子——冴子想到。今天是这个月的第二个星期日——图书室的开馆日，午后，她一定会去那里。一起去图书室，总比一个人待在公寓里好。冴子躺在床上，闭上了眼睛。

来例假的第三天，她已经渐渐习惯小腹处隐隐的疼痛了。然而，对于摇晃在疼痛之中的那个红色魔影的恐惧，不但无法抑制，反而更加强烈。

（怎么才能从这种状态中解脱出来？怎么才能够找到真正的自己？）

（——真正的自己？）

在眼睑后面缓缓流淌的黑暗之中——有一种若隐若现的红色（为什么？红色……）。在那红色背后，到底隐藏着什么？冴子刚想去搜索，不禁心头一震。

难道，真正的自己，就隐藏在那里……

……圣诞……

冴子想起了昨天自己在医务室清醒过来之前的噩梦。从红色冰层下面凝视着自己的那双眼睛——犹如狂风怒号般发疯的眼神……长着那样恐怖眼睛的人是谁？我为什么不认识？（不认识！）可是，那样大大的瞳孔——（是我！）那鼻子，那嘴……（真正的自己……）

……快乐……

冴子惊慌地睁开眼。

（不，我不想知道。）

她努力让自己什么也不要想，什么也不去想。无论想到什么，都会带来烦恼，与其那样，还不如什么都不知道的好——对，什么都不知道最好，这样最快乐。

冴子一边暗暗告诫着自己，一边又闭上了眼睛。什么也不要想，什么也……

什么也不去想，就这样一直睡过去好吗？就这样睡到傍晚……

“不行！”

冴子就这样一边闭着眼睛，一边嘟囔着。

现在睡觉的话，晚上就睡不着了。如果晚上睡不着的话，自己一个人待在这个房间里，就更受不了，受不了。

（不能睡，不能睡……）

突然，昨天见到的高取俊记的脸庞浮上脑海。

面对妹妹突然死亡这种意外的沉重打击，他不仅没有号啕大哭，反而是一边强忍着悲痛，一边对事件存在的疑点进行冷静的分析，侃侃而谈……

现在，他在干什么呢？

不知为何，冴子的心怦怦直跳。这种心跳，和刚才臆想自己谜团时的悸动正好相反，是一种不可思议的怦然心动——

不知不觉中，冴子脸颊发热，心慌意乱。

（讨厌。我这是，怎么了？）

他说要去调查，从学校传说中的那个事件开始。

“如果有什么消息，告诉我一声可以吗？”当时，她为什么说了这样一句话？

即使高取惠是被人杀死的，即使三十五年前魔女被烧死的事件也是真的，可是这与自己又有什么关系呢？不想知道更多详细的情况，这才应该是自己的真实想法啊。现在的自己应该集中精力只关心自己的事啊。然而，为什么？

冴子坐起身，生气地摇着头。惺忪的睡眼有些睁不开，好像还是睡眠不足。昨天晚上，做了一宿的噩梦。

冴子从床上起来，想去洗把脸。就在此时，敲门声响了起来。

“谁呀？”

“可以进去吗？”一个女生的声音。

“你是——哪一位？”

“我是堀江千秋。”

“堀江千秋……”

冴子一边回想着堀江千秋的容貌，一边向门口走去。堀江千秋——

冴子依稀记得，虽然到校第一天就被介绍过，可是在穿着同样衣服（……面具？）的一群少女之中，冴子对她的印象非常淡薄。勉强说起来的话，就是感觉她比其他少女显得更加成熟，有大人样，如果往坏的方面说的话，就是感觉到她有一些世故。也许是因为她经常露出冷笑吧，或者，也是因为她的刘海又长又有弹性，稍一侧头，就会遮住一只眼睛。

刚一打开门，堀江千秋就“噌”的一下从冴子的身旁穿过去，径直走进屋内，右手提着一只黑色手提箱。

“是古山老师让我来的。古山老师去找班长——绫大小姐商量，她说高取惠出了那样的事，不应该把你一个人丢在这里，看看有谁能搬过来陪你一起住。经过商量，最后决定让我过来。”

堀江千秋把手提箱刚一放到里侧那张床上，马上“腾”的一下转过身来，对冴子说道：

“这个，就是高取惠用过的床？”

“嗯。是的。”

“我和宿管员说过啦，只换一个床单。”堀江千秋环视着房间。

“她的东西，还要在这里放一段时间吗？”

“下周她哥哥会来取。”

“哥哥？啊啊，昨天他来这里了吧？”

堀江千秋丰润的嘴唇，紧紧地抿了一下。“怎么样？帅不帅？”

“什么呀……”

根本没想到她能说出这样的台词，冴子一惊，马上把视线移开了。

“哈哈！”堀江千秋轻轻地笑了起来，“原来是这样啊！”

“什么，什么意思？”

“不要那么害羞嘛。听说悲伤的男人，是相当有魅力的。”

“不是那样……”

“别当真嘛，只是和你开个玩笑。”堀江千秋一边走近冴子，一边说道，“从今天开始我们就是室友了，让我们好好相处吧。请多关照。”

（她这样，和大家在一起时的感觉一点也不一样……）

“等高取惠的东西拿走后，我再把东西搬过来。那时，你得帮忙啊。”

堀江千秋直直地凝视着冴子正在点头的脸。她的眼睛细长，水润……

“你的脸色怎么还是这么苍白啊。”堀江千秋说道，“而且，你的眼神怎么总是那么畏畏缩缩的。本来是又大又漂亮的眼睛，这样反倒显得不自然哟。那你还怎么勾住男朋友的心？”

冴子略显愤怒地斜视着她。堀江千秋又轻声地笑了起来。

“哈哈，这个，这个表情好看。略带愠色的脸，可爱！漂亮！”

“不许嘲笑我！”

“现在说的可不是玩笑啦。”

堀江千秋伸手捋起冴子的头发。冴子吓得一惊，急忙把身子往里退去。尴尬的堀江千秋只好用那只手往上拢了拢自己的刘海，一边说道：

“你最好还是小心点。

“你是那种容易被误解，容易被欺负的人。因此，看到你就忍不住替你着急，替你焦虑。

“——不过，你这种类型，我很喜欢。”

3

冴子很讨厌堀江千秋那种仿佛可以看透别人心思的神情，和她说话，总感觉埋藏在自己心头的秘密，都被她一层一层地剥开了。

这个一定是她的“本来面目”——即使不是，也接近她的本来面目。

（……因为戴着“面具”。）

正像高取惠说的那样。她们只要是很多人聚在一起，就会戴上相似的面具，然后，共同演绎着同一个“世界”。一旦从集体中离开……

结果，打算下午和守口委津子一起去图书室的想法只能作罢，因为堀江千秋邀请冴子去外面散步。虽然有些不情愿，但是拒绝别人的强烈邀请，也不是冴子的性格。

别人也经常说她没有主见，冴子自己也这样认为。至于原因，自己很清楚。

（是懦弱……）

懦弱，就是对自己的想法、自己的行为，缺少自信。我的想法正确吗？我的行为会不会伤害到别人——冴子总要想这么多。于是，这样的性格，常常使自己吃亏，甚至受到伤害……

冴子跟在堀江千秋的后面，一起来到室外。

清晨的寒意已悄然退去。此刻晴空万里，在午后骄阳的照射下，披在半袖衬衫外面的对襟毛衣格外地毛茸茸、暖洋洋。

冴子和堀江千秋几乎是一样的打扮，黑褐色的短裙、白色半袖衬衫、灰色对襟毛衣。这些都是学校统一分发的制服。

穿过花园，拐入洋楼后面。在繁盛茂密的榉树林中，有一条小路。顺着小路走了一会儿，左手边有一栋小小的建筑。

“你知道那个是什么吗？”

走在前面的堀江千秋停下脚步，站在冴子的旁边问道。

“啊……”冴子想起了第一天晚上高取惠说的话，“那个就是禁闭室？”

“是的。”堀江千秋耸了一下肩膀，“通称‘单身牢房’。很可怕的建筑吧？”

确实，外观看起来很可怕。就像高取惠说的那样，那栋建筑宛如老旧的泥灰墙仓库，黄泥墙壁上到处都是涂层剥落的痕迹，而且还长满了青苔。窗户只有一个，孤零零的在高高的位置上。

“里面虽然有床和书桌，但除了课本以外，什么都不能带进去。也不允许去上课，从外面上锁，一天之内，一步也不能离开。严重处分的话，有时会被连续关两三天。那种痛苦，实在很难忍受。”

“堀江，你——受过这种处分吗？”

“有几次。”堀江千秋一边说着，一边竖起三根手指。

“只要是这里的学生，在毕业之前，谁都会被关上一两次的。即使是轻微违反校规，只要老师认为有必要给予禁闭处分，就会被关到这里。有时仅仅是在走廊里跑动，也会被关禁闭。”

“就因为那么点儿事？”

“是。你不注意的话，可能很快就会被关禁闭。因为前天那件事，你让原老姑婆相当没面子，她一定怀恨在心啦。那个老姑婆！你得和校长说说，看看能不能照顾你一下。”

冴子刚想说点什么，还未来得及张口，堀江千秋就冷笑起来。“开玩笑啦。怎么看你都不像那种会被老师关禁闭的类型。而且，关你禁闭，还不知道会出现什么严重的后果呢。原老师，不敢得罪你啦。”

顺着林间小路，她俩并肩而行。小路向着与教学楼相反的方向延伸而去。这是一段缓缓的下坡路。

“再往前走一点，有一个小池塘。”

听堀江千秋这么一说，冴子又想起了高取惠曾说过的话。

“我听高取惠说过。”

“啊——是吗？”堀江千秋瞬间紧张的表情，背叛了她漫不经心的语气，“她怎么说的？”

“她说自己心情不好的时候，经常一个人去那里。上个星期五，她回来得很晚，我问她去哪儿了，她就说去那儿啦。”

“星期五……”堀江千秋一边喃喃自语，一边稍稍加快了脚步，一副忧心忡忡的样子。

“嗯——堀江。”冴子终于下定决心，鼓起勇气问道，“为什么大家都认为高取惠不好呢？”

“不好？你为什么这么想？她这样和你说的？”

“虽然她没有明说，可是从城崎绫啦，还有大家的表情上可以看出来。一提到高取惠，大家都立刻一种疏远冷淡的感觉……究竟她哪里不好呢？”

“说到不好，其实我倒没有觉得她有哪里不好。从某些方面来说，她还是我喜欢的类型呢。”

“可是……”

“到了。”

树林突然中断，视野一下子开阔了起来。

在榉树林的四面环绕下，一片游泳池大小的椭圆形池塘出现在眼前，水面呈深绿色。偶尔，池塘中的鱼，或者水虫的游动，会在水面激起一圈圈涟漪。

堀江千秋走到池边，单手叉在腰间，默默地注视着水面，片刻后转向冴子。

“和泉啊，她——高取惠是怎么死的，你知道吗？”

“不知道。我——为什么问这个？”

“随便问问。”

“有什么线索吗？”

“我？”堀江千秋把头发狠狠地往上拢了拢，“我怎么会有呢。我和她不怎么说话，即便和她说过些话，但别人自杀的真实原因我怎么可能知道。对吧？”

“她，为什么是魔女？”

“魔女？啊——我也听桑原加乃说过。好像是她自己那么说的吧。”

“是吗？”

“啊，是啊。”

堀江千秋坐到了池塘边的长椅上。冴子慢慢向她走近。“听说，她是在传说中的‘打不开门’的那个房间浴室里浇上煤油，点着火柴自焚的。这和这个校园里一直流传的那个传说中的魔女是一模一样啊！”

“你——”堀江千秋的脸颊微微地抽搐，“你怎么会知道这些？”

“昨天从高取惠哥哥那里听说的。他还说，高取惠不是自杀，是被人杀死的。”

堀江千秋用一种惊异的眼神，看着坐在旁边的冴子。

“不要胡说八道。她是被别人杀死的？别人这么说，你就相信了？”

“不想相信。不过，总觉得……”

“荒谬！无聊！在这个学校，怎么会发生那种事？”

堀江千秋站起身来，再一次把目光投向绿色的水面。“刚才的话，最好不要到处嚷嚷。如果传到原老师耳朵里，这可是扰乱学校风纪的言行，单凭这一点，你就该进单身牢房了。”

4

吃完晚饭后，冴子冲了个澡，就马上钻进了被窝。

堀江千秋在食堂见到城崎绫她们后，和她们一起去了茶歇室。果然，堀江千秋和大家在一起时，与和泉冴子相处时判若两人。文静端庄（面具……），和大家一样的举止……

虽然她们也邀冴子一起去，可冴子根本没有这个心情。冴子对她们刻意营造出来的“世界”有一种强烈的厌恶感。而且，从她们看自己的眼神中，冴子感到一种非常冰冷的东西……

刚刚七点，冴子就困得睁不开眼了。可是，脑海中又有一部分意识奇妙地清醒着。（高取惠的死、魔女的传说、宗像家、这个学校、城崎绫小团伙。）各种思绪（红色……）融汇成几个旋涡（在我身体里……）相互交织，正揪扯着冴子那颗疲惫的心（鲜红……）。

快睡吧，冴子想。

至少要等堀江千秋回来吧。不，今天已经不想再和任何人说话了。虽然对她有点失礼，但还是把灯调暗，就这样一觉睡到天亮吧。

在虎视眈眈的黑暗最深处，那种红色的东西又开始蠢蠢欲动了，而且越来越近，越来越近。冴子渐渐进入了梦乡。

……圣诞……

……快乐……

……圣诞……

……快乐……

……胸口有一种轻微的压迫感。

起初，她不明白到底发生了什么事。

房间的床上，仰面朝天的自己。好像有一种什么东西，压在自己身上……

自己在睡觉。是的——可是？

意识开始清醒，在眼睛还没有睁开之前，冴子感到脸颊上有一股温热的气息在流动。然后，干燥的嘴唇被压住，一种暖暖的、柔柔的感觉——

（哎？什么？）

冴子惊恐地睁开眼睛，看到的是一张白皙的脸颊。对方的头发垂落在自己的脖子上，撩拨得身上直发痒。

（堀江千秋？）

压在自己胸前的，原来是坐在床上的堀江千秋的上半身。

（干什么？那样……）

她挣扎着想要抬起手，却发觉手腕已经被堀江千秋的两只手压住了。冴子拼命地翻转身体，想逃脱出来，可是，堀江千秋的身体却异常沉重，非常有力。

紧闭的嘴唇上，一个温乎乎的东西在来回爬行——突然，那个东西撬开冴子的嘴唇，缠住了冴子的舌头。

（不要！）

冴子想拼命地摇头，叫喊。可是，反抗的力气从被压住的手腕处和被戏弄的舌尖处渐渐松懈下来。

不久，堀江千秋松开冴子渐渐失去反抗的左手腕处，右手从她的身体上向下滑去，像玩弄白色棉质睡衣般，从肩头滑到胸部，从胸部滑到腰部，再从腰部重新返回到胸部。

"嘿嘿！"堀江千秋的口中滑出了笑声。她一边用手掌缓缓地揉捏着冴子的身子，一边抬起脸离开了冴子的嘴唇。透明的唾液，向下垂成细丝。

"好可爱哟！哇，真是极品。"

"不要！啊啊——"

堀江千秋竖起左肘，把脸颊靠在上面，黑色的瞳孔里洋溢着湿润的光芒，她凑到冴子的耳边轻声说道：

"别那样皱着眉头。那会毁了你漂亮的脸蛋……"

冴子趁机用力举起获得自由的左手。

"不要！不要这样！"

她身体向旁一滚，从堀江千秋的手臂中挤了出来。由于用力过猛，冴子一下子从床上跌到了地上。

手撑着灰色的地毯，冴子坐了起来。什么都没来得及想，泪水已夺眶而出。

“你这样……太过分了！”

冴子站了起来，狠狠地瞪着堀江千秋。堀江千秋却若无其事地回到自己床上，整理着弄乱的浅蓝色睡袍，右手轻轻地向上拢着头发。

（这个人……）

在冴子怒视的目光下，她“扑哧”一声笑了出来。

“好像吓着你了。”她淡淡地说道，“是第一次接吻吗？”

“嗡”的一下，血涌向头顶，冴子稍一迟疑，连拖鞋也没穿，立即转身向屋外跑去。

5

不知道自己要跑向哪里，也不知道自己是如何跑来的，清醒过来的时候，冴子发现自己蜷缩在黑暗走廊的拐角里。

她感到浑身火辣辣的。血，在全身奔涌，心跳加速。是自己仓皇跑出来的原因，还是？不仅如此吧。

她两手轻轻捂在胸前。刚才被别人的手掌抚摸过的地方，热得发痛。冴子呆立在黑暗之中，紧紧地咬着下唇。

正像堀江千秋说的那样，接吻，对她来说真的是第一次。现在口中还残留着她舌头的感觉。冴子使劲地摇着头，努力想甩掉这种感觉。

冴子还没和男性交往过。对于恋爱，一点儿经验也没有。可是尽管如此，作为一名普通少女，冴子也对恋爱抱有甜蜜的梦想。对于自己的初吻和初吻对象，也曾经有过少女般浪漫的幻想。可是……

用手背擦拭着流出来的眼泪，她不禁想起了自己深深爱恋的位于荻洼的和泉家。

总是这样待在这里可不行，必须回房间去。虽然讨厌和堀江千秋见面，但也没有别的办法。经过刚才那样的奋力抵抗，她应该再不会做那种事了吧。

冴子有气无力地走着。

这是什么地方？左侧有一个拐角——这么说，这是东侧，主楼和一号公寓楼连接的地方……

返回长长的走廊，冴子想确认一下房间号，便在左手边的一个门前停下了脚步。

门上写着“校长室”。

（姨母的房间……）

冴子看到从门锁的钥匙孔中有光线透出，姨母在里面？

把刚才的事情告诉姨母，让她帮自己换一个房间？不，不行！那样的事情绝不能说。可是，就这样一直和堀江千秋住在一个房间……

（到底该怎么办才好呢？）

"喂，是爸爸吗？是我。这么晚了打扰您，非常抱歉！"

恰在这时，房间里传来了宗像千代的声音。冴子吓得一激灵，然后，下意识地竖起了耳朵。

"那之后，警察局的田崎局长来过电话——是的。他说，对于这次事件的处理方式，有一两位刑警提出了不同意见。不过，他说不用担心，他会想办法处理好的。另外，幸运的是，死去学生的家长目前还没有提出什么异议，这就……"

（什么？这……是什么意思？）

冴子的脑海里，一下子想起昨天高取俊记说过的话。

（是不是受到了某种外在的压力……）

原来确实如他说的，高取惠的死，果然有许多可疑之处。为了保护学校的名誉，姨母，还有外公都在插手此事……

"——是！那个——暂时还不清楚。不过，那样的事一定不能让它发生……是，也许还会有什么意想不到的……我会看情况处理的——嗯？是的，确实是那样。冴子啊，她刚开始很害怕，现在看样子好像没什么问题了……我想应该没什么事，不管怎么说那都是过去的事了，而且可以肯定，她本人已经不记得任何事了……"

（什么？姨母在说什么呢？我——到底怎么了？）

冴子用手使劲地揉着眼睛。突然——

……圣诞……

脑海深处，有什么东西“腾”的一下动了起来。不是自己的意志，是一种没有形状的东西，它一边向外吐着红色的细丝，一边慢慢地把自己的心一层一层地包裹起来。

“是！明白了。谢谢，十分感谢您的帮助。我打算在这里住上一段时间，请您代我向省警察厅的濑川警官问好——好的。再见……”

至此，声音消失了。

……圣诞……

冴子呆呆地站在原地，一动不动地伫立着。不知过了多久，先是听觉，然后是视觉，渐渐地都淹没在一片红色的迷雾之中——随后，那一直贴在眼睑处的手也无力地垂落下来，与此同时，冴子梦游般地迈开了脚步。

……快乐……

冴子的眼睛直勾勾地盯着黑暗走廊的深处。眼睛虽然睁得大大的，却像玻璃球一样空洞无神，而那飘忽的步伐更像一个梦游病患者。

此刻，冴子的全部感官和意识，都隐退到从心底涌上的那股红色幻觉深处。充斥在她世界的只有鲜艳到恶毒的红色水滴、红色浪花、红色狂潮……

（……*平安*……*夜*……）

(……圣善……夜……)

(……万暗……中……)

(……光华……射……)

冴子的两手软绵绵地下垂着，脸像玩偶娃娃一样，没有任何表情。她在走廊里茫然地走着。

6

冴子还没有回来。

堀江千秋想起冴子跑出房间时的悲伤表情，越来越不安。

刚才好像做得太过了。她不会去她姨母——校长那里告状吧。她反抗得那样剧烈，真是没想到。

(用错了方式？大概。)

如果要接近冴子，继续用那种矫揉造作的“大小姐”演技，可能会适得其反。所以，为了达到目的，不惜完全暴露自己的本来面目。可是……

看着旁边乱糟糟的床铺，堀江千秋咋舌不已。

之所以那么做，一半是想戏弄她。另外，不可否认，自己确实很喜欢冴子。不知为什么，就是感觉她有一种不可思议的谜一样的魅力。特别是在她那纤细懦弱的身体里，似乎隐藏着一种没有表露出来的东西。本以为那种东西和自己体内隐蔽的东西是一样的。可是没想到……

（她回来后，我先得向她道歉。）

堀江千秋从床上站起来，来到窗边。

今晚异常闷热。已是九月中旬，气温倒不是很高，可潮湿的空气让肌肤感觉很不爽快。可能要下雨了吧。

堀江千秋推开白色的窗，把头伸出窗外。虽然外面湿气很重，但有丝丝凉风袭来，心情舒畅了很多。

去外面乘乘凉吧，堀江千秋想到。只待一会儿，二三十分钟——已经过了熄灯的时间，冴子也该回来了吧。她回来时，自己还是不在房间为好。堀江千秋觉得伪装是件麻烦事，而且考虑到今后的相处，今天晚上最好不要再刺激她了。

堀江千秋披着长长的睡袍，走出了房间。

公寓的大门已经上锁了。这栋楼的北侧有一个紧急出口，从那里出去吧。一年级时，晚上熄灯后，她从那里出去过几次。闷热夏天的夜晚，实在无法入睡，会一个人出去乘凉。

（去年的夏天……）

那个时候，是自己心情最低落的时候。

父亲是一家大型服装工厂的首席设计师，英俊潇洒，温文尔雅。念小学时，父亲是堀江千秋最引以为傲的人……

和年轻女模特的暧昧关系、吵吵嚷嚷的夫妻对话。怀疑、发现（背叛……）、丑陋的辩解。

“你这个色鬼！”

妈妈暴怒的骂声。“你这张死脸，我再也不想看见你！”

然而，堀江千秋却偶然发现，在横滨经营一家知名精品店的妈妈与一个在她店里打工、梦想成为服装设计师的大学生睡到了一起。那天，由于感冒，堀江千秋没有上下午的课，提前离开了学校。可是刚一到家，就看到了腥臊的一幕—— 一对男女正在床上喘息……

堀江千秋是独生女，归母亲抚养。

母亲和父亲离婚一年后，又和一个比她年轻的男人结了婚。之后，堀江千秋便被他们当作多余的累赘，初中毕业后就被母亲送进了这所“圣真”名校，体面地被“隔离”了出来。

（去年夏天……）

那时候，自己讨厌这个学校的一切，对自己的全部生活——自己周边的一切，讨厌到无法忍耐。

初中时，千秋就不是大人们所说的那种“好孩子”。她厌恶学习，在老师们戴着有色眼镜的眼神中，她就是一个“问题学生”。特别是当父母的不和被大家知道后，她更是自暴自弃，甚至还沾染了很多不良习气。对于这样的她来说，进入“圣真”后的生活，除了痛苦，还能有什么呢？

发型被斥责，说话方式被斥责，甚至连表情、举止都被一一斥责。由于不知道是违反校规的，出去散心的她走进了一家咖啡馆，结果被人举报，关了三天禁闭。（刚来学校还不到一个月。）还有很多，因为一丁点儿小事而受过的处罚数不胜数。

被校规和处罚紧紧束缚，校园生活和公寓生活没有丝毫乐趣。

她好多次都想逃走，不上学了，想回横滨的家——可是，那样做的话，最受伤害的一定还是自己。回到家，一定还是被当作累赘，过得还是会很辛苦。

或者逃出这里，去东京，然后自己一个人开始独立生活？正当她认真考虑这个问题的时候，（去年的秋天……）一个刚转学来的女生被安排到自己的房间。她就是——城崎绫。

堀江千秋顺着走廊往左拐，看到走廊尽头有一扇标有“紧急出口”的门。

她拿掉挂在门把手中央的锁，来到楼外。一个与古旧红砖墙极不协调的金属楼梯，呈螺旋形从地面盘旋而上。

她轻轻地走下楼梯。

穿着拖鞋，站在花园里。风轻轻地吹过，带来一股湿润的树木的气息。

（城崎绫……）

堀江千秋第一次见到这样的美少女。她就像一流的玩偶大师精心创作的一个高级作品，然后被注入了灵魂和生命……简直太完美了。堀江千秋这样想到。自己一直不敢相信，这样一个完美的、倾国倾城的美少女竟然和自己同住一个房间，一起呼吸同样的空气。

听说，她父亲是一位国际知名的建筑师，因有一个大项目需要去美国长住一段时间，所以城崎绫才来到了这个学校。

城崎绫是家里的幺女，她父亲对她很是溺爱，以至于担心他不在家这段时间，女儿会不会被谁给骗了。他异常担心，甚至连妻子都不相信，想带女儿一起去美国。可犹豫再三，最后考虑到女儿的教育问题，才没有带她一起走。

于是，城崎绫的父亲把她送到了这所学校。她父亲最大的愿望就是女儿不要接触到同龄人的不良习气，要女儿接受“严格的管教”。虽说这种想法和堀江千秋的情况正好相反，但是，城崎绫也是为了被“隔离”起来才被送进这个学校的。

这样的隐情是城崎绫后来亲口对堀江千秋说的。听到这些，堀江千秋一方面对城崎绫父亲的自私表示愤慨，另一方面也赞赏他的判断和决定。

站在她父亲的立场来看，绝对不能让那些满街游手好闲的男人接近自己的女儿，绝对不能让女儿和他们交往。

任凭夜风吹散了头发，堀江千秋沿着铺有白色鹅卵石的小路向玫瑰园走去。

天空一片黑暗。黑色的云在缓缓地流动，遮住了满天的群星和三天后就将迎来中秋的那轮明月。

堀江千秋第一眼见到城崎绫时，就立即被她征服了，班里其他的少女们也是一样，大家的心都被她吸引着。城崎绫有一种与生俱来的、能够征服身边人心灵的超凡魅力。大概到了秋天结束的时候吧，班里的大部分同学都开始把她尊称为“大小姐”，并且开始模仿她的言谈举止。第三学期，她被选为班长。成绩优异，品行端正，容姿秀美——对于这样一个样样出众的好学生，学校的老师们也另眼相看。

堀江千秋对城崎绫可以说是到了盲目崇拜的地步。城崎绫的一举一动都能打动她的心，也可以说是刺痛……同时，她也像变了一个人似的，对学校的生活开始渐渐适应了。

自从知道父亲的出轨和“背叛”后，堀江千秋开始只对同性感兴趣。初中时，她就已经和几个女同学有了那种亲密的关系。可是对城崎绫的感情，显然超过了那种关系。与其说是“暗恋”，不如说是“崇拜”……

对堀江千秋来说，城崎绫就是美丽的女王。为了城崎绫，她可以不惜一切去做任何事情（任何事情，对！）——她深信。

（因此……）

原来如此啊。因此，就这样……

堀江千秋避开蚊虫聚集的路灯附近，在花园中的长椅上坐了下来。皮肤上渗出的薄薄微汗早已消去，现在反而有些瑟瑟发冷。

（高取惠。）

堀江千秋真不愿意想起她。回忆高取惠，是件很痛苦的事。

在城崎绫的周围，聚集着一个小团队。高取惠总是用她那双乌黑的大眼睛怜悯地默默远望着那些围绕在城崎绫身边、刻意模仿以及追随城崎绫的满心欢喜的少女们……

“高取惠，魔女！”

堀江千秋对着脚下的黑暗，悄悄地说道。

（是的。她是魔女。）（因此……）

就在这时——

7

暗夜之中，不知何处好像有什么东西在移动。除了秋虫的鸣叫声和树木沙沙的摇曳声之外，还有一种非常微妙的声音传入堀江千秋的耳中，她敏感地察觉到一丝异样。

（是什么？）

她心头一震，不过只是一瞬间。

她转头向四周望去，没有发现什么可疑的情况。

微微发白的路灯，给花园的各个角落投下了微妙的光和影。在浓浓的黑暗之中，一朵朵白色的玫瑰正在轻轻地摇摆。绿叶有些枯黄。摇曳的花朵与枝叶，在地面上投下了复杂而凌乱的阴影。

堀江千秋把目光投向更远处，看见的只有拥抱着无边暗夜的丛林，与之对峙的是黑白照片似的古老西式洋楼的巨大暗影……

平日习以为常的景物，原来在白天和夜晚，竟然有这么大的差别！特别是当她仰望这座高耸的古老西式洋楼时，眼前渐渐浮现出一个又一个，仿佛是从过去到现在，曾经在这里入睡的少女们的幻影。她的心也渐渐脱离常态，被一种不可思议的眩晕感所诱惑。

突然——

在弥漫的黑暗之中，又传出了某种东西移动的声音。

风？不对，不是风，而是一种很突兀、很微妙的声音。

那种声音与这个夜晚的风景很不和谐，很微妙。背后似乎隐藏着什么——这个夜晚的闯入者，好像潜伏着一种与周围自然环境格格不入的意志。

然而，头脑中闪过的这种异样感并没有引起她的重视，堀江千秋没有任何警戒心。她虽然觉得有些怪异，让自己的心情不快，但也仅此而已。

那种异样的声音大概是栖息在丛林中的某种小动物发出来的吧。是田鼠吧，也许是……

堀江千秋再一次向四周扫视了一圈，然后轻轻地叹了口气，把双手插到了睡袍之中。

（她是不是已经回到房间了？）

她想起了冴子嘴唇的感觉。柔软中又带有香草一样甘甜的味道。什么时候，再找机会接近她吧。今天，虽然没有达到自己的目的，可是，那种纯情的人，一旦改变，说不定会变得……

一阵风从背后吹来，她的头发向前飘动，贴在了脸上。

她伸出一只手放在眼前摇动着的玫瑰花上，从那上面“嘶”的一声扯下一片花瓣。堀江千秋揉捏着含着夜气的白色花瓣，指尖处感到一阵刺骨的冰凉。

四周的黑暗都在注视着自己。她忽然产生这样一种感觉。也许这是对刚才那种声音感到异样的余韵吧。

此时，堀江千秋感觉身体有些僵硬了，于是便站起身来。也该回房间了，她想。

——突然。

这一次比刚才更加清晰，黑暗之中不知从何处发出了沙沙的响声。她蓦然停下脚步。

沙沙……

是脚踏在草丛上的声音。

（——什么地方？）

左手边，是连续的玫瑰花花坛。右手边，三米以外，是榉树林的边缘……

堀江千秋不敢转头，用眼睛余光向树林方向窥视。

一棵棵树木在黑暗之中井然肃立。树木之间是无尽的黑暗。

（是那里？那中间？）

是什么小动物吧——她又自语道。

（有什么害怕的呢？什么……）

堀江千秋收回目光，向前走去，目光始终直视前方。她努力保持着直视前方。也许回头向后看，或者向右边的黑暗中看，自己那种渐趋惊惧的心情就会一下子失去控制吧，她这样想着。

这不像我啊——她又想——我怎么变得这样神经质了……

（这到底是怎么了？）

她故意放慢脚步，尽量克制着不知何时已经悄然占据了胸膛的那份恐惧。然而……

路灯的光线在背后越来越远，黑暗的密度越来越大。自己踏到鹅卵石上的脚步声，投射到前方晃动着的影子，仿佛都已经扭曲，变成一种恐怖的东西。

此时——

她那紧绷着的神经，好像突然捕捉到了什么。

堀江千秋来不及思考，就条件反射地向身后望去。同时，“咕”的一声，喉咙响了一下。然而后面什么东西也没看到。

她的身体再次转向树林方向。

果然在那里！就在那个树林之中，就在那无边的黑暗之中……顿时，堀江千秋像痉挛一样全身僵硬。她向树林的深处望去。一边数着心跳，一边等待着某种东西的出现。可是，什么也没有发生。黑暗之中，只有沉默在持续——

（是心理作用吧。）

她仰头看看天空，深深地吸了一口气。无缘无故变得这么胆小，想起来真是滑稽可笑。

（回去吧。）

她的脑海中浮现出城崎绫的脸庞。

（没有什么可怕的。）

她——是的，城崎绫不是这样说过吗？因此，没有什么可怕的。没有什么……

她转回身来。就在这时，堀江千秋看到左手边两个花坛之间，猛然间出现一个东西，似乎是一个穿着黑色塑料雨衣的人影。

她来不及叫喊。只见雨帽下面的眼睛闪着两道幽幽的亮光，仿佛是精神病患者发作时特有的那种神经质般的异样凶光。堀江千秋刚感受到那目光中含有的杀意，胸部就被一种锐利的凶器击中。

顿时，疼痛随之而来。捂在胸口的手，一下子被喷涌而出的温热液体所润湿。原来是一把锋利的尖刀。

（为什么？）

堀江千秋知道自己站不起来了，她那呆呆的绝望眼睛，渐渐看清了凶手的脸。

（啊……啊啊……）

“为……为……什么……”

“扑通！”

她膝盖一弯。

“啊……啊啊……啊……”

随着沾满血迹的尖刀再次一闪，她那张还没有来得及发出尖叫声的嘴，一下子就融入了空洞的虚无中。那把尖刀立刻切断了她的喉管。鲜血，在暗夜中飞溅。

飘浮的云，渐渐散开；皎洁的月光，洒满了大地。

堀江千秋的身体横倒在花坛的玫瑰花上。鲜血滴到花上，将白色的花瓣染成了深红。僵直的腿，还在微微地抽搐。

凶手的嘴角露出了怪异的微笑，并发出了“呵呵呵……哼……呵呵呵呵呵……”的冷笑。

这种怪异的、疯狂的、低沉的笑声，拖着长音，回荡在月光照射下的玫瑰园中。

“死刑是什么？”少女不解地问道。

“说什么呢？”

姐姐的脸上掠过一丝惊异。

死刑是什么？是好事？还是坏事？

“死刑？”

姐姐的表情越来越惊异。

前几天，听附近的男孩子们在院墙外说：“如果干那种事，是死刑啊，要被判死刑的……”

“啊，那个嘛。”姐姐优雅地回答说，“如果干了坏事，是要被判死刑的哟。”

“坏人，应该判死刑？”

“是啊！”姐姐笑了起来，“判了死刑，是要被杀头的哟！”

被杀头？

（被杀头……）

少女歪着脑袋沉思片刻，然后，认真地点了点头。

第五章　疑惑的影子

1

"我不太清楚。"

当听到冴子这样的回答后，一个浓眉大眼的男子瞪大了眼睛。他身材高大，虎背熊腰，微黑的脸庞上透着精悍，年纪大概还不到三十岁。

白色的窗子敞开着，吹进来一阵潮湿的风。冴子一边下意识地抻了抻对襟毛衣的前襟，一边缩紧了身体。

"不太清楚，是什么意思？"男子问道。

"嗯，就是——不知道。"冴子从床上站起来，眼睛无力地看着男子的脚下，"真的，我什么都不知道。"

"唉——"

男子显得有些不耐烦了，“啪”的一下合上了左手上的黑色记事本。

“不清楚？这可是昨天晚上发生的事啊。自己什么时候回房间的，大概的时间总该记得吧？”

“那个，可是……”

“刑警先生。”坐在小凳子上的宗像千代插话道，“自己的室友接连发生这样的事情，请您考虑一下和泉同学现在的心情。她现在是不可能冷静地回答您的询问的。”

“可是，校长——”

“我知道事件的严重性。可是，还是不能接受您目前的这种询问方式。您如果一定要询问的话，请等学生的情绪稳定下来之后，改日再来吧。”

“可是……”

“高田君！”

站在门边的一位年纪稍长的男子开口劝道：“正如校长说的，你这种询问方式，即使能够回答的问题也变得不能回答了。”

“藤原警官！”

“好了好了，你先静一下。”

被称作藤原的男人一边轻拢着花白的短发，一边走到冴子身边。与年轻警官正好形成鲜明对照，他身材矮小，微微驼背，体格瘦弱。

“嗯，也就是说，昨天晚上，你和同室的堀江千秋因为一点小事吵架了，然后，你就跑出房间，在外面转悠了一阵之后又回到了房间。是这样吧？”

“是的。”

“至于，具体是什么时候回来的，你记不清了。对吧？”

“是的。”

冴子想起了昨天晚上的事情。

跑出房间后，在公寓的校长室门外听了一会儿宗像千代的电话，那之后……（*那之后，我……*）

“好吧，这个事先放到一边。那么，你回来的时候，堀江千秋是在房间呢，还是已经就不在房间了？”

“这个也记不太清了。大概，她已经……”

“也就是说，已经不在房间了？”

“是的。”

藤原警官用眯缝眼瞟了一眼宗像千代，然后继续问道：“堀江千秋就这样一直没有回来，你不觉得奇怪吗？”

“那时，大概，我已经睡着了吧……”

那时——对，自己的意识突然被一股浓雾所笼罩，从心底深处不知何时涌出来的一股红色浓雾。

那之后发生的事情，她确实没有任何记忆了。去了哪里、做了什么、什么时候返回的房间等，这一切就像一个记不起来的梦，在脑海中没有留下任何痕迹。

冴子抱着头。

自己怎么有点奇怪啊。哪一点？什么地方……是得病了吗？梦游症？还是有什么更加可怕的……（什么？）

早上，吵醒自己的是外面异常嘈杂的声音。（驶入公寓区的汽车声，平时根本听不见的男人们的说话声，走廊里学生的奔跑声、说话声。）

整理自己昨天晚上的回忆，却是一片红色的空白。就在她迷惑不解之时，门突然被推开了。气喘吁吁跑进来的是关绿。

“堀江千秋呢？”关绿尖声叫道，“堀江千秋，你在哪？”

旁边床铺上只有一个空被窝。看着气势汹汹的关绿，冴子战战兢兢地说道：

“刚才我起床的时候，她就已经……”

现在是八点半。她起床后出去，也是很正常的。

“哎呀！真的是……”

关绿那张假小子似的长满雀斑的脸，一下子抽搐起来。

“堀江千秋，怎么啦？”

“外面全是警察。东边的玫瑰园里，有人被杀了。”

“这么说，那是……”

“刚才听老师们说，被杀的是二年级的堀江千秋。”

“堀江千秋被杀了？！”

关绿风风火火地跑出去之后，冴子的身体躺在床上缩成一团，不停地颤抖着。不知为什么。想让自己冷静下来好好思考一下，可是，脑中一片混乱，思考只是徒劳而已。

堀江千秋被杀了……

（被杀了、被杀了、被杀了、被杀了……）

就这样——外面的声音一直充斥在耳中，冴子一刻都没有离开过床。中午过后，一脸愁容的宗像千代，带着两名刑警，来到了这个房间。

“堀江千秋为什么那么晚了还外出呢？你有什么线索吗？”藤原用一种简明易懂、解说式的语气继续提问道。

“不知道。”

（好可爱哟！哇，真是极品！）

“那么，她有没有得罪过什么人？这方面你了解吗？”

“没有。嗯，我……”

（是第一次接吻吗？）

“和泉冴子同学是上周才刚刚转校过来的。”宗像千代说道，“而且，刚才我也和你们说过了，我们学校的学生，因为与人结怨而被仇杀，这种可能性根本不用考虑。”

“虽说不用考虑，可是校长——”叫高田的年轻刑警说道，“事实是，昨天晚上，堀江千秋被人杀害了。而且，是用那么残忍的方法。”

“所以说，一定是附近的色魔流窜到这里干的。”

“可是，尸体上被强暴的痕迹……”

“高田君！”

藤原又一次制止了高田。

“当然了，凶手可能是色魔，这是我们重点考虑的方向。校长！只是，不放过任何一种可能性，也是我们搜查的常规做法。”

“那么。你的意思是说凶手就在我们学校内部了？”

“我不是那个意思。”藤原慌忙摆手，“不是那个意思。可是……”

“那你们现在最应该做的，是尽快对那些有犯罪前科的人进行排查之类的事情吧。”宗像千代一边用手指扶着眼镜镜框，一边静静地瞪着两位刑警，“无论是本校学生还是教职员工，都绝不会干出杀人这种事。你们这样凭空怀疑，是在浪费时间。”

藤原一边擦拭着鼻头，一边下意识地耸起了肩膀。宗像千代继续说道：

“询问可以结束了吧。目前，她的精神状态不佳。如果可以的话，这边请！”

“唉——好吧。”

“今后，如想对我校学生进行询问，请务必提前与我联系。对于这次事件，随意向学生们进行询问，都会给她们带来不好的影响，也会给她们的教育带来诸多问题。当然了，我们这样要求，也是出于教育方面的考虑，并不是说我们不尽力配合你们的工作。”

“明白了。”

藤原向还要发问的高田使了个眼色，然后对宗像千代说道：“好的，那我们就告辞了。虽然这样的事故不可能接二连三地发生，但是我想最好还是要求学生们关好门窗，尽量避免夜间外出。恕我直言，也许是我个人的一种直觉吧，即使是简单的流窜犯作案，我感觉这一事件也不会就此结束……”

2

“校长！”

当宗像千代刚要转身离开时，冴子弱弱地叫住了她。此时，刑警们已经离开房间一段时间了。

“什么事？冴子。”

这还是冴子自从四天前在公寓大门与她分手后，第一次听到宗像千代说出“冴子”这个词。冴子颇感意外，不禁重新打量起宗像千代的脸，可是，她的脸上没有一点慈祥的表情。

“嗯，其实，我真的什么都不知道。”

“这件事已经过去了，你不要在意，好好休息。”

“可是，我——自己，不知道什么地方，好像有点奇怪。”

“奇怪？”

“是的。昨天晚上，从这个房间跑出去，我记得自己跑到了一号楼那边去了。可是，之后，就感觉进入了梦中，什么都不知道了。因此，就像刚才和刑警们说的那样，自己是什么时候回来的，我真的是没有一点记忆。”

“以前，你有过类似的情况吗？”

“——有过几次。但是晚上这样，还是第一次……”

宗像千代把眼镜向上抬了抬，另一只手的手指从镜片下面伸进去，使劲地揉着眼角。

“是太累的缘故吧。”

过了一会儿，她说道：“不要想太多，先好好休息。”

关于昨天晚上在校长室门前听到的电话内容，沏子真想问一问姨母。高取惠之死的真相到底是怎样的？外祖父宗像伦太郎是不是真的向警方施加了压力，要求低调处理那件事？还有，那时姨母提及自己时那些莫名其妙的话……

可是，沏子最终还是没有发问。万一问了不该问的事，那样的结果，沏子实在不敢想象。

“姨母……”

对于沏子不经意间脱口而出的这种称呼，宗像千代并没有责怪。

“你不要害怕！”她用冷静的口气说道，“这样说可能对死去的堀江千秋有点不近人情，是她运气不好，偶尔违反校规出去一次，就遇到了色魔袭击——你不要担心。凶手应该马上就会被抓到。”

接到高取俊记的电话，是那一天的傍晚，六点之前的事——

宗像千代走后，再也没人来访。冴子在房间里整整待了一天，早餐没有吃，午餐也没有吃。躺在床上，思绪万千，没有一点饿的感觉。

马上就到晚餐时间了，如果不吃一点东西的话，真的对身体不好。正当冴子在头脑中朦朦胧胧思考这个问题的时候，忽然听说有电话来找自己。

从过来通知自己的山村丰子口中听到高取俊记的名字后，冴子的眼泪一下子流了出来。为什么会这样？自己也觉得不可思议。

在公寓大厅的接待窗口，有一部公共电话。“是！我是和泉冴子。”

“啊，是我，高取俊记。”话筒中传来高取俊记略带紧张的声音，“刚才看了新闻才知道，听说你们那边发生了凶杀案，吓了我一跳。到底是怎么回事？”

“嗯，是我们班一个叫堀江千秋的人，在公寓的花园里……”

“听新闻说，凶手可能是流窜犯。你怎么样？不要紧吗？”

“哎？啊，是！”

听到高取俊记关心自己的话语，前天刚见到的那张面容，渐渐在眼前清晰起来。冴子的心顿时感到有点紧张和慌乱。

“高取先生，你现在在什么地方？”

“我住在市内的一家商务宾馆，正在调查三十五年前发生的那件事。”

“查出什么没有？”

“暂时还没有……因为这件事太久远了，我问了一些六十多岁的老人，可是目前还没有找到关键性的证据。不过，可以肯定，当时圣真女学园的确发生过什么事，但那和学生间的传说到底有多少是一致的，还不清楚。”

“是吗？”

“明天我想去图书馆查一查，那里可能有报纸的缩印版。然后，可能的话，我还想再去警察局问一问。”

“去警察局？”

“是的。我想找一找年纪大的警察，问问他们。”

“可是，那……”

犹豫了一会儿之后，冴子还是把昨天晚上听到的宗像千代的电话内容告诉了高取俊记。当听到冴子说警察受到了来自宗像家的压力后，高取俊记说道：“果然是这样啊！”

电话的那一端，传来了高取俊记的叹息声。“谢谢你，告诉我——这样说来，也许……”

“也许什么？”

“不，只是我的猜想，昨天晚上发生的事件，把它解释成流窜犯作案，从某种意义上说，可能也是为了不引起更大的风波……”

“你是说与凶手在学校内部相比，是吗？”

“对。哎呀！刚才说的这些话你最好全都忘掉。你现在还住在那里，对你来说，那样的话，太可怕了吧。”

冴子不知道该说些什么，不停地用纤细的手指缠绕着话筒的连接线。

“总之，我还要进一步深入调查。如果有什么进展的话，再与你联系，好吗？”

“啊……”

冴子刚想回答“是”，嘴却一下子闭上了。电话挂断后，孤零零地被遗弃在那里的噩梦般的幻觉，和一种不祥的血色笼罩着自己。

冴子握着听筒的手，不禁暗暗地使劲儿。

“高取俊记，我——”冴子脱口而出，“我——害怕！”

“不要怕。昨天晚上的凶手一定很快就会被抓住，你不要害怕。”

不是！冴子刚想这么说，却一时语塞。自己此刻的心情，到底该怎样表达才好呢？冴子不知所措。

"好吧，那我先挂了。如果可能的话，明天傍晚我再给你打电话。"

高取俊记的声音变成了电话的忙音。冴子依然把听筒紧紧地贴在耳朵上，呆呆地站在那里。

3

晚上一定得吃点东西，冴子想。于是，她从大厅直接向食堂走去。刚过六点，食堂里学生的身影还很少。在靠近窗口的餐桌一角，只有四个看起来像是一年级的学生，也没有看到"监视"老师的身影。

端着晚餐餐盘，冴子向那四人旁边的餐桌走去。刚坐下，心里马上暗暗地叫道："坏了！"冴子后悔了。这个位置，正好面对着东边的花园。

（在东边的玫瑰园，听说有人被杀了……）

关绿的话，冴子记得清清楚楚。

窗户的玻璃已经被黑暗所笼罩，在明亮的室内，根本看不见室外的风景。可是，越是想把目光岔开，注意力就越是被隐藏在黑暗中的风景所吸引。

在黑色玻璃窗上可以看到的，只有自己的身影。

手腕放在餐桌上，娇小的身躯缩得更加娇小。肩膀也可怜地缩着。失去光泽的头发垂在额头，一双超大的眼睛惊恐地转动着，正向这边窥视。

（讨厌的眼睛……）

冴子一直就不喜欢自己那双超大的眼睛，对瞳孔那种茶褐色的颜色，也不喜欢。虽然朋友们都一直赞美自己的眼睛可爱，可是自己却无论如何也不能接受这样的赞美。

“……真的，今天早上我被吓得够呛。心跳都要停止了。”冴子听到旁边餐桌传来对话声。

“那是当然啦！可你好像没被吓得大喊大叫啊。”

“都吓得叫不出声来了。早上起来，刚一打开窗户，忽然觉得怪怪的，看到花坛有一部分的颜色很奇妙。”

“颜色很奇妙？”

“是一片红色呀。红色……啊！对了！就像黑玫瑰一样，对，就是那种感觉，深红色的玫瑰。我的房间在二楼，从那里正好可以看到公寓楼和树林间——那一带的花坛和地面，怎么说呢，就像是用喷雾器喷出来一样，全都是红色。”

“嗯嗯。”

“讨厌。”

“起初我不明白是怎么回事，还以为是黑玫瑰散落下来了呢。可是我戴上眼镜再一看……”

“看到了死尸？”

“是！腿从花坛中央向另一侧伸去，就像这样扭曲着。周围全是黑红色。”

（不要说了！）

冴子双肘支在餐桌上，用手掌捂住了两耳。她想换个座位，可是刚刚坐下，饭还没有吃就换位置总不太好。

“对了，你们不觉得有点怪吗，最近？”

“是啊。前几天自杀的那人，是二年级的吧。昨晚被杀的这个，听说也是二年级的。”

“昨晚那件事，听说是色魔干的。”

“色魔？那么说，是遭性侵了？”

“那个倒没听说。可是，不知是用水果刀还是菜刀，听说身体被捅得乱七八糟的。普通人，即使杀人也不至于那样啊，对吧？我看，与其说是色魔干的，倒不如说是哪个精神病干的可能性更大呢。”

“你是说有精神病在这附近出没吗？”

“应该是这样。”

冴子的膝盖开始微微发抖。四人会话中提到的红色、血的颜色，在她耳朵深处直接变成了呢喃的耳语（红色……），冴子的心不由自主地揪了起来。

（……平安……夜……）

冴子觉得如果就这样坐在这里不动的话，自己的意识很快就会像以前一样消失在茫茫无际的红色雾海之中。

（……圣善……夜……）

“色魔，在这没有人烟的山中转悠，这不合常理啊。”

“也许就是冲着我们公寓来的。”

“可是，怎么会进到我们公寓院内呢？”

“真想不到啊。”

“想不明白。”

（不要说了！）

冴子的脑袋使劲地摇晃着，心里在默默地哀求她们不要再说了。

（求求你们了，不要再说了。）

忽然听到有人在叫自己的名字。“和泉，你怎么啦？”

抬眼一看，一个高个子圆脸庞的少女，正满脸担心地侧头站在身旁。“啊——守口同学。”

“怎么啦？脸色这么差。”

守口委津子在冴子对面坐了下来。窗外的黑暗，刚好被她遮住了。

“心情不好？”

“不——没事，只是有点头晕。”

“真的没事？”

“是！”

“高取惠，还有堀江千秋，和你住同一个房间的人都接连死了。没想到这样的事情……”

“喂——”冴子仰头看着守口委津子的脸，“请不要说这样的话……”

“啊，对不起。”守口委津子的圆眼睛闪了闪，“是啊。谁都受不了啊。”

一阵尴尬的沉默——守口委津子拿起餐刀和餐叉，问道：“和泉，你不吃吗？”

“没有食欲。”

“那可不行哟。看你身体这么单薄，再不吃点东西，会饿坏的。”

守口委津子“噗”的一下鼓起腮帮，瞪着冴子。

“如果不趁现在多吃点，长胖点，过了二十岁之后，你就享受不到减肥的乐趣了。”

“——谢谢。”冴子笑了起来，“谢谢你的鼓励。”

冴子刚要吃饭，城崎绫和关绿、中里君江三人走进了食堂。

“大小姐驾到。哼！”守口委津子自言自语地嘟囔道。

冴子听出她话中带刺，不禁抬头重新审视她的脸。

“哎？你听到了？”她不好意思地吐了一下舌头。

三人在冴子和守口委津子坐的餐桌的另一端坐了下来。

冴子时刻关注着那三人，可是不知为什么却故意不向那边看，只是默默地吃着饭。她们几人仿佛也和冴子抱有相同的心思，只是偶尔向这边瞟上几眼，也不搭话。一种不自然的奇妙的紧张空气在餐桌两端之间飘荡着。

过了一会儿，冴子的饭菜吃了不到一半，实在吃不下去了。她刚想站起来离开，就在这时——

“你！为什么畏畏缩缩的！”忽然听到一个瓮声瓮气的声音。

“嗯？”

冴子一惊，立刻一动不动地呆坐在那里。

“嗯……”

“我说得不对吗？”

“啪”的一声，中里君江把餐叉往盘中一摔，扬起肥肥的下巴，用一双小眼睛恶狠狠地瞪着冴子。“干什么亏心事了吧。”

“你说什么呢！”

“我都听见了。我住在317房间，就在你的隔壁。不是我特意偷听，昨天晚上，你发出那样的声音了吧。”

噢，她说的是堀江千秋强吻自己的那个时候吧。这时，冴子才意识到自己从堀江千秋的手臂下逃出来时，竟发出了那么大（不要！不要这样！）的叫声。

冴子感到一股热血涌了上来，于是，心虚地将目光闪向一旁。

“那是因为……”

“然后我听见你吧嗒吧嗒跑出了房间。虽然不知道你们到底发生了什么纠纷，可是，堀江千秋出事，是在那之后对吧？”

“你到底想说什么？”

冴子终于忍不住回敬一句。不料，中里君江那肥胖的身体“噌”的一下从椅子上挺直。

“想说什么？和我关系最要好的同学竟发生了那么可怕的事，我有些怀疑难道不对吗？而且，她刚搬到你的房间就——”

“和我没有任何关系。”

“是吗？我想，一定和你有关系！”

“你……”

“君江，算了，别说了。”关绿劝道。

中里君江的言行显得十分焦躁。

“不！已经说到这儿了，让我把话都说出来！”

中里君江没有听从关绿的劝告，反而从椅子上站了起来，向冴子这边大步走过来。

“本来就是嘛，自从你来了这里，你不觉得很不寻常吗？就连死人这样本来不应该发生在我们身边的事，都接连发生，而且，这两人都是和你住在同一个房间的，对吧？”

“你这样说，我……”

“不要说了！中里君江，你这样说有点太过分了。”与中里君江针锋相对的是守口委津子，“听说堀江千秋是受到精神异常者的袭击。你这样说，好像是和泉冴子杀了她似的。还有，高取惠那件事，本来就是你们……”

“闭嘴！”

中里君江突然失声怒吼道，脸部肌肉一下子扭曲成一团。“你没有资格说这些，守口委津子！请不要多管闲事！也不要多嘴多舌！你这个魔女……”

“中里君江！”

这次是城崎绫的声音。冷漠的女高音在空中回响。“够了，到此为止吧！你的样子可不雅观啊。”

中里君江的嘴立即闭上了。她用一种尴尬的表情，来回瞪着冴子和守口委津子。

“和泉，我们走。”

守口委津子急急忙忙地站起来。冴子点点头，手刚伸向餐盘——

“想跑？”

中里君江又发出了挑衅的声音。

“你有完没完了？”守口委津子转身对中里君江说道，“绫大小姐不是发话说到此为止了吗？又不是小孩子吵架，瞧你这副样子，难看死了！”

“不是叫你闭嘴吗？”

中里君江的手抓住白色餐桌布的一角，焦躁不安地揉搓着。肥胖的微黑的脸颊泛起了红晕，微微上翻的鼻头不停地颤动着，此时，她的脸，千真万确，与城崎绫、关绿，以及其他所有的少女们完全不同。

“反正在我看来，和泉冴子，你就是一个瘟神！”中里君江高声紧逼，“不是吗？如果老师再来问谁愿意与你同住一室，对不起，我是绝对免谈！”

冴子无言以对，垂着头呆呆地坐在椅子上。“看你好像很温顺，很老实，可你骗不了我。赶快坦白，堀江千秋是你杀的吧？”

“中里君江，你说够了没有……”守口委津子实在看不下去了，伸手想去抓中里君江的手，“你少啰唆！”

大声叫喊的同时，中里君江紧握桌布的手下意识地扬了起来。

食堂里顿时响起一阵凄惨的声音，餐桌上的餐盘全部扣倒在地。碗碟碎了，吃剩的食物在地板上滚淌，飞散的酱汁沾满了冴子的衣服。

旁边餐桌的一年级学生吓得尖叫着逃到了一边。听到骚动，厨师们都穿着围裙从厨房里急奔过来。

冴子、守口委津子，还有肇事者中里君江顿时茫然地呆立在那里。沉默片刻后，中里君江松手撒开桌布，“啪嗒”一声，一个刚才幸免落地的调料瓶，又滚落到地板上。

“真烦哪！”

城崎绫一边轻轻地叹着气，一边从椅子上站了起来。“自己闯的祸自己解决。”

“啊……”

城崎绫用冷冷的眼神看着想要说什么的中里君江，然后端起餐盘，向旁边的关绿使了个眼色。

“我先告辞了。”

刚巧，今天值班的原老师当时也在食堂，她正好目睹了整个事件的来龙去脉。原老师认为中里君江的行为，严重违反校园风纪，于是当场宣布给予中里君江二十四小时禁闭的处分。

4

（可恶！太可恶了！）

中里君江一边打量着狭小逼仄的房间，一边无奈地皱起了眉头。

（为什么，我这么倒霉。）

刚才，原老师把她关了进来，并亲自锁上了房门。中里君江默默地看着那扇涂着褐色油漆的门。虽然大部分的油漆都脱落了，可是，扁平的实木门板却给人一种异常厚重、结实的感觉，怎么看，都像是专门为了关押人才特意使用的材料。

正面的墙壁上，有一个古老的挂钟。时针刚好指向晚上九点——从现在开始，自己要在这里一个人待二十四小时，一想到这个，中里君江就无比郁闷。

高高的天花板，裸露着房梁骨架，一根椽子上垂吊着一盏没有任何装饰的电灯泡。

房间有些昏暗。

发黄的墙壁上，连一张装饰画之类的东西都没有。日常用品的话，也只有靠墙角放置的床，还有眼前的书桌和椅子。左手边是一个带门的卫生间。可是，里面别说浴缸，就连淋浴都没有。

中里君江换好拖鞋，走到床边，把装有教科书和文具用品的书包丢到沾满灰尘的灰色地毯上。

这已经是她第二次被关进这个禁闭室了。她永远也不会忘记，第一次被关进来，是去年的十二月……

那时，她已经完全适应了这所学校的管理体制。当然了，在这种“适应”的背后，也经过了一番曲折的心理煎熬。

中里君江的父亲在甲府市经营房地产生意，母亲姓阵内，出生于当地一个名门世家。中里君江还有一个哥哥，比她大好几岁，从当地一所三流大学毕业后，就一直给父亲当帮手。

“你父亲呀，是一个庸俗的人。”这是母亲的口头禅。

“那样一个一心只对赚钱感兴趣的庸俗的家伙，我怎么就和他在一起了呢？”

虽然母亲没有讲具体的实情，可是，中里君江却察觉出，和父亲结婚并非母亲的本意。在中里君江还是小学生的时候，母亲就经常对女儿发这样的牢骚。

“我是阵内家的女儿，本来，是不应该和那样的男人结婚的……

“君江，虽然你哥哥和你父亲一样，是个没有出息的俗人，可是你不一样，你是我的女儿呀。你和其他人可不一样，因此我一定要把你培养成一个令人羡慕的完美女性。”

正像她说的那样，母亲对中里君江的管教十分严格。

从小，大声笑要被呵斥，出去玩也不被允许，甚至兴趣爱好啦，交朋友啦，中里君江所有的事情都被母亲管制着。小学和初中，都是在当地的私立“名校”就读。父亲对于女儿的教育，简直漠不关心。

“你可和普通的女孩子不一样啊。”母亲总是这样煞有介事地说，“你的身体里，流的可是妈妈家族的血啊，阵内家的纯正血脉。”

初中毕业后，中里君江就被送进了这所有名的私立女子高中——妈妈的母校。现在想起来，妈妈所期望的，不是别的，而是要把自己与“俗人”父亲和“俗人”哥哥“隔离”开来。

她与其他的女孩儿“不一样”。由于从小妈妈就给她灌输这种思想，因此，当在“圣真”开始新生活后，中里君江并没有觉得有什么太大的压力，也没有出现过什么太大的逆反心理。虽然也经常被批评，也因为一些小小的过错经常受到惩罚。对于远离父母的孤身少女来说，这样的生活，毋庸置疑是一种痛苦。然而，在她看来，能够承受这种痛苦本身，才是自己与其他同龄少女的区别，是优越于她们的证据。

可是——

中里君江的这种“适应”形式，被一个人的出现所动摇。那就是——城崎绫。

城崎绫！首先，她那无可挑剔的美貌就先声夺人。而且，她的一举一动，一颦一笑，无不透出良好的教养和高雅的气质……还有，她在各方面也都出类拔萃、卓尔不群。尤其是刚刚转校的她，却对这个学校的严格管理，没有表现出任何痛苦。

不久，城崎绫就理所当然地成了班里众望所归的领袖人物。大家都对她投以敬佩的目光，并在不知不觉中开始尊称她为“绫大小姐”。可是，城崎绫的存在，对中里君江来说，却是一种从来没有过的沉重打击。

——你和其他人“不一样”。

以前，每当自己反复回味妈妈的这句话时，自尊心就会悄悄地得到满足。因此，对于这所学校的严格管理，中里君江一直都能默默地忍受着。然而，她在城崎绫身上却丝毫看不出她有任何隐忍的迹象。她那种优等生的样子，完全是天生的——没有对任何东西的勉强和压制。这一点，让中里君江明显地感到她和自己“不一样”。

中里君江很失落，于是她对本已经“适应”了的学校生活，突然萌发了一种强烈的逆反心理。

去年十二月——

快放寒假的时候，中里君江在一次外出时买了一包香烟，回校后就躲在房间的卫生间里抽烟。这样做其实也没有什么特别的动机，只是感觉以前一直严格遵守的学校规章制度，现在突然变得十分无聊，毫无意义。后来，在一次吸烟时被老师发现，结果受到了禁闭三天的处罚。

这所学校，把吸烟看成是最大级别的“罪”。弄不好的话，会被勒令退学。

整整三天，她都被关在这个“单身牢房”里。寒假回家时，妈妈的愤怒是那样的可怕。可是，即使那样，逆反心理一旦萌生，就很难轻易地把它消灭掉。对学校和老师的逆反、对妈妈的逆反、怀疑一切的念头……

另外，她也没有愚蠢到让自己一直堕落下去。

——我和城崎绫“不一样”。无论怎样努力，我也赶不上城崎绫。

最后，中里君江用这种承认现实的自卑心态替代了那种强烈的逆反心理。

从一开始，就不应该把城崎绫放在与自己对等的位置上。城崎绫是特殊的人——对！她天生就与我们不在一个层次。所以，在班里自己至少要和她亲近一点，要利用她的光芒为自己谋取进步。而且一定要把她当作楷模，只有采取和她一样的行为，才是在这个学校顺利成长的最好方法。

（绫大小姐——）

中里君江躺在冰冷的床上，把目光投向隐藏在电灯背后的黑暗。和城崎绫有着相似气质的，是桑原加乃。她也有着良好的教养，也是真正的大小姐。可她的那种质朴，又与城崎绫有着明显的不同。与桑原加乃的温顺和质朴相比，城崎绫更多的是因自己的美貌和才气而光芒四射。可是，她散发的光芒，有时又令人十分恐惧。

老实说，中里君江现在对城崎绫很恐惧，这大概是从今年春天开始的。与城崎绫的交往渐渐加深，特别是当她成为班里女王一样的存在以后，她那与华丽外表不相称的一面，也渐渐暴露了出来。

（她，真的是与我们不一样的人吧。）

城崎绫，一直是模范学生。从表面上看，她不是勉强地把自己镶嵌在规则之内，而是极其自然地生活在其中。虽然，她偶尔也会因为一些微不足道的小事被老师斥责，甚至会被处以相应的“惩罚”，但她却没有任何不满和悲伤。这在一直强迫自己默默忍受学校教育方针的中里君江看来，城崎绫那种极其自然的优等生行为，反而让她感觉极其不自然。

然而，中里君江的这种感觉，并非是无的放矢。

现在，中里君江终于知道了城崎绫一直隐藏在心底的秘密。她打算让大家了解城崎绫的庐山真面目。

即使那样，城崎绫和自己也不是对等的存在。对于这一点，中里君江的想法依然没有改变，而且现在感触更深。可是……

目前，这种状态还要继续维持下去吗？中里君江满腹怀疑，隐隐有些不安。

高取惠——魔女之死。还有，昨天晚上——

堀江千秋，偏偏在这个时候，又是那样的死法……突然，听到了雨打屋檐的声音。

（对啊，今天一整天都是阴沉沉的。）

中里君江从床上下来，站到装了金属防护网的小小窗口下。

窗玻璃是镶死的，因此不用担心雨会吹进来。可是风大的时候，玻璃发出的震颤声，让人无法入眠。

（堀江千秋发生那样的事，难道真的仅仅是偶然吗？）

她想起了今天食堂发生的事。

当时自己到底是怎么了？为什么会那样失态？

那是——因为害怕，因为恐惧。

其实自己也并不是真的怀疑沏子，只是觉得堀江千秋发生了那样的事，如果不尽快弄清楚原因的话，是无论如何也受不了的。因此才……

堀江千秋是被精神异常者杀害的，应该是这样。难道还有其他可能性吗？

（可是……）

侧耳细听，雨声越来越大。不知为何，中里君江的内心突然被一种强烈的不祥预感所缠绕。

5

深夜十一点半。

在确认公寓内的灯都已经熄灭，门窗都已经锁好之后，像是在逃避楼内蠢蠢欲动的黑暗似的，山村丰子快步返回了自己的房间。

关门，上锁，然后再一次旋转把手，在确认门锁确实已经锁好之后，她躺进了床边的摇椅中。

外面下雨了。两个小时前开始下的，现在雨势更大了。

（真是——）

山村丰子躺在摇椅上使劲儿地向后仰去，用冰冷的手捂住了双眼。

（到底是怎么了？）

星期五晚上，在“打不开的门”的房间浴室内看到的惨状，又开始在脑海中若隐若现……

淋浴的水声……弥漫的异臭……黑色烧焦的少女尸体……

那具凄惨的尸体，是二年级的高取惠同学。这是第二天她从宗像校长那里听说的。

（高取——惠……）

住在315室的学生。315室——上周转学来的那个女孩——和泉冴子也住在那个房间。

住在自己负责的这栋三号公寓楼内的所有二年级学生的长相和姓名，自己全都记得清清楚楚。无论是被烧死的高取惠同学，还是昨天晚上，在东边玫瑰园内被杀死的堀江千秋同学。

（啊啊！为什么——）

她使劲儿地摇着头。

（为什么，这么可怕的事情……）

一直以来作为快乐职场兼舒适住所的公寓、这片校园，怎么突然之间就天翻地覆了，变得不可理喻了？不可理喻——原本平静的现实生活，仿佛正在变成一个可以吞噬万物并充斥着血腥和死亡的恐怖世界。

（这，到底是怎么了？）

手滑落到胸前，她沉浸在长长的叹息之中。

好像在什么地方有什么东西。对，好像有一股疯狂在作祟。在什么地方？有什么？又是为什么……

在密闭的房间里，山村丰子忽然感觉有些喘不上气来。于是她从椅子上站了起来，一面捂着胸口反复做着深呼吸，一面走到窗边。

外面漆黑一片。刮着风，下着雨。

那如注的暴雨，怒号的狂风，像要激起她深藏在心底的那股不安和恐惧的旋涡，像要唤起潜伏在暗夜中的全部精灵，像要让所有潜藏的东西都振奋起来……

山村丰子轻轻地把窗户打开一道缝隙。瞬间，一股冰冷的雨水蜂拥而入。

她根本无暇呼吸外面的空气，就“啪”的一下关上了窗户。然而，就在那一瞬间——

透过朦胧的玻璃窗，视野的一角，在黑暗之中朦朦胧胧晃动着一个微微发白的影子……

山村丰子倒吸一口凉气，急忙用手将玻璃上的雾气擦拭干净，把脸贴在窗户上。

路灯摇曳着弱弱的光线。草坪、绿化带、榉树林……在被夜色笼罩的所有物体上，雨在倾注，风在肆虐。可在其中，有一个东西在晃动着，那是……

（那是？）

在绿化带对面的小路上，有一个影子在晃晃悠悠地移动着，任凭雨打，任凭风吹。一个没有打伞的人影。

（谁？究竟是谁……）

山村丰子揉揉眼睛，又把鼻子贴到玻璃上，再次定睛细瞧。

原来是一个穿白色睡衣的少女。她柳肩低垂，双手无力地耷拉着……还有那一头飘散的长发。

（和泉冴子？）

当然不可能看清长相。夜色那么暗，距离又那么远。可是，不知为何，山村丰子刹那间认出了人影。

（为什么，她……）

山村丰子想打开窗户，叫住她。虽然不知道发生了什么事情，可是在这个时间，在这么大的风雨中走动，绝不是件寻常的事。

于是，她顾不上吹进来的风雨，毅然把窗户打开。

“和泉……”

可是，刚一打开窗户，山村丰子突然说不出话了。少女的影子忽的一下不见了。

（到哪里去了？）

消失了？不应该啊！是走到绿化带阴影里看不到了吧？还是进了远处的树林中？或者——

或者刚才看到的那个白色影子是夜色和风雨制造出来的幻影？

山村丰子任凭风雨敲打着自己的脸庞，在躁动的夜景中搜寻着少女的身影。可是，找不到。过了好久好久，那个身影也没有再次出现。

（错觉？）

（大概是，一定是那样的。）

“和泉——冴子……”

她一边喃喃自语，一边关上窗户。胸闷的感觉好多了，近来越显严重的头痛，却又从额头到鬓角一跳一跳地发作了。

（和泉冴子——）

不知为什么，对她总有一丝牵挂。刚刚转学过来，就遇到同寝室少女接连惨死……在这样的雨夜里，她要如何过啊？

（她……）

刚才一定是幻觉。山村丰子摇着头，这样暗暗地告诉自己。

（怎么办呢？）

忧在心头，愁上眉头。山村丰子无奈地走向床边。

（可是……）

可是——也许，她——和泉冴子来到这个学校就是一个诱因，正是因为她的到来，一直潜藏在这个校园中的某种疯狂被诱发。这样想——

算了，搞不清楚的事情太多了，总之，真相总有一天会大白于天下。现在，自己无论做什么，都没什么用。反正，做什么都……

山村丰子倒在床上，闭上了早已昏昏发沉的眼睑。

6

"唧……"

开始还以为是风或雨的声音。

雨声，从这个仓库似的建筑四周一齐传来，越来越大，越来越急。风，在周围茂密的树林间发出高亢的尖叫。时而刮起的阵阵狂风，就像怒吼一样敲打着这栋建筑的外壁。每当这时，中里君江就不禁吓得瑟瑟发抖。

时针已经指向凌晨一点。

中里君江蜷缩在床上。她从一个多小时前就强迫自己入睡，虽然把灯熄了，闭上眼，努力放松，希望快点入睡，可是没有一点用。

风雨吹打在玻璃窗上发出的"啪嗒啪嗒"的震颤声揪着她的心。虽然明知道这是风雨带来的声音，可听起来简直就像是有人在外面敲打着玻璃。

去年十二月自己被关在这里的时候，也有过风特别大的晚上。那三天里，自己睡了多长时间？

这次比上次强多了，最起码不冷。可是……

"唧……"

一听到这种声音，中里君江立即从床上坐起来，然后在心里暗暗告诫自己。

（别怕，是风雨在作怪。）

猛烈的风雨，让人不由得想到台风来袭时的暴风雨。可是，没有听说最近会有台风啊……

其实暴风雨这种东西，也没什么可怕的。这栋建筑虽然老旧，但看起来很结实。另外，在这里也不用担心有什么山体滑坡之类的危险。只是——那种声音，扰人睡眠，诱人浮想联翩。

“唧……”

（什么地方在响？）

中里君江从床上坐起，在黑暗中竖起耳朵。虽然知道是风雨的恶作剧，可终究放心不下。

（门？）

刚想到这里。

“唧……”

又传来同样的声音。

果然，声音是从门那里发出来的。

中里君江有些害怕，不禁抬起头。好像有人在撬门，也许是风吹的缘故吧。

中里君江打开床头的台灯。突然又传来一声。

“唧……”

中里君江连拖鞋都没来得及穿，就光着脚跑到了门口，踩在放在门口的鞋上，悄悄把耳朵贴到了那扇古旧的门板上。

“唧……”又响起了这种声音。

风？不是。（不是风刮的。）

如果不是风……她不禁脱口而出：

“谁？”

沉默。当然了——这个时候，而且是这种天气，怎么会有人在外面。只听到震动树林的风声和拍打地面的雨声。

应该不会有人。不应该有人，可是……

“喂！谁呀……”

她再次问道。就在这时——

“咚！”

突然，外面传来一声拍打门板的声音。中里君江大吃一惊，一下子跌坐到地板上。

（真的有人！）

“谁？你是谁？”

回答她的是又一次“咚”的拍门声。

（难道是杀害堀江千秋的那个色魔……）

她终于想到了这种可能性，一股强烈的恐惧从心底喷涌而出，然后是一阵连续的撞门声。中里君江捂着耳朵，蜷缩成一团。

不久，声音变了。“嘎嗒！嘎嗒！”好像是金属的声音——

（是门锁。）

门是从外面被锁上的。锁是一把样式非常古老的弹子挂锁，看起来非常结实。外面的人正在撬锁，好像要强行把锁打开。

不论是什么人，既然不回答自己的问话，一定是有什么邪恶的目的。中里君江的喉咙因恐惧而发抖，她想叫喊，却发不出声音。即使发出了叫喊，在这个时间，这个地点，又会有谁来帮自己呢？

（怎么办？）

中里君江向床头爬去，关掉了台灯。（怎么办才好呢？）

对，让这个房间变黑，万一门锁被撬开，（……只能逃跑！）先藏在门后，当对方进入房间后，趁机向门外逃跑。

房间又重新变回了黑暗。中里君江一边努力抑制着身体的颤抖，一边蹑手蹑脚地躲到门边。她穿上鞋，屏住呼吸，把后背紧贴在门一侧的墙壁上。

门锁啊，你可千万别坏。中里君江一边暗暗祈祷着，一边默默地等待着。

“嘎嗒嘎嗒”——门锁大概要被撬开了吧——肆无忌惮的撬锁声通过墙壁传到后背。不久，更是听到了对方急促的呼吸声。

“咔嚓……”

木头折断的声音！原来不是开锁的声音，而是金属锁鼻儿从门板上被撬了下来。

中里君江屏住呼吸，紧咬的牙齿似乎要发出咯咯的声响。

（救命啊！）

中里君江使劲儿闭了一会儿眼，然后猛地睁开。她在心里默默祈祷着：“这是场噩梦，快点醒来。”

门被推开了。“唰”的一下，房间里照进一缕昏黄的光线，是手电筒的光。

一个黑色人影，大步走进屋内，浑身上下淌着雨水。屋里实在是太黑了，看不清长相。啊！黑影的右手好像拿着什么东西，在手电筒光线的反射下，闪着寒光。

（刀？！）

中里君江的心底发出一声尖叫。瞬间，她毫不犹豫地拼命向门外跑去。

黑影似乎立刻就察觉到了。一缕缕寒光闪耀在中里君江的后背，好像锋利的刀锋正在疯狂地切割。

外面雨势很大。她的头发瞬间就湿透了，睡衣也紧紧裹在皮肤上。没有穿好的鞋跑丢了，脚下全是泥。

泥泞的地面，惊恐万状的心情，越着急，腿越不听使唤。没想到她刚跑上通往公寓的小路，就一脚踩在湿漉漉的草地上，脚下一滑，向前一倾，扑倒在地。

中里君江的脸正好跌入冰冷的烂泥之中。泥水从嘴巴和鼻子中流了进来。胸口被猛地一撞，一瞬间呼吸几乎停止。后面的脚步声越来越近。喘不上气来。（痛苦。）呼气——吸气——拼命地。异物被吸入气管，咳嗽不止。手脚拼命地扑腾，终于（追过来了！）站了起来。

中里君江发疯似的再一次跑了起来。

（救命！）

（救命啊！）

追上来的话，就要被杀死了。一定是的。现在追自己的这个人，一定是杀死堀江千秋的那个人。他是谁？不知道。那个家伙的眼睛一定闪着凶光。（要被杀死了！）他挥舞着尖刀追着，一定是为了杀掉自己。（要被杀死了！）和杀死堀江千秋一样，要残忍地将自己杀死……

中里君江在怒号的丛林间拼命地迎风奔跑，根本无暇进行冷静的思考。

跑，不停地奔跑……跑着跑着，中里君江忽然想到，怎么还没有看到公寓的楼？

绝望顿时涌上心头。

走错路了！刚才摔了那一跤——然后，跑错了方向。

现在自己正向树林深处跑去。如果这样，一直跑下去的话……

“吧嗒吧嗒……”追赶的脚步声越来越大。折回去是不可能了。

雨，越下越大，中里君江继续跑着。不久——

黑暗，一下子开阔起来。穿过树林，跑到了那个小池塘的岸边。肺和喉咙像火焰燃烧一样的炙热，两肋像针扎似的疼。突然的剧烈运动，再加上恐惧，心脏的跳动已经到了极限。

（不行了！）

再也跑不动了——

手电筒的光摇晃着到了眼前。光线照亮之处，是急急如注的雨丝。

“你是谁？”中里君江对着光线后站立的人影，大声喊道，“你是谁？为什么要干这种事？”

没有回答。也许对方判断出中里君江已没有力气再跑了，所以在雨中不慌不忙地走了过来。

中里君江精疲力竭，颓然地跌坐在泥地上。全身的力气（不想死……）已经全部耗尽，膝盖（不想……）一点也使不上劲。（不想死……）

“求求你！”双手抱在胸前，中里君江扯着嗓子哭喊道，“别杀我。求求你了。”

晃动的光线，好像瞬间停顿了一下。

“别，别杀我。”

她高高举起抱着的双手，大声哀求道。

“别杀我，我可以为你做任何事情。我一定按照你说的做，真的。你想杀人的话，我也可以帮你。”

光线又开始慢慢靠近。

“求求你。啊，对啦。如果你放过我，明天晚上，我把紧急出口的锁从里面打开，你可以从那里进来。还有比我更漂亮的女孩。你去杀她们吧。请，请放过我吧……”

一股温热的液体从股间流向大腿。中里君江已到了极限，连发出声音的力气也没有了，松弛的面孔颓然垂下。

（为什么啊？）

（为什么一定要杀我？）

对方如果是杀人狂的话，当然不可能有什么正当的理由。可是……

面对死亡，中里君江已思维错乱，她根本不去想凶手是谁，反而一心在思索着如果自己被杀死——那么自己不得不死的理由是什么呢？并且，她马上就想到了答案。

（明白了，全明白了。）

这就是“惩罚”啊！

光线来到眼前。在一片黑暗之中，当尖刀的白色寒光闪过的时候，中里君江就像胎儿一样蜷曲着身体，把头埋在两腿之间。

（是报应啊……）

脖子上滑过一阵锐利的刺痛。疼痛的冲击让她一下子抬起了头。喷出的血液“噗”的一下溅满了脸颊，凄惨的尖叫声脱口而出。

绝望的尖叫声，没使凶手畏惧，看着喷涌的血水染红了周边的景色，凶手反而荡起了冷冷的微笑。随后，尖刀又一次挥起，狠狠地刺向中里君江。

在失去意识之前的一瞬间，中里君江终于清楚地看到了凶手的脸。在黑色雨衣的帽子深处——有两束寒光在闪动，那是一双疯狂的眼睛……

刀，刺破了口腔。因此，叫喊和呻吟，再也发不出来了。中里君江临终前的声音，就这样被越来越大的风雨声所吞没，直至完全消失。

少女抱起小雪。

小雪是姐姐养的一只小猫。白白的毛在午后阳光的照射下光彩夺目。庭院里的长椅。少女一个人。

小雪在膝盖上蜷曲着身体，惬意地闭着眼睛。少女用小小的手掌在它的头上轻轻地抚摸着。与她手上温柔的动作正好相反，少女的眼中流露出的却是冰冷的目光——

在少女喜欢的南屋里，昨天，心爱的金丝雀死了。

自己一直精心饲养的金丝雀——两只可爱的小鸟，在黄绿色的鸟笼中，经常轻快地鸣唱，声音婉转悦耳。

（被小雪杀死了。）

是附近的野猫干的，虽然姐姐和妈妈都这样说。

可是，少女知道。

（是被小雪杀死的。）

小雪开始打起鼾声的时候，少女把它的身体塞进一个褐色的布袋中。惊醒的小雪开始狂暴地挣扎。少女不耐烦地抡起布袋，小雪一下子变得老实起来。

少女并未停下毒手，布袋之中，传出了绝命的叫声。

暗红色的血，从布袋中渗了出来。少女用手指摸了摸，然后轻声笑了起来。

第六章　疯狂的教室

1

九月十六日，星期二。

雨下了一夜。天亮的时候，雨停了，风也住了。厚厚的云层依然堆积在空中。清晨的空气，显得凝重而压抑。

学生们走进教室后，突然看到了第一节课改为自习课的通知，这让大家都狐疑不已。

这个学校几乎没有上自习课的记录。即便是任课老师生病或休假等不能上课的时候，照惯例也都是临时调课，改上其他老师的课。

更何况二年级星期二的第一节课是数学课。休假，对于那位原老师来说，可是非常稀有的事。而且今天还是例行小测验的时间。

当然了，取消考试或者考试延期，是学生们求之不得的事情。然而，今天却没有一个人因此而高兴不已。因为……

从早餐时开始，多数学生察觉出今天所有的教职工都是一副怪异的表情。

接连发生的死亡事件，让这些少女变得异常恐惧和敏感。当她们看到那些在走廊里慌慌张张、来来往往的教师和宿管员的身影时，直觉告诉她们一定又发生了什么新的可怕事件。

“第一节课上自习！”

黑板上的文字，不容分说，让她们强烈地感受到了一种不祥之兆。一定又出事了！每个人都这样想。一定又发生了什么不好的事件……

而且，这种预感又使大家极其自然地联想到昨晚被关进“单身牢房”的中里君江。

和泉冴子把双手支在课桌上，托着腮，目光在黑板上方恍恍惚惚地飘移，心中充满了难以抑制的不安和焦躁。

高取惠离奇自焚，堀江千秋惨遭杀害，以及围绕这些事件的种种疑团，还有昨天晚上在食堂发生的事，这些都在不停地折磨着冴子的心。当时，中里君江曾指责她，说这几天接连发生的事件都是因为她才发生的！冴子虽然觉得这是毫无理由的诽谤，可是，当她开始重新审视自己的时候，也不由得感到恐惧。

两个人相继死亡。而且，她们都曾和自己住在同一个房间。

（在我看来，和泉冴子，你就是一个瘟神！）

歇斯底里般扭曲的脸，高声怒吼的中里君江——

（正像她说的，确实如此。自从我来到这个学校，可怕的事件接连发生。好像我的转学，是诱发所有事件的导火索。）

（怎么会这样……）

自己没有任何记忆，可以这样说吗？

（怎么可以……）

在自己的心底，栖息着一个连自己都觉得莫名其妙的东西，这一点毋庸置疑。虽然看不到它的真面目，可是，那个东西的影子总是与月经周期形影相随，有一种难言的不祥和恐怖的意味。那象征着鲜红的血的红色，有一种不寻常的意味……

最让自己担心的是，前天晚上出现的那种被红色（鲜红）的浓雾所包围的梦游状态。那期间，自己到底做了什么？现在一点也想不起来。这一点让冴子很是不安和恐惧。

（是不是，在那个时候，我做了什么……）

每每想到这里，冴子都忍不住想大声叫喊。

那时——对了，堀江千秋的行为令自己十分愤怒。也许，那种愤怒变成了一种憎恨的感情。随后，自己进入梦游状态。难道是无意识中，自己做了什么？

（是我，杀死了堀江千秋？）

冴子慌忙摇着头。

（那样荒唐的事情……我在想什么呢？）

可是，不论自己怎样全力抗拒，也无法完全否定这种可能性。因为答案潜藏在冴子已经回忆不起来的那段无意识状态之中。

而且，还有……

因为在食堂滋事而受到禁闭处分的中里君江，是不是她又发生了什么事？教室内此起彼伏的窃窃私语都在风传着这样的猜测。这让冴子感到十分恐惧。

昨天晚上，返回房间后，自己连澡也没有洗就上床了。结果，一整天大部分时间都是在床上度过的。

总之就是想睡觉。只要睁开眼睛面对现实，就有一种说不出来的痛苦。当时，一直被药物抑制的疼痛又开始剧烈地发作。这是例假结束前最后来袭的垂死挣扎似的痛。冴子特意多吃了一些止痛药，八点半就熄灯睡觉了。可是却怎么也睡不着。不久，她又听到了外面下雨的声音，更是难以入眠。

又过了一个多小时吧，总算是进入了梦乡。

……圣诞……

像往常一样，又做了很多讨厌的梦。虽然想不起来细节，可是，渲染梦的那种不祥的红色却依然如故。

……快乐……

有几次，冴子仿佛感觉到自己已从浅睡中醒来，可是马上又被拖回了梦中，直到早上听见闹钟的铃声。梦，就是这样一个接着一个。

不应该这样啊……

当冴子把手伸向闹钟的时候，忽然大吃一惊。自己竟然没有穿衣服——只穿着一条内裤躺在床上。

怎么回事？不知道。睡觉时明明是穿着睡衣的。什么时候脱掉的呢？一点印象也没有。

冴子一边疑惑不解，一边扫视着房间。自己穿的睡衣，被丢在离床不远的地板上。冴子急忙上前拾起睡衣，疑惑更加强烈：睡衣被水浸得湿漉漉的。

一股寒气滑过脊背。冴子再看看自己的脚，果然……

脚趾间，黑乎乎、脏兮兮的。泥土，牢牢地粘在上面——

昨天晚上，又发生了，这次是在睡梦中，又出现了梦游症状。

（……不要……）

没有任何印象。那么，一定是自己在无意识状态下梦游到了外面，然后被雨淋湿了。不久，自己回到房间，脱掉湿透的睡衣，把它扔到地上，又重新钻进被窝。

（……不要……）

不是这样！

可是，除此之外，还能怎么解释？

如果被关在禁闭室的中里君江昨天晚上发生什么事的话……

……妈妈……

一想到这里，冴子立即坐卧不安，心中再次涌起了疑惑——对自己未知的本来面目产生的一种惊恐的疑惑。

……救命啊……

冴子战战兢兢地向四周窥视。

在宽阔幽暗的教室里，到处都是从座位上探出身子与周围同学小声交谈的同学们。（依然是同样的面孔。）冴子觉得她们都在看着自己。

（听说你和堀江千秋吵架了？）

（在她搬到你房间的那天晚上。）

（是偶然吗？）

（是你杀了她，不是吗？）

（而且这次……）

（这次中里君江……）

（因为，她顶撞你了）

（昨天晚上，你去什么地方了？）

冴子的耳畔，这样的声音在打着旋涡。

（你到底是什么东西？）

（是什么东西？）

（什么东西……）

不知道啊！

冴子使劲地摇着头。忽然，眼角处看到邻座的城崎绫向自己这边瞟了一眼。

“我，什么也不知道。”

冴子把头趴在课桌上，口中喃喃自语。

2

第一节课结束了。

混杂在噼里啪啦从座位上站起来的少女们的人流之中，冴子走出教室，向卫生间走去。

例假即将结束。可是每到这个时候，还是有少量的血……

从卫生间出来，回到走廊时，冴子遇到了班主任古山老师。她好像是去教室。冴子向她点头致意，可古山老师好像根本没有看见她，脸色苍白，径直走过她身边，快步向楼梯的方向过去了。

刚一回到教室，冴子就发现黑板上的文字又有了新的变化。

“在接到通知前，继续上自习。”

这是古山老师写的。

教室里一片沸腾。连着两节自习课，在这个学校可是前所未闻的大事。一定发生了什么事，这一点大家越发可以肯定了。

（难道是——中里君江发生了什么事？）

……妈妈……

冴子用手捂住眼睛，向后打了个趔趄。瞬间，一阵轻微的眩晕袭来。

……妈妈……

少顷，恢复正常后，冴子回到座位，刚要坐下，忽然看见守口委津子正站在对面的窗口边与一名少女在聊着什么。虽然自己和那名少女还没有说过话。可是，冴子从她们的目光中看出她们正在有意地偷看着自己。与守口委津子目光相遇后，冴子没有坐下，而是直接向守口委津子走去。

冴子有一个问题想问问她。昨天晚上食堂发生那件事时，中里君江回敬她的那句话（你这个魔女……）——到底是什么意思呢？

“守口，你好。”

冴子刚一开口，守口委津子就尴尬地垂下了目光，与她在一起聊天的少女马上默默地离开了。

冴子觉得她是在回避自己。离开前，那个少女瞟向自己的眼神，完全就是一个白眼。

“守口，嗯，我想问你点事。”尽管有些无地自容，冴子还是走到了守口委津子的面前。“魔女”——高取惠这样称呼自己，另外，当中里君江责骂守口委津子时也提到了这个词，这个词到底有哪些含义？无论如何她都想知道，而且心里有一种强烈的紧迫感。

“你想问什么？”

虽然守口委津子用一种若无其事的口吻说道，可是，冴子马上就听出了她是在勉强地应付。

“说吧。”

冴子把心中的疑问说了出来。守口委津子的表情立即僵硬起来。

“不行！”沉默数秒后，她回答道，“你，还是不知道为好。”

“可是，她们说的魔女……”

“别说了，和泉冴子，太危险了！”守口委津子故意压低声音说道，口气却很强硬，“好像又发生了什么事。要是中里君江出了什么事——那就绝对危险了。”

“可是，那个——”

“大家都在怀疑你呢。虽然我不太相信你是所有事件的罪魁祸首，可是，这些事件又确实是在你来了之后才开始发生的。因此，我认为这偶然得有些过分了。刚才那位同学，好像对你也是半信半疑的。”

“我？可是我什么也……”

就在这时——

“吧嗒吧嗒——”一阵急促的跑步声从走廊里传了进来。随后，教室前面的门“啪”的一下被推开了。气喘吁吁冲进来的是……

“中里君江被杀了！”关绿的尖叫声，一下子震动了教室，“单身牢房的门被撬坏了，中里君江不在里面。然后，老师们四处去找。警察也来了，然后……”

“冷静点！慢慢说。关绿！”城崎绫站了起来。

“你听谁说的？”

“刚才我去医务室了。早上我觉得有点发烧，想去拿点药。在医务室门口，听到校医冈田和另外一个老师的谈话。”

教室中所有的眼睛，都“唰”的一下集中到了倚在讲台旁大声说话的关绿的嘴角。“听她们说，禁闭室失踪的学生找到了，在树林深处那个池塘的岸边，好像也是被乱刀刺死的。”

无数的尖叫声渐渐汇成雷鸣般的轰叫。学生们都站了起来，嘈杂的说话声从四处涌起，并渐渐形成共鸣，教室震动了。

关绿把头趴在讲台上，瘦小的肩膀在剧烈地颤抖着。一直注视着关绿的城崎绫，脸上也失去了血色，身体僵硬地呆立着。

冴子的身体一晃，后背紧紧地贴靠在窗户上。

(池塘的岸边……被乱刀刺死……)

(……平安……夜……)

冴子的视线开始模糊起来，红色的幻影在不停地闪动。血肉模糊的少女的尸体……

(……圣善……夜……)

冴子向旁边的守口委津子投去祈求般的目光。守口委津子两只手正捂在宽宽的额头上，嘴唇在不停地哆嗦着。

“怎么回事……啊啊……为什么……”可以听到她在自言自语。

“守口，我……”冴子突然感到一股强烈的不安，于是向守口委津子悄悄地说道。

就在这时——

“和泉冴子！”

关绿突然发出一声尖锐的叫声。惊慌的冴子一瞬间甚至没弄明白这是在喊自己，她战战兢兢地向四周环顾着。

“说你呢！就是你！”

关绿站在讲台上，直直地指着冴子。圆圆的眼镜后面，闪烁着异样的凶光。

“昨天晚上，我可看见了。”

“啊？”

“昨晚半夜的时候。你自己心里明白。”

满是雀斑的小脸涨得通红，小嘴像机关枪似的滔滔不绝。

“昨天晚上，我睡不着觉。当然啦，堀江千秋被杀害了，一想到凶手可能还在这附近晃悠，这就够可怕的了。而且，昨天晚上，中里君江因为你被关进了单身牢房。一个人被孤零零地关在那个地方，那岂不是在告诉凶手‘请冲我来吧’。我一直担心中里君江会不会发生什么意外，所以很不安。就在那时——走廊里突然响起了脚步声。已经过了熄灯时间了啊。我觉得奇怪，就偷偷地去看，一看，原来是你！你穿着睡衣正向紧急出口方向走去！”

“那……”

“不要装糊涂！那个时候你去哪儿了？外面可下着雨哟。你不会说是去散步吧。”

“我，不知道。”

“撒谎！”

教室内顿时鸦雀无声。四十名少女的目光，汇聚成一束光线向冴子射来。

“是你干的！”

关绿两手狠狠地揪起自己红褐色的鬈发，“咚”的一下，用脚狠狠地跺了一下地板。

“杀死堀江千秋的也是你。因为中里君江怀疑是你杀死了堀江千秋，所以你就杀死了中里君江！”

“我没有！”

冴子的喃喃声立即淹没在教室内重新泛起的沸腾声中。

“你到底是什么人？”

关绿的指责越来越激烈。

“自从你来之后，这个学校就开始发狂了，好像被什么东西附体了似的。为什么？你！到底是什么人？”

（自从我来之后，开始发狂了。）

红色的心悸，红色的眩晕，红色、鲜红……

（……不要！）

（我……）

湿漉漉的睡衣，脏兮兮的脚，那是？

（……不要！）

“不知道。我什么也不知道。”

冴子拼命地摇着脑袋。

（……妈妈……）

（我，没有杀人！）

（……救命啊……）

“是魔女！”突然，不知是谁，这样突兀地说道。瞬间一片寂静，教室内的空气好像一下子冻结成了冰凌。

“是魔女！”另一人重复道。

“魔女……”

像连锁反应一样，教室内到处回响着这个词。于是——

一直处于混沌状态的嘈杂声，马上变成了以魔女这个词为核心的叫嚣声。

“你是魔女！”

关绿一边向冴子靠近，一边喊道。同时，她也偷偷窥视着默默站立的城崎绫。

“绫大小姐？”

听到关绿的声音，城崎绫把乌黑油亮的秀发向上轻轻地一拢，微微点了一下头。然后，吐出一句：

“魔女！对！”

这句话，就像一锤定音，教室内的少女们一齐走向呆立在窗边的冴子。

你是魔女！

少女们一齐用手指指向冴子，高声喊了起来。魔女！

“你的下一个目标是谁？”关绿吊起眉毛，大声逼问，“杀人凶手！”

冴子不停摇着脑袋。

（那样的事，不可能。不可能。）

（可是——可是……）

魔女！

少女们寒光四射的眼睛、眼睛、眼睛。异常亢奋的声音。魔女！

“不要！”

冴子捂上耳朵，大声喊道。

（那个睡衣是怎么回事？昨晚在什么地方，做了什么？）

“不要……”

（堀江千秋、中里君江——我恨她们两人。真的恨吗？恨到想杀她们的程度？）

魔女！

教室里的空气形成旋涡。少女们的声音像游行时齐呼的口号，形成巨大的波浪向冴子涌来。

冴子把目光投向站在旁边的守口委津子。守口委津子看到冴子的目光后，一边无奈地摇着头，一边向后面退去。

（你也？你也认为是我干的吗？）

以关绿为首，少女们一齐向冴子围了过来。咚！咚！咚……脚跺地板的声音，就像狂击的大鼓。不一会儿，靠在窗边的冴子就被半圆形的制服白墙所包围。

魔女！

高声叫喊的少女们的脸上，表情一致——一种混杂着恐惧、厌恶和憎恨的独特表情。这些少女，像是被什么东西附体似的。

“不要！”

冴子感到一种莫名的恐惧，声音忍不住地颤抖。“求求你们。不要再这样了。”

（不是。不是我。可是——可是，在我的身体里……）

魔女！

怒喊声势不可当。少女们的包围圈也越来越小，冴子的后背与窗户越贴越紧。

魔女！

（不是啊！）

（那个梦。不知何时的梦。在红色冰层中的那张脸，那个长着发疯似的眼睛的女孩——如果那个是我的话……）

……圣诞……

魔女！

“不要这样。不是！我不知道啊！”

……圣诞……

魔女！

……快乐……

波涛汹涌的口号声——更加狂热、高涨。

冴子的后背靠在窗户上，一点一点地向旁边退却。突然，她的身体猛然一倾。旁边的窗户正好是开着的。

冴子“啊”的大叫一声，她那失去支撑、重心失衡的身体一下子倒栽了出去。她想伸手去抓窗框，可是已经来不及了。

少女们的声音凝固了。二楼窗外，白色的制服在空中飘舞。

少女，每天晚上，都在梦中游荡。

睡眠中出现的被称作梦的这种幻影，让少女感到非常不可思议。梦中有声音，有人，也有动物。有天空，有树木，有河流，也有风。有颜色，也能感觉到气味。这是为什么？

为什么梦和白天的世界不一样呢？为什么白天的世界是真实的，而梦中的世界是虚幻的呢？

“因为一睁开眼睛就看不见啦。”

姐姐这样解释说。可是——可是，对了，白天的世界，睡觉的时候不也消失了吗？

虽然感到非常不可思议，可是那种疑问，不知在什么时候却悄悄地消失了。

少女在梦中游荡。

梦的颜色是红色——鲜红、绯红、殷红。

流在身体里的血的颜色，手掌上溢出来的血滴的颜色。从损毁的汽车里爬出来的男人的头——还有死去小鸟的身体上所涂染的颜色。碎烂的猫渗出的颜色。

少女，每晚，都在梦中游荡。在梦中疯狂地嬉戏。

第七章　过去的耳语

1

大大的家，宽敞的西式客厅——

白色的长毛地毯上，冴子伸着腿坐在上面。

外面是夜晚，雪下个不停。窗玻璃上一层白霜。暖炉里的火，正熊熊地燃烧……

房间的一角摆放着一棵冷杉树，上面悬挂着许多华丽的装饰物，五彩缤纷的霓虹灯在明灭闪烁。

“圣诞快乐！”

一直开着的电视中，涌动的人群围绕着同样装饰的树，正齐声高呼：“圣诞快乐！”

（圣诞节？已经到了那个时候？）

手扶在地毯上，暖融融的感觉。脚用力向前伸去，后背靠向沙发，打了一个哈欠。

（这是什么地方？）

好熟悉。

（荻洼的家？）

不是。和泉家没有这样的房间。宗像家？也不像。可是，这个场景却没有一点陌生的感觉，为什么这么确信呢？

而且……

电视中传出来的歌声，是非常熟悉的旋律——《平安夜》。

平安夜……圣善夜……

……万暗中……光华射……

嘴唇，在笨拙地模仿着歌词。蓦然之间，冴子在自己的意识中终于捕捉到了自己儿时的身影。

一边揉着发困的眼皮，一边看着电视的画面，四岁的少女——

照着……圣母……

……也照着圣婴……

“不要！”

突然，歌声被凄厉的尖叫声所淹没。

“不要！不要！”

家中响彻着一个女孩的悲鸣。

“妈妈！救命呀！”

一股黏稠的红色浪花，“啪”的一下飞溅到电视机屏幕上。

“妈妈！”

紧接着，房间里泛起了血红色的洪水……

被染成红色的地毯上，一个男人的身体硬邦邦地趴在上面。发出尖叫声的女孩，颓然地倒在男人的身上。然后——

一个浑身是血的女人，双膝一软，跪在地毯上，茫然地望着那两具一动不动的身体。

“呜呜呜……”她的口中开始发出痛苦的哭声，紧紧抱着沾满鲜血的尸体，不久，哭声变成了哽咽……

不知什么时候，冴子的衣服上也开始流淌着鲜红的血。她偷偷看了一眼自己的手，小小的手掌也被飞溅的血染得鲜红。

一声惨叫喷涌而出。然后，渐隐渐暗——

2

冴子清醒过来时，已经是九月十八日，星期四——也就是从教室窗户跌落下来的第三天下午。

在相里市内的一家综合医院的病房里，随着一声尖叫，冴子睁开了眼睛。

醒来之前做的这个梦，在脑海中栩栩如生。

整整两天，她一直处于昏迷状态。为什么会这样？最初，自己什么也想不起来。后来，在回答医生的询问时，渐渐恢复了记忆。

“记忆力好像没有受到伤害。”医生对着旁边的女性说道。是宗像千代。“几乎没有什么外伤，可以马上出院。不过，为了慎重起见，最好再做一次脑电图检查。最后，就是她的心理问题了。”

“非常感谢！”宗像千代向医生深深地鞠了一躬。然后，她把脸转向冴子。“太好了，没有什么大事。”

冴子想回答，可一时找不到合适的语言，只好茫然地眨着眼睛。当医生和护士走出病房后，宗像千代长长地出了一口气。她的脸，在这一周时间内，好像一下子苍老了很多。一股悲伤涌上冴子的心头。

“嗯——姨母？”

“什么事？”

“您一直在这陪着我吗？”

宗像千代眨了眨眼睛，紧绷的嘴角松弛下来。“对不起了，冴子。”她说道。

“哎？为什么？”

“本来想一直陪着你，可是有各种各样的事不得不去处理。今天刚巧能抽出一点时间，就过来看你，正好赶上你醒过来了。”

“是——吗？”

“你也可以认为我是一个不近人情的姨母。”

“不！没那个意思……”

“没关系的。你那样想是理所当然的。”

宗像千代苦笑了一下。冴子第一次看到她有这样的表情。“不过，真是万幸。要是万一出了什么事，我真是对不住和泉夫妇了。”

“嗯，姨母……校长！”

“在这里叫我姨母吧。”

“啊，是！姨母。”

冴子对宗像千代温和的态度有些疑惑不解，但还是问起了自己最关心的事情。

“班里的同学们，那之后……”

“大家都很担心你。”宗像千代回答道。

“担心？”

“是的。因为有课，所以不能来探望你。”

“可是，我摔下来是……”

“好了，冴子，已经是过去的事了。”

“可是，那时……”

“听说中里君江出事后，你又休克了。唉……你休克后，就那样顺着窗户掉了下去。班长城崎绫马上叫来救护车。幸亏前一天晚上下了一夜的雨，下面的草坪很松软，如果不是那样的话……”

（怎么回事？）

冴子感到眼前一片发黑。

班里的全体学生，都在说谎。

（你是魔女！）

（魔女……）

想起那一张张好像被什么东西附体似的面孔，一边齐声高呼，一边步步紧逼，冴子不禁浑身颤抖起来。那种声音，其他教室也应该听得到啊。难道说，她们和一年级、三年级的学生们都打过招呼了……

“你怎么了？”

看到宗像千代一脸诧异的表情，冴子缓缓地摇了摇头。

如果说出来，也不可能让别人相信。一直戴着认真、老实、温顺的大小姐面具的同学们竟能做出那样疯狂的行动，谁都不会相信。自己到底怎样解释才能使宗像千代校长相信呢?

冴子咬着嘴唇。然后，她把话题转到了另一个她关心的问题上。

“公寓发生的事，是怎样的？果然是中里君江吗？”

一丝更加阴郁的表情掠过宗像千代的脸庞。“唉，是的。非常悲惨。”

“凶手……”

“还没有抓到。警察怀疑这次事件和前几天堀江千秋事件都是同一个精神变态者所为，正在搜查。”

（精神变态者……）

宗像千代的这个说法应该是正确的。虽说这样，可是明明知道杀人凶手可能就在学校内部，但是为了保住“圣真”的名誉，她会不会继续掩盖下去呢？

（凶手在学校内部？）

一想到这里，恐惧又袭上心头。一阵恼人的耳语，裹着冴子的疑惑从内心深处传来。

（是你干的！）

关绿的喊叫声。还有，在四十个少女口中狂喊的“魔女”的口号声……

冴子把双手从散发着消毒水气味的被窝中抽出来，用小小的手掌蒙住了脸。

不知道该想些什么，也不知道该怎样想。真相到底是什么？自己究竟做了什么？还是没做什么？自己到底是什么东西？

宗像千代把手放在浑身颤抖的冴子的手腕上。“冴子，你怎么啦……”

“姨母。”冴子终于下定决心，“我有一个问题，无论如何都想问问您。”

“是什么？”

“请告诉我。十二年前——造成我亲生父母和姐姐死亡的那次事故，到底是什么事故？”

宗像千代的脸上现出一副惊慌的神色。“那件事，你还是不知道为好。”

“和泉家的父母也是这样说的。不知道为好，不知道为好。可是……”

“你自己一点印象也没有吧。”

“是的。”冴子避开宗像千代的视线，“十二年前，我已经四五岁了……应该记事了。可是，关于那一时期的事情——不，就连被和泉家收养一直到上小学的那一段，无论怎么想，都是一片空白。什么也……”

“大概——”宗像千代深深地皱起了眉头，“也许是因为你当时受了很大的刺激，所以丧失了事故以及与事故相关的记忆了吧。”

“可是，姨母？”

冴子又把目光转移到宗像千代的脸上。“我无论如何……”

“你的心情，我能理解。可是，现在这个时候，我觉得你还是不知道为好。”

“为什么？”

“幼时的记忆被封存起来，也就是说，冴子，这是你的自我意识在拒绝回忆这段经历。抹去这段记忆，是为了使你的内心保持一种平衡——明白吗？”

“内心，平衡……”

冴子一边喃喃自语着，一边凝望着空中。“姨母——我做了一个梦。”

“梦？”

“是的。就在刚才，在醒过来之前。”

“那么你是被噩梦所惊吓，才发出尖叫声吗？”

“嗯。”

冴子眨了眨眼，梦中的景色又浮现在眼前。

“不知道在什么地方，感觉像是在自己家中……圣诞节的夜晚……女孩的尖叫声，满身是血的尸体倒在地毯上……”

“别说了！”

宗像千代厉声说道。“谁都会做噩梦。”

“可是，对于我来说，那……”

“只是一个梦，不要多想。对你来说，现在最重要的就是好好休养。”

“可是……”

“听我的话！”

宗像千代又恢复了平时那种严肃的面孔，断然打断了冴子的话。“不管怎么说，总有一天，关于那次事故的事会让你知道的。不过，现在还不到时候——不是故意瞒着你。你现在不要去想那些没有用的事情，好好养病，争取早点返回学校。好吗？”

3

下午三点——

宗像千代刚刚离开病房，冴子接到了一个探视申请。"一个叫高取的人来看你。"

护士刚刚说出名字，冴子的心就一下子紧张了起来。

（他，来了……）

与其说是高兴，不如说是想念。仅见过一面而已，可为什么竟然涌起这样（想念？）的感情？为什么呢？

高取俊记走进病房，看过冴子的脸后，一只手抚着脸颊，自言自语道："没事就好！没事就好！"

和前几天不修边幅的打扮有所不同，这次，高取俊记穿着黑色西裤，上身套着一件漂亮的灰色毛衫。可是头发依然是乱蓬蓬的，下巴处依然是邋遢的胡须，再往脚下看，是一双脏兮兮的运动鞋。

冴子情不自禁地笑了起来。高取俊记一边尴尬地挠着头，一边说道："哎？果然还是很可笑吧？"

冴子慌忙答道："咦？为什么这么说？"

"嗯，上一次，我的打扮很邋遢吧？因此，本来我已经决定了，就像小惠告诫我的那样，下一次见面时一定要好好收拾收拾。可是，一着急，我就全忘了，又像往常一样不修边幅了。那……”

“挺合适的。”

冴子微笑道。高取俊记的脸羞得通红。

“啊啊，你看一来就说些无聊的话。总之——甭管了，我的打扮无关紧要。你没有受重伤，真是太好了。是从二楼的窗户掉下去的吧？”

“嗯。”

“那天，我——就像前一天在电话里跟你说的那样，一早就去图书馆了。去调查三十五年前的那件事。下午去了警察局，可刚到那里就听说学校又发生杀人案了。而且还有学生从窗户掉下来，被送到了医院。果然又出事了，我想，然后急忙赶去学校。到校后才知道了原委。于是又来到医院。当时，你失去知觉，昏迷不醒。我非常担心。后来听医生说，你没有受到什么外伤，至于什么时候苏醒只是时间问题，我这才安心了许多。”

“谢谢你，让你替我担心了。”

“你不要这样客气。”高取俊记微笑起来，“当然了，担心是真的担心。小惠的事给了我很大的打击，只有你认真地听我啰嗦。这样的你——如果再出什么意外的话……”

“谢谢！”

“不。怎么说呢，是我有些寂寞吧。妹妹死了，如果可能的话，也许在你身上可以看到她的影子。虽然这样说对你可能很不礼貌，但是我真的很高兴可以和你亲近。”

“但是——”冴子一边对自己心潮澎湃的感觉有些不可思议，一边表达着自己的心情，“听到你说你这么关心我，我……真的很高兴。像你这样关心我的人，以前还从来没有过。”

高取俊记一边微笑着，一边把两手抱在脑后，穿过房间，站到窗边。窗户上挂着浅蓝色的窗帘。高取俊记抓住窗帘一端向上卷了卷，然后向窗外看去。病房好像是朝南的房间，一缕炫目的阳光从缝隙中照射进来。

“早上还是阴天呢，现在天气这么好！”

高取俊记用明快的语调说道。由于逆光的原因，看不清他的表情。“现在想听下调查结果吗？这个时候提到这个，也许你会讨厌吧。”

“讨厌？为什么会……”冴子把头从枕头上抬了起来，“如果有什么结果，请通知我。我不是这样拜托过你吗？”

关于死亡的话题，已经听得太多了。但想要听高取俊记的调查结果的心情却很强烈。

“谢谢。”高取俊记一边说，一边向冴子的方向迈近了一步，“首先——对了，是图书馆的事。星期二的上午，我去市图书馆查三十五年前的报纸缩印版。不知道三十五年前这个数字准不准确，也不知道是哪个月份发生的事，说实话，我当时很悲观，认为花一天时间也查不完。可是——”

高取俊记把放在墙边的椅子拉了过来，坐下。“一九五一年五月十三日。那一天的报纸上有记载。”

“一九五一年……”

“嗯，正好是三十五年前，和传说的一样。”

高取俊记把肘放到膝盖上，修长的身体前倾着。“在圣真女学园高级中学圣真学生公寓被称作‘特别室’的房间内，当时一位名叫岩仓美津子的二年级女生自杀身亡。报纸报道说她是浑身浇满煤油，自焚而死，也有提到房间浴室内的淋浴一直开着。现场没有发现遗书，但是根据老师和同学们的证言，最后推断是因为她心理异常才导致的自杀。

“所以说，你听到的那个‘传说’，非但不是空穴来风，还相当符合事实，连‘美津子’这个名字也完全对得上。只是，那个解释是错误的。传说中把美津子说成是‘魔女’，说她受到了火刑的惩罚。而实际上美津子到底是怎样死的呢？是自杀，还是他杀？当然，新闻报道根本没有必要去做这样的判定。可是，我想到一个问题——”

高取俊记用手指抚摸着也许是因为胡须邋遢而显得尖尖的下巴。

“传说这种东西，不管它与事实相比，看起来有多么夸张和变形，它一定会在某一方面触及事件的真相。我是这样认为的。有时，与单纯的事实记录相比，它更能鲜明地指引我们看到事件的真相。”

看到冴子茫然地侧耳细听，高取俊记轻轻地挠了挠头。“嗯，也就是说，虽然是传说，但也不能把它看成是纯粹的无聊和荒诞不经。

“当然了，三十五年前的那次事件，虽然不能断定是凶杀案，但是也不排除有这种可能性。和小惠的这次事件一样，我们可以想象，那次事件也是宗像家向警察施加了某种压力——总之，传说背后的那次事件是真实存在的。

“你累了吧？”

“没有。”冴子摇摇头，“不要紧，你继续说。”

“如果你身体不舒服的话……”

“不，一点也没有。”

不管内容如何，倾听高取俊记的谈话，会让冴子的内心没缘由地感到一种平静与安宁。冴子露出一副明快的表情：

“真的不要紧。所以，请你继续。”

“那好——”

高取俊记直起后背。

“因此，无论如何，我必须确认三十五年前那件事。至于那次事件和现在发生的事件有什么联系，虽然有各种各样的考虑，暂时先不去想。于是我离开图书馆后，正像刚才和你说的，去了一趟警察局。在那里听说又发生了新的事件，因此那天没有和刑警说上话。第二天——也就是昨天，我来这里看了你一眼之后，又去了一趟警察局。没想到，竟得到了意想不到的收获。

“我见到了一个叫藤原的刑警，他和我谈了很多。”

“藤原……”冴子重复着这个耳熟的名字。

“哎？你认识他？”

“是的。前两天——堀江千秋出事后，他问了我很多问题。”

“这样啊。”

高取俊记眨了眨黑睫毛下乌黑的大眼睛。“他马上就要退休了。可是，到现在还只是一个普通的刑警……在确认小惠尸体的时候，我和他说过几句话，那时，我就觉得他话中有话。他说小惠的死，大概一开始就被定性为自杀了。”

“那么说，那个刑警也？”

“是的。”

“他说，他也怀疑。小惠的死，还有岩仓美津子的死……”

4

“结果，到了这个年纪，我还是一个默默无闻的普通刑警。这也是因为我那个时候太较真，太拘泥于那次事件的真相——没有好好地领会上级的意图。”

在警察局附近一家低档的咖啡馆一角，藤原一边啜饮混有大量砂糖和牛奶的咖啡，一边讲述着。

“三十五年前啊，我高中毕业，刚刚当上巡警。那时，我的理想是当一名刑警，能够意气风发地活跃在破案第一线。对于这个职业，怎么说呢，有一段时间我也曾经抱有某种幻想——算了，不发牢骚了。不管怎么说，当那次事件被当作简单的自杀事件低调处理的时候，我是强烈反对的。

“高取先生，关于这件事，你了解多少？”

“在学生之间流传的传说，还有，昨天在图书馆查到的新闻报道。就是这些。”

对于藤原积极的态度，高取俊记确实吃惊不小。也许，这和他对于警察这类人群所抱有的偏见有关吧。

“啊，不过，你有了这些材料就可以充分怀疑你妹妹的事件和那次事件有关联了。”

藤原从西服口袋中掏出一张皱巴巴的剪报，然后点上一支烟。

“大概，有一些你还不知道的事实，我向你说明一下吧。”

“谢谢！请讲。”

“三十五年前死去的那名女生，名叫岩仓美津子。‘二战’后，一直没有使用的那间特别室，又重新为她开放，据说她的父亲是相当有实力的大财阀，又是社会名流。这个女孩，在那个房间的浴室内被烧死了。

“浇上煤油，点着火柴。大概是她提前就打开了淋浴，为了在自己断气之后，不让火势蔓延，以免烧到建筑物吧——当时的公开解释是这样的。可是，我想在报纸的新闻报道中没有写明的，还有一点，那就是——她的死与普通的自焚有着明显的不同之处。”

“此话怎讲？”

“好像她在被火烧之前，喉管就被刀片状的东西割断了。”

“刀片状的东西？”

“是的。可是，在现场根本没有发现类似的锋利物品。”

“那么说……”

“他杀的可能性最大，当时参与现场勘查的人都这样认为。因为被烧死的尸体不可能出现那种伤痕。问题是咽喉部位的伤痕并不严重，可以确定尸体不是死后被烧的。也许是她想割喉自杀，但是切断喉管后没有死成，于是就用了放在房间内的煤油自焚。我的上司就是这样告诫我的。他的意思很明显，让我不要再从他杀这条线索上考虑了。”

“割喉的锋利物品不在现场，这个疑点就这样掩盖过去了吗？”

“是的。”

“这也太勉强了吧。”

“确实如此——当我知道这样处理是警察局上面的人受到了

某种压力的结果时，已经是很久以后的事了。虽然不知道具体内幕——

“可是，就连我那样的年轻人都能很容易地联想到，一定是当时的市长，又兼任那个学校理事长的宗像伦太郎暗中运作的结果。宗像伦太郎，他既是政治家又是实业家，还是有名的教育家。正因为如此，对于丑闻，他一定会想方设法进行遮掩吧。

“由于我始终不能接受这样的结论，所以被上司批评说还太年轻。话虽然到此为止了，可是，由于这件事的影响——不能聪明地顺从体制，从那之后，我升迁的机会就断送了。”

“对岩仓美津子自杀的动机是怎样解释的？”

“那个解释听起来也煞有介事。”藤原摸了摸稀疏花白的头发，“那个孩子的行为一直很怪异，好像在精神方面有些问题。听说，她总是把自己称为魔女。”

“魔女——真的吗？”

“是的。她这样自称，而且她非常任性，想干什么就干什么，还经常说自己有魔力，谁要冒犯她的话就会遭灾倒霉。当然啦，学校这方面，在她的父母面前，不太敢这样直说。但是，‘圣真’可不简单，它有控制舆论的关系网。”

“关系网？真是讨厌的词啊。”

“因此，也不能说她没有往身上浇煤油的动机。但是在我看来，如果说美津子平日果真如此，更说明了那是他杀，而不是自杀。”

“我懂了。”

“三十五年前的事件就是这样。事到如今，也无法再插手了。除了学生们的传说之外，也没有什么可回忆的了。在我们警察内部，那次事件至今依然被看作一个不可触碰的禁忌。”

藤原沉默下来，点着了第二支香烟。

一直聚精会神注视他的高取俊记开口说道：“关于高取惠——我妹妹那件事，坦白地说，您怎么认为？”

“冲动型自杀。”藤原用略显生硬的语调说道，“这是警方的意见。”

“可是，那……”

“是的。高取先生，正像我先前跟你说的那样，这次事件，和过去一样，警方也受到了外方的压力。就是这样。”

“这么说，我妹妹果然是……”

“请等一下。”

藤原伸出夹着香烟的指尖，轻轻地摆了摆。“遗憾的是，这次没有任何可以定性为他杀的证据。”

“应该有疑点吧？”

“疑点？有。不过只是疑点而已。”

“我知道没有证据！”高取俊记意识到自己的声音在不知不觉中抬高了，马上压低嗓门说道，“比如说，和岩仓美津子那时一样的刀伤之类的，在我妹妹的事件中，难道没有吗？”

“无可奉告啊。”藤原回答，“我因为刚才说的那些原因，在警察队伍中很不受欢迎，大概被视为需要特别提防的人物吧。因此，即使有那样的消息，也不会传到我的耳朵里。可能在更高级别的上司那里就把消息封锁了。”

“是吗——可是，我一直认为妹妹不是自杀。这绝不是我伤感的偏见。”

“噢？”

“这次事件简直和三十五年前的事件一模一样，对吧？这么偶然，真难以想象。不得不让人怀疑这是一场人为导演的事件。”

“能不能这样考虑呢？你妹妹是否正是为了模仿传说中那里发生过的事，才这样自杀的？”

“为什么——”高取俊记的声音一下子激动起来，“为什么妹妹要模仿那样的方式？”

“这话有点说过了。从自杀者的心理分析方面来看，只要是想做的事情，无论怎样都能做得到吧。”

“不可能的。”随后，高取俊记露出自嘲般的表情，“或许这又是我太感情用事了。”

“嗯。不过，不是无的放矢。”

“哎？”

“说句心里话，我也不赞成你妹妹是自杀的说法。如果是普通的自杀，那也太不自然了。”

“是他杀？”

“如果是他杀，事实上又很难解释得通。确实，你妹妹的事件和三十五年前的事件酷似，总有种故意为之的感觉。可是，如果作为他杀来考虑的话，那么为什么凶手会采取这样奇怪的杀人方法？有必要吗？这是一个问题。”

“确实如此。”

“唉。即使有再多的想法，现在的我已经没有精力去挑战官方的意见独立办案了。即使有那样的精力，以我一个普通刑警的身份，也不可能随心所欲地去学校做各种各样的调查。宗像伦太郎的女儿，那个学校校长，她的眼睛总是闪烁着精光。如果我真的去调查的话——这个警察是来干什么的？她不是马上就知道了吗？”

藤原那满是皱纹的圆脸上，堆出了一种复杂的笑容。

“前天，还有昨天，那里发生的杀人案，你一定也听说了吧。”

“是的，听说了。”

“最初，我也是专案组成员，参与了调查。可是今天，忽然就把我给拿下来了。”

“哎？怎么回事？是因为……”

“同样的原因。”

啊，是那个原因吧。高取俊记猜想到。从藤原那淡淡的口吻来看，应该是那个原因吧。

老刑警把空杯子往旁边挪了挪，一只胳膊肘支在桌面上。“前天那个人，是在公寓庭院内被杀的。凶器是刀状物，可能是万能菜刀或者水果刀。凶器没有遗留在现场。因被害人没有遭到强暴，警方推断是精神变态者流窜作案。客观来看，这条线可能性比较大。

“可是，昨天发现的尸体——从作案手法上看，应该是同一个犯人所为。这个情况就有点奇怪了，无法解释。不仅是我，其他人也感觉到了。如果是精神变态者流窜作案的话，有很多明显的不合常理之处。”

“您能不能再说得详细一点？”

“好吧。反正，已经跟我没有任何关系了。”

藤原把另一只胳膊肘也放到桌面上，双手十指交叉，下颚顶在交叉的两手手背上。“被害者中里君江，和之前被杀的堀江千秋都是二年级学生。据说，她是因为前天傍晚在公寓内做了不体面的事，所以当天晚上，被关到了远离公寓楼的一栋单独建筑内的禁闭室里。

“然后，昨天早上，有人发现那个房间入口的门锁，被人从外面弄坏了。是山村丰子，公寓的宿管员在给她送早餐时发现的。房间内没有看到她的身影。于是大家慌忙去找，最后在离那里有一段距离的池塘边发现了她的尸体。事情经过就是这样。

“当然了，两起案件是同一个精神变态者实施的，这样考虑也无可非议。可是，这样考虑的话，也就是说，凶手是偶然地发现并袭击了同样是偶然受到禁闭处罚的学生。但那天晚上下了很大的雨，对吧？在那样的天气中，凶手不论再怎么不正常也不可能漫无目的地四处游荡吧。这样看来，基本上就可以排除外部流窜犯偶然作案的可能，剩下的就是……”

“是知道中里君江那天晚上被关进禁闭室的——内部人员作的案？”

“这样考虑是最自然的吧。”

“确实如此。”

高取俊记把冰凉的咖啡杯贴到嘴边。“那个房间门锁的钥匙是由谁保管的？”

“终于问到点子上了。”

藤原会心一笑。

“那天晚上在公寓值班的原老师，还有在公寓住的宗像校长，这两个人都有钥匙。内部人员都是怀疑对象，门锁被破坏这个事实，乍一看，可以把这两人排除在外，但是，谁也不会那么天真。”

“那是当然的啦。如果使用钥匙进入房间的话，仅凭这一点，谁都会想到凶手就是保管钥匙的人了。即使有钥匙，也不会干这种愚蠢的事。”

“确实如此。”

“刑警们真的认为这两个案子的凶手都是内部人员吗？”

“现在还不敢断言。但至少在昨天，不仅仅是我自己，所有专案组的人都把侦查视线转到了这个可能性上。可是，到了今天，形势突变，上面下达指示要求不要考虑内部人员作案这种可能性，事件依然被定性为精神变态者的流窜作案。然后，就把有过‘前科’的我，第一个从专案组调了出来。”

“是受到宗像家的压力了吧。”

“如果杀人凶手真的是在学校内部，这对名校‘圣真’来说，绝对是一个很大的打击。因此，哪怕是歪曲事实，也不得不这样做吧。”

“宗像家有那么大的能力吗？”

“好像有啊。”

“有没有什么方法可以让警方搜查的手伸进学校内部？杀人凶手身上一定沾有死者的血迹，凶器也一定藏在什么地方。只要做一下鲁米诺反应试验[①]，这不是很简单就……”

“不行啊。”藤原厚厚的下嘴唇向前一突，眼睛凝视着半空，“一个刑警的力量无论如何都是微不足道的。这里的警察……”

“可是……”

“好吧，只有一个办法，如果在那个公寓内再次发生杀人事件，那么不管怎样，搜查方向都不得不转变了吧。”藤原苦涩地笑了

① 鲁米诺（Luminol）是一种白色至淡黄色的晶体，法医学上常使用鲁米诺来检验犯罪现场留下的血迹。

笑，露出被烟油熏得发黄的牙齿，“我这样说，真是有失刑警的资格呀！”

5

“高取先生，我……”

冴子失去血色的嘴唇在颤抖着，用乞求的目光看着高取俊记。

“我——我……”

“嗯？”高取俊记惊慌地收住话头，“对不起。我只顾着说了。你是不是不舒服？我去叫护士。”

“不，不是。”

冴子使劲地晃着脑袋。“不是那样，我——”

“你到底怎么啦？”

“我受不了了。我害怕，别说了……”

“害怕？那就不说了。确实，身边的人接二连三……”

——不是的！冴子混乱的内心深处叫喊着。

（我说的害怕，不是那个意思。当然也有那个意思，不过，现在我最害怕的是我自己……）

这样的想法要如何向高取俊记解释呢？

“不是的。”

冴子又重复了一句，刚才想说的话却怎么都说不出来。

高取俊记露出了无法掩饰的困惑。他从椅子上站起来，又走到窗边，两手交叉抱臂，默默地看着窗帘。过了一会儿才说道："果然给你添麻烦了啊。"

他两只手臂无力地垂落下来，然后又转向冴子。"对不起，我做得实在太过分了……听到这样的话，你的心情怎么会好呢？到病房来跟你说这些事，真是太没有常识了。真的是对不起了！"

随后，高取俊记低着头，向病房门口走去。"谢谢你，和泉同学。如果还有机会见面的话，下次一定说些愉快的话。"

"啊……"冴子从床上坐了起来，"啊，不是的。我，哪有添什么麻烦……"

"好了，别说了。"高取俊记安慰似的说道，并露出了笑容，"好啦，再见！"

"高取先生！"

（等一下！）

高取俊记刚刚把手伸向房门，冴子下意识地从床上飞奔而出。"请等一下！"

冴子从后面紧紧抓住高取俊记的手腕。大吃一惊的高取俊记急忙转身。就在这时，冴子拼命地把头埋入高取俊记的胸口，胡乱地摇着头。

"不是啊。我，害怕我自己。我，不知道，杀人的是不是自己……”

“说什么呢？”高取俊记追问道，“和泉同学，你究竟……”

“帮帮我！”

冴子继续摇着头。在高取俊记那消瘦却宽厚的怀里，冴子晃动着自己瘦小的身体（为什么这么瘦小呢？）……眼泪，止不住地流了出来。

“求求你。我，一个人。我……”

不知何时，高取俊记用宽大的手掌像哄小孩似的抚摸着冴子的头发。“发生什么事了吗？”他用镇定的语气说道。

“好了。回到床上去。如果不介意的话，你可以跟我说说。到底是什么让你那么害怕，好吧？”像被高取俊记抱着似的，冴子被搀扶到了床上。

她费了好大的劲儿才擦干了眼泪，一边调节着紊乱的呼吸，一边偷偷地看着高取俊记的脸。

“可以和我说说吗？”高取俊记又坐到了刚才的那把椅子上，温柔地说道，“如果我能成为你的倾诉对象……”

“谢谢。”

冴子发自内心地说。对于自己刚才的举动，一种羞耻感涌上心头，冴子感到脸颊开始发烫。

高取俊记用真挚的眼神看着冴子，深深地点了点头，问道：“可以跟我说了吧？”

听到催促的问话，冴子犹豫了一会儿，最后，终于断断续续地讲了起来。

6

“有那样的事？”

听了冴子的讲述后，高取俊记把目光投向天花板，自言自语道。

“你是宗像校长的外甥女，真是没有想到。刚才，对于宗像家的事，好像说得有点过分了。你不要介意。”

冴子注视着高取俊记的脸，说道：“宗像家的事怎样都无所谓。”

“可是……”

“我如果一直在和泉家就好了。我什么也不想知道。”

“我该说些什么好呢？我……”

高取俊记把手伸向毛衣外套的胸前口袋，刚伸进去就慌忙停了下来。自从小惠死后，他一直没抽过烟。

“因此——”深思熟虑后，他终于开口道，“也就是说，你是在怀疑自己，在那个——梦游状态期间，自己是不是真的杀了人？”

“因为——”冴子有气无力地说，“因为，关于那期间的事，我根本没有任何记忆。班里的同学们说我是魔女，说我是杀人凶手——当时，我虽然反驳说不是，可是，真的不是吗？连我自己也有些怀疑。”

“在你自己的记忆中，应该没有杀过人的记忆吧？因此……”

“可是，不知在心底的何处，对堀江千秋和中里君江，我总有一种仇恨的感觉。因此，怎么说呢，在我心里，好像栖息着一种连我自己都不知道的东西，如果现在的我失去知觉，那个东西，说不定就会出来……”

“你不要总往坏处想。对了，不是经常有这样的事吗？感觉自己的身体什么地方不舒服了，就赶紧翻开医学书之类的资料来查找，一看到有和自己症状相类似的，马上就想到：‘啊啊，我是不是得这个病了，我是不是得癌症了。’本来不需要担心的问题，却不由自主地往那方面想。”

“和那个不一样……”

“是一样的道理！”高取俊记斩钉截铁地说道，“不管怎样，首先要相信自己。”

“那……可我做不到。因为，我自己到底做了什么，我真的是不知道。”

“你不是那种能杀人的人。我可以保证，这还不行吗？”

冴子用手捂住眼睛，眼泪几乎要夺眶而出。

“谢谢你。可我，还是不行，不敢相信。而且，现在我的耳朵里还可以听见，当时，全班同学的怒吼声——魔女！魔女！大家的眼神全都充满了憎恨和厌恶，好像疯了一样……”

“现在她们已经后悔了，当时一定是患上了群体性歇斯底里症。”

“可是……”

“就是那样的——一定是那样的。”高取俊记频频点着头，“为了让你恢复自信，对于你记忆中的红色空白区域，除了把它填补上之外，没有别的办法。总之——”

高取俊记慢条斯理地，用父母给孩子耐心解释时那样的口吻说道：“我虽然不是什么心理学家，可是，我认为你记忆中的空白呀，红色的眩晕感呀，还有梦游状态呀，全都与你幼年时期受到的心理创伤有关。”

“心理创伤？”

“心灵受到的刺激与伤害。而造成这种心理创伤的原因，我猜测，大概十有八九是因为十二年前所发生的那次事故。因此，只要查出了十二年前那次事故的来龙去脉，那么，用你现在清醒的意识，去修正在你心底无意识状态下所形成的、对于那次事故的畸形记忆，我相信，你一定会从目前这种不安定的状态中解脱出来。”

“——真的吗？”

“一定会的。”

高取俊记直视着冴子。冴子把颤抖的手指紧紧地交叉在一起，轻轻地点了点头。

“可是，到底该怎么办呢？无论我怎么问姨母，她都不告诉我。”

“我去查一下。”高取俊记拍着胸脯说道，“只是，和泉同学，你也必须做好这方面的心理准备，好吗？”

“心理准备？”

“是的。既然你的意识已经把你对十二年前那次事故的记忆全部抹去了，那么对你来说，那一定是一个令你非常震惊的不幸事故。这一点，你姨母说得非常对。所以，你要想知道事件的真相，必须提前做好心理准备。”

（不幸的事故……）

冴子的脑海中，又浮现出梦中见到过的那个圣诞节夜晚的情景。

（……圣诞……）那——（……快乐……）是真的吗？那个（……圣诞快乐……）血流成河的画面。

“害怕了吗？”高取俊记问道。

“嗯。可是——”冴子直勾勾地看着高取俊记的黑色瞳孔，“我还是想知道。如果一直这样下去，我会发疯的……高取先生，求你了，可以吗？”

“一个人会很寂寞吧。”高取俊记把自己的手轻轻放到床边冴子伸出的手上，“我也是一样。”

“嗯——”冴子用另一只手擦了擦流出来的眼泪，“谢谢。我……”

“我尽快去查。”

高取俊记紧紧地握了一下冴子的手，然后轻轻放开。“一有结果，我就来告诉你。可是，在这期间，你不要再疑神疑鬼的了。好吗？”看见冴子点头答应，高取俊记露出了笑容。“我相信你！”

姐姐说谎。

姐姐答应我再过生日的时候，要送我一个八音盒——红色天鹅绒包装布上镶嵌有许许多多闪闪发光宝石的漂亮小盒子。只要一打开盒盖，就会演奏出清澈而又忧伤的异国旋律……

当喜爱的小鸟死去的时候，面对抽泣不止的少女，姐姐许下了诺言，把自己那个八音盒送给少女当生日礼物。这是少女很早以前就一直渴望得到的。

可是……

在院子里的草丛中，当失踪的小雪尸体被发现的那一天，姐姐用一种从来没有见过的恐怖眼神瞪着少女。然后说道：

“是你把它杀死的吧。”

（我是对小雪执行了“死刑”。）

这句话还没有说出口。

“八音盒不给你了。”

姐姐就吐出了这句话。

（说谎……）

那天晚上，少女握着水果刀。

（说谎，是坏事……）

水果刀刺伤了姐姐的左手手腕，刀上鲜血淋漓。

第八章　赎罪的羔羊

1

“我一直在想，说不定什么时候，我们还会见面的。”矮小的老刑警用一副奇妙的表情看着高取俊记。

“可是，那个学生是宗像校长的外甥女，这一点我倒是没有想到。事到如今，你问到了校长的妹妹——宗像加代的名字……”

“三十五年前，你也有所怀疑吧？”

“没错，昨天晚上在电话里也和你稍微说了一点，宗像伦太郎施加压力要求警方把那次事件作为自杀事件来处理，用一句话来概括，就是这里面一定有什么隐情。”

“也许，不仅是为了学校的名誉，如果事件牵涉到了宗像家自身名誉的话……”

“对。恐怕他——甚至整个宗像家族都会不择手段的。”

九月十九日，星期五，午后一点。

和前几天一样，在同一座咖啡馆的一角，高取俊记和藤原刑警面对面交谈着。

昨天回到宾馆后，高取俊记拿出藤原的名片，估摸着他下班后应该到家的时间，往他家里打了一个电话。听了冴子的讲述后，他突然想到了一个问题，想要先核实一下。

高取俊记想到的是……

现在的校长宗像千代，是冴子的姨母——也就是冴子母亲的姐姐。据冴子说，宗像千代今年五十四岁。在三十五年前发生岩仓美津子自焚事件的时候，她只有十八九岁——应该是刚刚高中毕业的年龄。

那么，宗像千代的妹妹，即冴子的母亲——宗像加代，当时是多大年纪呢？

关于宗像加代的年龄，冴子也不清楚。假设她比宗像千代小两岁的话，那么三十五年前，她应该是十六七岁……

从冴子现在被送进“圣真”这个事实来看，当时，无论是千代还是加代，在“圣真”这所高中读书的可能性都比较大。这样推测的话，当时的宗像加代有没有可能是“圣真”的二年级学生？即有没有可能是那位发生意外事故的岩仓美津子的同班同学呢？

虽然这些都是没有任何依据的凭空猜测，但是，如果事实果真如此的话，这对高取俊记，当然还有冴子来说，都是追查未知人物——宗像加代之后消息的绝好线索。高取俊记这样想到。

为什么呢？如果宗像加代真是岩仓美津子的同班同学，对于像藤原这样对事件定性持怀疑态度的刑警来说，作为宗像家的人，她当然会不可避免地甚至首先成为被怀疑的对象。高取俊记甚至猜想，会不会宗像加代才是杀害岩仓美津子的真正凶手？所以，不仅仅是为了名校“圣真”的名誉，同时也是为了宗像家不出杀人犯，宗像伦太郎才有足够的必要，不惜一切代价地把那次事件处理成自杀事件。

也许这个想象太牵强附会了，而且这样猜想对冴子来说无疑是一种背叛。高取俊记犹豫再三，最后还是把自己的想法告诉了藤原刑警。幸还是不幸？高取俊记万万没有想到，自己的想法却一语中的。

“确实如此。当我发现死者岩仓美津子同班同学的名单中出现宗像伦太郎的次女——宗像加代的名字时，就把她作为了主要嫌疑人。”

藤原在电话中说。

“可是，没有丝毫证据。作为他杀事件进行搜查，结果却一无所获。难道这种怀疑仅仅是单纯的想象？是一种直觉？直到现在，我还在想，当时是不是因为自己对宗像伦太郎所拥有的权力产生了幼稚的逆反心理，所以才会捕风捉影地怀疑她的女儿？”

捕风捉影地怀疑——高取俊记听到藤原这样说，心里踏实了不少。宗像加代就是三十五年前那次事件的杀人凶手——这样的结论，本来就不是他所期望得到的。他想知道的，是在那之后发生的事情。

那次事件之后，宗像加代的人生是怎样的？或许藤原手中会掌握一些信息吧。高取俊记这样想到。他把冴子这边的情况简单地向藤原做了说明，试着向他询问宗像加代的情况，不出所料，藤原果然知道。

“已经是十多年前的事情了。你所说的大概是那次事件吧。”

“您知道啊。”

“具体的记不太清了，只知道个大概。”

“如果可能的话，请尽量说得详细一点。我想知道那次事件的详细情况。”

“是吗？那样的话——”

从高取俊记的口中听说冴子的身世和经历后，藤原好像也对此产生了浓厚的兴趣。

“我家里有报纸的剪报。对一些重大事件的新闻报道，我一直都保存着。今天晚上，我回去找一下。对了，明天午后，我们可以再见个面吗？”

于是，现在——

略显苍老的刑警，从公文包中拿出了一本褐色封皮的剪报簿，放到高取俊记的面前。

“在第一页上。记载得不是很详细。昨天晚上我看了一遍，也想起了很多。我就结合我所知道的情况讲给你听吧。”

“拜托了。”

高取俊记低下头，打开了剪报簿。

“雪国别墅区　父女惨死”，大大的标题映入眼帘。

“宗像加代从‘圣真’高中毕业后，并没有像姐姐宗像千代那样继续上大学，而是回到家中，在父母身边生活，也就是所谓的待字闺中吧。可是——”

藤原把香烟点着了火，继续说道。

“实际上，她结婚却是相当晚。对于宗像家内部的事情我不太了解，也许是因为寻找门当户对的合适对象不太容易，所以花费了很多时间吧，也可能是宗像加代的眼光太高，过于挑剔了。反正，她是在二十八岁那年结婚的——丈夫名叫大河原肇，比她年长十岁左右。”

“那时，她的姐姐宗像千代呢？”

“那时，宗像千代已经与现在的丈夫结婚了。比妹妹早两三年吧。可在当时，她也算是晚婚的了。”

“的确如此。”

“因为这里是个小城市，所以作为这个地方最有权势的名门大户宗像家的女儿，关于她结婚的传闻，即使不想听也会传到耳朵里来。当然啦，在我看来，这不仅仅是一个单纯的八卦新闻。

“好，再来说说那个叫大河原肇的男人，也就是那个学生——是叫和泉冴子吧，就是她的父亲了。他是静冈人，他家在当地也很有权势。结婚的时候，他就已经在管理好几家公司了。而宗像家由于没有男孩，就把长女千代视为儿子，于是她的丈夫就成了上门女婿。之后，次女加代嫁到了大河原肇家——到此为止，一切都很正常。”藤原把香烟叼在嘴角，用手指指着剪报簿，提示高取俊记。

“这是一九七四年十二月三十一日的报纸，距离现在是十二年零九个月吧。”

“十二年零九个月——”

“那时宗像加代应该是三十九岁，冴子应该是四岁左右的年纪吧。你把报纸念一下好吗？”

“啊，好的。”高取俊记把视线落到了那张已经发黄了的报纸剪报上，“嗯——三十日下午两点左右，在位于长野县北佐久郡轻井泽的大河原肇的私人别墅内，发现大河原肇（四十七岁）和他的长女圭子（六岁）被杀死在家中。大河原肇是静冈市一家公司的经理，计划与家人在别墅内共度圣诞节和新年，所以带着妻子加代、长女圭子、次女冴子（四岁）三人于二十三日晚上抵达别墅。在别墅内发现了幸存的加代和冴子，可是两人无论是肉体还是精神都极度衰弱，现在没有取得任何有效的证言。警方认为，此案可能与最近频发的专门针对别墅进行盗窃的案件有关，目前正在全力侦查。”

“嗯，这就是事件概要。”

听到藤原的声音，高取俊记抬起了头，用一副不解的神情问道：

“这么说，刑警先生，原来宗像加代在这次事件中并没有死……”

“是的。”藤原微微地点了点头，“她死，是那之后的事了——是在那次事件后五六年。”

“五六年后？”

“是的。她死在附近一个城市的一家精神病医院里。”

“为什么？”高取俊记不禁直起腰，大声问道，“究竟那是……”

“好啦好啦，冷静点！高取先生。你吃惊也在所难免。宗像校长不想告诉冴子十二年前的那次事件，多半也是因为这层关系。冴子的母亲是因为得了精神病在医院死去的。怎么告诉她这个事实呢？谁都难以启齿，对吧？”

“到底是怎么回事？您能不能从头说起呢？”

“好，我告诉你。”藤原恋恋不舍地把烟头掐灭在烟灰缸里，“但是，这些事情要不要告诉那个学生，你最好慎重考虑一下。可以吗？”

2

九月二十日，星期六。

昨天，等了一天，都没有高取俊记的任何音信。

他答应去调查十二年前发生的那次事故。可是，究竟是什么契机才使他产生了去调查的想法呢？

冴子后悔不已。

如果能填补上记忆中的那段“红色空白”，就能使自己从现在这种心神不宁的状态中解脱出来。高取俊记这样的想法，应该是正确的。可是，一想到隐藏在那段空白后面的那种东西的原形，冴子就会被一种本能的强烈恐惧所支配。

一定要有相应的心理准备，高取俊记这样说过。冴子想做好心理准备，可是……

一个人被孤零零地遗弃在病房内，不断胡思乱想，当时的那种决心也开始慢慢动摇。

不知为什么，总是感到害怕，恐惧。十二年前的事件——在那里，有红色、（鲜红！）血的颜色和气味，感觉到了，感觉到了。啊——冴子的心底发出一阵尖叫：“不要想起来，不要想起来！”

拜托高取俊记去做那样的事情，是错误的吧。哎呀，把自己的烦恼告诉他，这本身就……

（是错误的啊。）

冴子闭上眼睛，摇着头。

（是好事吧。那是……）

一个人会很寂寞吧，高取俊记这样说过。我也是一样，他还这样说过。我相信你，他这样对自己说。现在，如果自己不相信他，（为什么他有那么真挚的黑眼珠……）那么，今后究竟还有谁值得信赖呢？

他一定能够帮自己找回那段遗忘的过去。到时候，对了，一定要提前做好心理准备，准备与其对峙。对峙！一定要知道自己的过去。隐藏在自己身体内部的那种莫名的恐惧，现在已经到了与之战斗的时候了。如果现在不这样做的话，那么将来，就会一直被那种原形不明的红色魔影所操控，不得不继续战战兢兢地面对源于自己内心的那种巨大的不安和疑惑……

如何面对过去，如何面对未来，感性与理性，在冴子的心中不断相互纠缠，相互碰撞。

随后，冴子心情变得异常沮丧。她真想从现实中逃脱出来，在心底找一个僻静的角落，然后做一个坚固的壳，把自己关在里面。

真希望高取俊记早点来，真想早一点听到他的声音。那样的话，冴子相信自己一定能够重新鼓起战斗的勇气。

守口委津子前来探望，是在那一天的下午两点左右。

她穿着制服，站在床边。起初，冴子是用胆怯和怀疑的眼光看着她。那一天——四天前，一边高呼着魔女的口号声，一边步步紧逼过来的同学们，那一片闪烁着憎恨和厌恶凶光的眼神，又历历在目。当她把目光转向身边的守口委津子想求得她的帮助时，那时……

她一边摇着头，一边步步后退，眼中也明显闪烁着和其他少女同样的目光。冴子没有开口求助。很显然，她也把冴子当成了魔女。

“对不起！”

看到冴子的目光，守口委津子小声说道。“对不起。当时，我——我们……”

冴子默默地把脸转向一边。

“你生气了吧？一定是的。可是，那时候，我真不知道大家都怎么啦。我也害怕啊。嗯——我不是怕你，而是害怕当时教室里的那种气氛。”

其实冴子没有一点责怪守口委津子的意思。冴子知道，如果自己站在她的角度，对于一个已经成为众矢之的、陷入困境的人来说，不论自己相信她有多么清白，仅凭自己一个人的力量也是无法保护她的。

“当你从窗口失足摔下去的时候，大家一下子都惊呆了。然后，绫大小姐马上安排叫救护车。当然了，老师们跑过来询问的时候，我们谁都不敢说实话，因此……”

冴子想回答，可又不知道说什么好。对于守口委津子特意跑来看望自己的这份心意，她毫不怀疑。可是，就这样立刻高高兴兴地接受她，她实在是做不到。

“对不起了！和泉。”守口委津子跪在地板上，把手放到了冴子的床头，“我，我都快吓死了。后来听老师说你伤得并不严重，才放下心来。要知道，万一你有个三长两短，我们可都是杀人凶手啊。一想到这，我……”

听到守口委津子就要哭出声似的腔调，冴子把脸转了过来。“好啦好啦，都过去了。”

冴子好不容易才想到了这句话。

“你也没有办法。”

“不是那么回事。”

“可是，当时，关绿说的那些……”

“那些都是胡说八道。”守口委津子突然加重了口气，“她，一定是想把你变成魔女。即使没有发生中里君江那件事，她也一定会找机会，把你像高取惠那样……”

“嗯？”

冴子吃惊地望着守口委津子的脸。

“这到底……”

守口委津子似乎也惊诧于自己所说的话，她双手“啪”的一下捂住了嘴，丰满的脸颊一下子僵硬起来。

“喂，守口委津子，你刚才说的话，是什么意思？”

“哎呀——好吧！”守口委津子终于下定决心似的，缓缓地眨了眨眼睛，“没必要再犹豫了——应该这样吧。对！其实，我今天来就是想告诉你那件事的。我想还是让你早一点知道好。”

“——魔女的事？”

“魔女……嗯，是的。”守口委津子微微侧着头，说道，“和泉，你到底知道多少？”

“知道多少？我几乎什么也不知道。”

“高取惠是魔女，这个，你知道了吧。还有，中里君江把我也称作魔女。”

“嗯，然后呢？”

“为什么把我和高取惠称作魔女呢？你一定感到很奇怪吧。特别是高取惠，随后就出现了那样的事。”守口委津子压低了声音，把脸凑近冴子，“我想大概是魔女这个词，太不吉利了。也许，是因为这个词本身的魔力，把现实中的一切都扭曲成现在这样的畸形。”

“畸形？”

“嗯。做这件事本身，可能并没有什么特殊的意义，也是很平常的。可是……

“对了，和泉，我把这件事告诉你之后，你可千万不要告诉老师。否则的话，我在这个班就待不下去了。”

为什么？冴子刚想发问，就急忙闭上了嘴。因为守口委津子的脸上，出现了万分惊恐的表情。

“明白了。”冴子点点头，“绝不向老师说。”

“谢谢。”守口委津子继续保持着把手放在床上的姿势，把头深深地垂下，“狩猎魔女，你听说过吧。”

停了一会儿，守口委津子继续说道：

“在中世纪的欧洲，被怀疑是魔女的女人，经过教会的审判和判决后，有好多人都被执行了火刑……”

“嗯。可是……”

“我们班就在玩那个游戏。狩猎魔女。审判魔女。”

“啊……”冴子一瞬间有点怀疑自己的耳朵，“到底是怎么回事？”

“从头开始说吧。”

守口委津子站了起来，然后“咕咚”一声坐到椅子上。“最初的起因是，今年春天——五月份的时候，那个打不开的房间——特别室的门钥匙，不知被我们班的哪个同学偶然拾到了。钥匙掉落在茶歇室橱柜的后面。那位同学掉了一枚硬币，那枚硬币滚到了橱柜的后面……于是就偶然发现了。一定是过去的宿管员在打扫卫生或什么时候偶然掉落的吧。刚开始，我们并不知道这把钥匙是哪个房间的，当拾到钥匙的同学把它拿给绫大小姐看时，绫大小姐说，这个可能就是特别室的钥匙。

“虽然是我自己的猜测，但是我想，绫大小姐一定是在那个时候萌生了狩猎魔女的想法。因为，你也知道吧？关于那个房间有一个故事——魔女的传说。”

“是三十五年前的那次事件吧。”

“是的。因此，一定是那样的——绫大小姐，确实是一个了不起的人物，不仅长得漂亮，而且才艺出众，在班里就像是女王陛下一样。因此，她说干什么，没有一个人敢反对。最初我听说后，真是吓得心惊肉跳，可是看看四周，全班同学都是跃跃欲试的样子，我也只好无可奈何地附和了。

“平时，我们学校的学生，稍微有点过错就会被老师责骂、殴打，甚至被关进单身牢房，是吧？总是被规则束缚得死死的，总是被惩罚。因此，大家感到压抑和郁闷，也想找一个发泄口。大家平时总是处于被处罚的一方，因此，总想倒过来，成为施加处罚的一方，也许大家都抱着这样的心情吧。”

“施加处罚的一方……”

冴子想起来了。入住学生公寓的第一个晚上，高取惠的话语中就曾流露出一些相关的信息。

（当你触犯这些规则的时候，即使是一丁点儿的小事都会受到相应的惩罚。）

（这里正在发疯……）

（至于起因，我想一定是因为这种极端严厉的管理方式。）

“绫大小姐嘛，从表面上，谁也看不出来什么。可实际上，我想她的内心也一定十分不满这样的学校、这样的公寓、这样的老师……再说啦，现在的普通高中生是怎样生活的，她也非常清楚。为什么在这里，自己必须忍受这样的压抑和郁闷呢？普通的女孩子都会有这样的想法吧。

“于是，在绫大小姐的提议下，那件事就开始了。最初，只是一种单纯的游戏心理，可是……”

“狩猎魔女游戏？”

“是的。绫大小姐是‘委员长’。捧场的那四个人——堀江千秋、中里君江、关绿和桑原加乃是‘委员会’的干部。”

“委员会？”

“‘狩猎魔女委员’，大家都这样称呼她们。她们几人也是审判魔女的审判官。绫大小姐嘛，当然就是审判长——然后，在五月末的时候，召开了第一次审判大会，被审判的魔女，就是我。”

守口委津子长长地叹了一口气。

“至于什么人会被当成魔女，没有什么特别的条件。只要是班里有人提议说她是魔女——然后，委员会，不，只要绫大小姐认可，那个人就要被审判。谁都有可能成为魔女，成为一个牺牲品。

“我被审判成魔女，是因为我总爱胡说八道。我们学校的学生，大体上来说，都老实得过分了，怎么说呢，就是太内向、太沉闷了，而我是天生的乐天派，不知道自己是不是真的太愚蠢了，我总爱讲一些无聊的笑话，总爱哈哈大笑。因为我讨厌那种令人压抑的死气沉沉的气氛。我想一定是这一点惹大家生气了。”

“就因为这个？”

“是啊。可是，这就足够了啊。反正，只要是有什么地方与大家不一样……特别是，自从绫大小姐转到我们学校后，我们班的同学都变成了同一副面孔。比如说，大家动不动就突然板起面孔，说话都用那样的腔调……因此，只要是有一点点与众不同，都会非常显眼。与大家不同，这就是成为牺牲品的充分理由。

“因此，我理所当然地被审判了。放学后，在教室里，绫大小姐把全班同学都召集在一起，正面坐着一排审判官，我作为被告坐在她们面前。没有律师，也没有检察官。说是审判，实际上只是名义而已。其实就是全班同学对我进行检举揭发……呵呵，说是检举揭发，其实也没有什么大的问题。总之，就是唆使大家随心所欲地说我坏话。然后，投票表决我是不是魔女，表决之后，审判官们集体讨论，最后由审判长宣布判决结果。总的感觉就是为了让大家情绪高涨而搞的一个‘仪式’而已。

“对我的判决是‘有罪’——于是，我就要受刑。”

“刑？”

“刑罚的‘刑’哟。就是要被处以刑罚。什么样的刑罚呢？

这里施加的刑罚就是那个特别室……被宣判是魔女的人，要在那个房间里被关上一宿。即所谓的，把魔女关进魔女的房间。”

冴子倒吸一口冷气。守口委津子微微地摇着头。

“现在想起来依然感到毛骨悚然。在晚上熄灯时间过后，绫大小姐她们五个人，把我强行拉到那里……你，你不知道那里面是什么样吧？”

“嗯。”

“相当恐怖。房间很大，全是灰尘。家具之类的全都蒙着一层白布……她们最先把我带到浴室，让我看。并告诉我说：‘过去，就是在这里，魔女被处以了火刑。从现在开始，整个晚上，门会从外面被锁上，不允许你出去。’”

“竟然有那样的事……”冴子以不可思议的表情，凝视着守口委津子惊恐的脸孔，“为什么不告诉老师？”

“不能说啊。”守口委津子使劲地摇着头。

“如果向老师打小报告的话，仅凭这一点，就会被全班同学说‘果然她是魔女！’那样的话，我就只能退学，不能在这个学校继续读书了。但如果受过一次处刑，就可以一笔勾销了。因此，尽管我害怕得不得了，但最后还是忍受了下来。因为魔女已经赎完罪，尽管在一两周内，谁也不和你说话，可是此后就不用再担心了……

“不过，高取惠的情况比较特殊，略有不同。”

3

“她被宣判为魔女，是七月中旬的时候。”守口委津子继续说道，“在我那件事结束后，狩猎魔女游戏暂停了一段时间。我想，一定是大家的某种欲望得到了满足。可是，这种状态并没有持续多久。

“对高取惠进行审判，当然也是因为她在班里特立独行。她平时沉默寡言，又没有什么朋友，可是，她却有一种桀骜不驯的劲头。对啦，就连大家都十分惧怕的老母猴原老师，她都敢那样对付。我想就是因为这个原因吧。

“大概委员会的人对她也很反感，因为她看起来好像很藐视绫大小姐她们。也许，说不定就是绫大小姐本人想把她判为魔女呢。”

冴子的脑海中浮现出城崎绫她们几个人的面孔。第一天，还有第二天，她一提到高取惠的名字，她们便立刻露出一副冷漠的表情……

“七月份，高取惠受到了和我那时一样的审判，也被处刑。执行刑罚的，依然是绫大小姐她们五人。

“当时的具体情形，我不太了解。不过我觉得有一点和我那时不同，那就是处刑结束后，绫大小姐她们对她的态度依旧是冷冰冰的。班里所有的同学也都受她们这种态度的影响……过了暑假，第二学期开学的时候，依然把她视为魔女。这件事，你也感觉到了吧。”

“嗯，是。”

“和我不同，我想一定是她太刚强了，即使被处刑也不服输。虽然她没有告诉老师，可是，怎么说呢，她一直在反抗绫大小姐她们，虽然嘴上不说，但从态度上完全可以看出来。因此……”

冴子想起了高取俊记对妹妹性格（那么的单纯和善良，外柔内刚，好打抱不平……）的描述，终于对守口委津子所说的话能够理解了。

“喂，和泉。”守口委津子郑重地说道，“那一天，你还记得吗？那一天——就是我带你去图书室的那一天。”

冴子点点头。

“怎么啦？”

“那一天，因为高取惠陪你去医务室那件事，原老太婆真的是发飙了。结果也真的糟糕透了。”

“是因为——高取惠帮了我？”

“是的，大家都认为她干了一件多余的傻事。坏事儿的都是她，她果然是魔女。”

“是吗？”

“虽然她受过了一次处刑，但她没有反省。于是，当你们去医务室的时候，委员会的那几人就决定对她进行第二次审判。因此，那一天放学后，就召开了审判大会。”

“原来是为了不让我知道这件事才……”

“是那样的。”守口委津子垂下了眼睑，“因为你刚刚转学过来，什么都不知道，如果让你知道了狩猎魔女的游戏是非常危险的。况且，你还是校长的外甥女……她们觉得，即使想告诉你，也需要过一段时间看看你的表现之后才能决定。因此，她们就命令我把你带到图书室去……在这期间，她们在教室里对高取惠进行了审判。

“那个时候，因为你对图书管理员说你想查点资料，于是，我就把你一个人留在了图书室，自己回到教室去了。本来她们是命令我一直看着你，直到你回宿舍的。

“当时，教室的气氛异常怪异，有点像前两天你从窗户掉下去时那样。虽然没有喊出那样的声音，可是，总觉得非常恐怖……高取惠完全被当作魔女对待，随后，她们又宣判高取惠有罪，并决定对她再次处刑。”

那一天很晚才回到房间的高取惠说她去池塘边散步了。她说心情不好的时候经常去。

（原来是因为这个啊……）

后来，那天晚上，又听到高取惠自言自语（什么事也没有……

什么事也不会有……）——她对自己说这些话，是因为……

“那么说，‘处刑’就是在那天晚上了？”

看见守口委津子默默地点着头，冴子“啊”的一声叹出声来。

高取惠是在忍耐啊。那天晚上，明明知道自己要被无理地“处刑”，但又不能把这件事告诉她。而且，为了不让她过分担心，甚至催促她早点吃药，早点睡觉……

可是，那天晚上，她死在了那个房间。

“为什么？”冴子咬牙切齿地问道，“为什么她会死？”

“不知道。”守口委津子无力地答道，“因为感到恐惧——再加上被大家蔑称为魔女，她承受不了这种痛苦，于是就自杀了。不知道是谁这样说过。”

“那么，自杀使用的煤油呢？”冴子提高声音道。

“她是被强行关进那个房间的吧，不可能是她早有这种想法，提前准备好的吧……”

“我不知道啊。”守口委津子脸色苍白，“可是，这样的事，对老师和警察不能说啊。大家都认为是我们自己把她逼死的，由于害怕，只能默不作声。”

“城崎绫她们呢？她们是怎么说的？”

“什么也没说……只是，关绿警告过我，如果别人知道了高取惠的自杀是狩猎魔女的游戏造成的，那么，全班同学都有责任。游戏的事绝对不能对外人说，谁说谁就是对全班同学的背叛。”

“那你为什么告诉我？”

“我再也忍不下去了，而且我只是告诉你一个人。因为，前几天你吃了不少苦头。如果你在完全不知情的情况下回到学校的话，我总感觉说不定还会发生什么可怕的事情。”

“是吗？”

冴子望着天花板。“谢谢”这两个字怎么也说不出口。

“和泉，我该怎么办才好呢？”守口委津子瞪着圆圆的眼睛，眼角在微微地颤动，“堀江千秋被杀了吧，而且，第二天中里君江也被杀……老师说是精神变态者流窜到这里作的案，警察马上就能抓到。可是全班同学都怕得不得了。因为，被杀的这两人都是委员会成员——因此，有的同学说一定是高取惠的冤魂在作祟。也有人说，或许高取惠并没有真的死去。如果这样的话，说不定谁还会……”

就在这时，响起了敲门声。守口委津子吓得一下子闭住了嘴。冴子抬起头对着门口说道：

“谁？”

“有人探视。”是护士的声音。

“好——请进！”

不久，门开了。高取俊记走了进来。

4

“狩猎魔女？是吗？”

高取俊记抱起胳膊，愕然地说道。“谢谢你告诉我这些。”

此时，守口委津子已经离开了。高取俊记进来时，冴子向守口委津子介绍说这是高取惠的哥哥，她顿时惊慌失措，连招呼都没有打，就跑出了病房。

这也难怪，冴子想。守口委津子正向冴子坦白她所知道的部分真相时，意想不到的人物出现了。她大概无法若无其事地在“被害”少女的哥哥面前，讲述与自己有关的异常“游戏”吧。

守口委津子走后，冴子犹豫再三，最后还是将从守口委津子那里听来的话告诉了高取俊记。

虽然答应过守口委津子不跟老师说，也不打算告诉宗像千代和警察，可是，对高取俊记她不得不说。

“真不敢相信竟有这样的事啊。”

冴子把视线从紧皱眉头、沉默不语的高取俊记身上移开。“大家看起来都那么乖巧，那么听老师的话，怎么会做出那么可怕的事情……”

“不！正是因为那样，所以才发生那样的事。”高取俊记说道。“那些平日看起来老实、温顺、乖巧的大小姐，一直被学校的规则所束缚，稍有什么过失就会被老师惩罚。正是因为处在这样一个封闭压抑的环境之中，所以一旦体验过‘审判者’的滋味，她们就会沉迷其中。

“从小惠和你的口中，我对你们学校的情况了解了很多，所以我能够理解。现在你们班同学在玩的游戏，其实和其他学校中普遍存在的‘欺负同学’如出一辙，只不过这是在‘圣真’这个极端封闭的环境中发生的。怎么说呢，对了，正像守口委津子说的那样，被扭曲成了畸形。‘受欺负的人’被冠以‘魔女’的称呼，就是这种畸形的象征吧。”

他非常冷静。冴子从他身上看到了跟高取惠与城崎绫完全不同的“坚强”。

“据我了解，带有宗教色彩的所谓魔女事件，常常发生在被严格的清规戒律所束缚的女子修道院中。‘圣真’虽然不是教会学校，但我总感觉它和那样的学校很相似。

“还有，和泉，‘赎罪的羔羊’这个词你听说过吧。”

“啊？”

“是英文‘Scapegoat’的翻译。”

“替罪羊？”

“是的。为了赎罪，向神灵贡献活的山羊作为牺牲品，后指用一个替身来转移人们的不满和愤怒，如纳粹德国对犹太人的迫害。犹太人就是纳粹为了转移国民对政府的不满而被利用的替罪羊。中世纪欧洲发生的狩猎魔女事件，也是如此。

“不过，在这里，替罪羊却有着不同的含义——也就是说，通常所说的替罪羊，是管理方为了达到其管理目的故意制造出来的一个代其受过的替身。而在这里却完全不同，指的是一群被压抑的学生，在一个叫城崎绫的少女的带领下，为了满足她们自身被压抑的某种欲求，故意挑选出来的一个发泄对象……”

高取俊记松开抱着的胳膊。他好像没睡好，使劲揉了揉充血的眼睛。“唉，怎么又这样无聊地夸夸其谈了。好了，现在总算知道小惠为什么是魔女了。”

“可是，她的死因还没有……”

“我想，在第二次被‘处刑’的那天夜里，一定发生了什么。”

高取俊记说到这里停了下来，微微低下头，闭上眼睛。片刻后，他深深地吸了一口气，然后把目光投向从病床上坐起上半身的冴子。

“本来今天我来这里，是想告诉你调查结果的。”他说，“我调查到了十二年前发生的那次事件。”

“啊……”冴子不由自主地惊叫一声，身体顿时僵硬起来，“真的知道了吗？”

冴子紧张得心跳加速。高取俊记微微地点了点头，然后说道：“根据咱们的约定，我去调查了你过去的那段经历。这么快就有了结果，我也很意外……今天我就是来告诉你这个的。在这之前，和泉同学？”

“是！”

“我想再次确认一下。”

“确认？”

“是的，你的心情。我想，告诉你这些也许会给你带来很大的刺激。也许你最好选择不听。你有勇气听吗？”

“我……”

本已做好了心理准备，又开始渐渐动摇了。冴子感到有一种巨大的不安仿佛要把自己吞噬。她看着高取俊记的嘴角。

“高取先生，你怎么认为？你觉得我是知道好呢，还是不知道好？”

“我相信你，我这样说过吧。我相信我现在看到的你，不管你自己如何认为自己是个谜，但至少我说过这样的话——我是相信你的。如果你能够相信我说的这句话……唉，啰里啰唆的车轱辘话。很遗憾，我只能这样说。”

“不——谢谢。我明白了。我有勇气听！”

“好——”高取俊记向上捋了捋头发，“好啊。其实，我是真的希望你能有勇气听。你目前这种状态，我认为非常不好。”

“请说吧——”

冴子说道。

5

听着高取俊记的讲述，冴子感到自己内心深处有一个东西在蠢蠢欲动。它的动静越来越大，越来越激烈。

自己对于那次事件的记忆，其实是存在的，只不过至今依然隐藏在内心深处的某个角落。而且，一直被一个厚厚的壳所包裹。因此，自己想看却看不到，可是它的影子，在朦胧之中又总是若隐若现。

一九七四年，十二月——

大河原冴子。这是当时自己的名字。轻井泽的别墅内发生了两人死亡的杀人事件。父亲和姐姐倒在血海之中，妈妈和冴子幸存下来。

然后……（然后？）

“……事件大概就是这样。”高取俊记停住话头后，冴子问：

“那，也就是说，我妈妈没有死？”

这一点是冴子最关心的。因为无论是和泉父母还是宗像千代，都告诉她说，在十二年前的那次事故中，她失去了父母和姐姐。

“是那样的。”高取俊记的声音有些沉郁，“需要我把事件的详细情况说得再具体一点吗？你不要紧吧？”

“是！”冴子聚精会神地点着头，“不要紧，请继续说！”

“那好吧……据说，你们一家四口是在十二月二十三日晚上到达那个别墅的，准备在那里过圣诞节和元旦，预定在一月四日返回静冈市。

“可是，正好在那期间，大河原肇经营的公司中，有一家突然出现了什么紧急情况，为了联系到他，部下就往别墅打电话。这是发生在二十八日的事情。可是电话一直没人接。第二天，那人继续打电话，还是没有人接。到了三十日，还是联系不上。公司的人感到很奇怪，于是就向当地的警方报警，寻求帮助。随后，警察就过来查看，这才发现别墅发生了惨案……

“凶杀案现场是在别墅的客厅，大河原肇和圭子两名被害人，倒在客厅中央附近，两人叠摞在一起。凶器为一把大号的切肉刀。你问凶器是从外面带进来的，还是别墅厨房内的？这不清楚。凶器当时被丢弃在尸体附近。

“然后——你母亲加代坐在二楼卧室的床上，身上穿着沾满两个死者鲜血的衣服。警察发现她的时候，她正用呆滞的眼神看着一直开着的电视。那时，她的精神好像就已经完全失常了。无论警察问什么，她都是半张着嘴嘿嘿地傻笑。警察把她带到楼下，她看到客厅的尸体，立即停下脚步大哭起来。随后，她一会儿扯开嗓门大声唱着跑调的歌曲，一会儿狂笑不止。据说当时的情形就是那样。

“随后赶到的搜查警官在做现场勘查时，在客厅又发现了一个在沙发底下沉睡的少女。那个少女就是你。

“少女的身上和母亲一样，也沾满了父亲和姐姐的鲜血。虽然没有受伤，但由于饥饿和寒冷，再加上恐惧，她的肉体和精神都极度衰弱；虽然被马上送进医院，但接下来的好多天都处于生命垂危状态。

“被抢救过来之后，好长一段时间她都不开口说话。最后终于可以回答警察询问的时候，少女幼小的心灵中，以前的记忆却全部消失了……

“从尸体的状态来看，警方推测两位被害人的死亡时间应该是在发现之日前的四天至六天——也就是二十四日至二十六日之间。事件发生后，精神失常的母亲和冴子与两具死尸待在同一个屋檐下，两人什么也没有做，一直在等待救援。没有吃过任何东西，甚至连电话都不敢接，一直处于极度恐慌的状态。

“警方一度朝着入室盗窃杀人的方向进行侦查，其主要理由是当时房门没有锁。但是，由于家中并没有被翻动过的痕迹，而且根据第三者的证言，好像家中也并没有放置什么贵重东西，所以，警方又考虑这起案件有可能是杀人狂作案。

“结果，警方并没有抓到凶手。侦查工作陷入僵局，毫无进展。但在专案组中，好像也有人认为加代——你的母亲就是杀人凶手。总之，争论的要点就是：到底是因为看见了丈夫和女儿被杀才变得精神失常，还是因为精神病发作而杀死了这两人。

“可是关于这一点，在她精神状态完全恢复之前，或者，在幼小的你的记忆完全恢复之前，无论如何也无法下结论。没有一个人可以提供有效的证言。从现场情况来看，她精神失常后，毫无目的地摸摸这碰碰那的可能性也是存在的，所以，侦查工作陷入了死胡同。”

“那么，妈妈在那之后……”

虽然冴子都快窒息得喘不上气来了，可还是继续追问。高取俊记用生硬的表情回答：

“你母亲当时也被送到了当地的医院，可是不久，就被转到了相里市周边一个位于城市郊区的博心会医院的精神科治疗。应该是宗像家把她接了回来吧。可是，关于你是如何被和泉家收养的，就连那个刑警也一无所知。”

“这么说，妈妈现在还在那里……”

“不。”高取俊记摇头说道，“你母亲在那个医院治疗六年后，去世了。”

“是在医院死的吗？”冴子感到自己脸上的血“唰”的一下退了下去，“那么说，妈妈是精神病发作……”

“我从刑警那里听说，实际上这种说法仅是谣传而已。宗像加代在几年之前去世了，这好像确有其事。但是她到底是在什么地方、怎样死的，没有人知道。在医院发狂而死，只不过是街头巷尾的谣传。

“所以，这样的谣传不应该告诉你——”

高取俊记两手紧握成拳头，重重地砸在膝盖上。

“今天上午，我特意去了一趟那家博心会医院，实地调查了一番。”

6

“很凑巧，我见到了精神科的主治医生，和他直接聊了一会儿。最初，他当然面露难色，可当我说出你的名字，向他说明缘由时……”

“妈妈果然在那里？”

“是的。”

“妈妈精神失常到什么地步？”

冴子把凌乱的头发向两边拢了拢，然后轻轻地按摩着鬓角。在那里，一种轻微的针扎似的疼痛，从刚才开始就一直在断断续续地重复着。

“医生说，病人的病情不能随便对外人说，特别是涉及患者个人隐私的部分，除了患者家属等确实有正当理由需要知晓的外，一概不能说。”

“可是……”

“医生只告诉我说，你母亲的病情相当严重。然后，六年前的冬天——你母亲去世之前的几个月，就开始出现了神经性厌食症。你母亲是这个原因离开人世的，在医院的一间病房内，在医生和宗像千代的注视中。”

此时，冴子终于明白为什么自己没有被宗像家和自己的父亲大河原家所收养，反而被送给了与自己没有任何血缘关系的和泉家。

（因为是精神病人的女儿。）

是这样的啊。

（精神病人的……）

母亲——宗像加代精神失常的原因是什么呢？是因为遇到了恐怖事件的刺激和惊吓而引发的，还是因为她自身精神发狂从而导致了那次事件的发生？真相到底是哪一个？可是不论结果怎样，冴子都是从那个疯女人肚子里生出来的女儿，这一点是无法改变的。因此，无论是宗像家还是大河原家，为了家族的体面和名誉，最后都把冴子“驱逐”在外。

（在我的身体里，流淌着疯狂的血。）

冴子抱着头。鬓角处的疼痛，越来越强。

听了高取俊记的讲述后，冴子终于明白自己为何会失去幼年时期的记忆。一到月经期为什么总做那样的噩梦，也可以解释得通了。

梦中的红色，果然是血的颜色。亲眼看见了父亲和姐姐的尸体，又在他们的血泊之中度过了几天——那是当时深深刻进自己心灵深处的创伤的颜色……

（……圣诞快乐……外面飘着洁白的雪花……电视里传出的旋律……平安夜……圣善夜……不要啊……不要啊……女孩的绝叫……不要啊……）

（那个噩梦，果然……）

那时，自己到底看见了什么？父亲和姐姐被杀的场面，自己的眼睛看到了吗？凶手的脸，也看到了吗？

虽然，依然无法得到清晰的记忆，可是，联想到妈妈的发狂，比以往更加巨大的不安和恐惧充斥着冴子的内心。

精神失常的妈妈，在医院发疯而死的妈妈。而她所生的自己……失去意识，像梦游患者一样在夜里彷徨游荡的自己，看到十二年前的幻影了吗？如果那个时候，烙印在眼底的疯狂……

“高取先生，或许，我——”冴子看着高取俊记，紧抱在胸前的双手不停地颤抖，“或许，我和妈妈一样……”

“别胡说！”高取俊记的声音意想不到的严厉，“好好看着我，听我说。确实，你的母亲是在精神病医院去世的。

“因为母亲是那样离世的，你就对自己身体内部的某种东西产生了怀疑，这也可以理解。但是，你要知道，对于一个具有独立人格的人来说，父母只不过是其中一个微不足道的要素。”

“可是——可是……”

“你看看我和小惠，我们的父亲，说白了，就是那种不值一提的人间败类，只考虑自己，不顾他人死活。如果你怀疑自己的血液中遗传着疯狂的因子，同样的道理，我也要对自己和父亲之间的血缘关系感到恐惧了……”

高取俊记说的这番话是否有道理，冴子不知道。可是，他在拼命地鼓励自己，他想帮助自己，这番心意，冴子感受到了。

“谢谢你，高取先生。”

冴子转向高取俊记，悄悄地伸出不停颤抖的手。高取俊记把自己的大手放到了冴子的手掌上。冴子死死地握紧高取俊记的手。

“我会试着去相信。”冴子说道，“可是，我身上还有很多谜团。比如，堀江千秋和中里君江被杀的夜晚，我到底做了什么？对此，我一点记忆都没有——所以，万一，或许……”

“那是……”

“就是这些问题一直困扰着我，我不知道如何是好。没有确凿的证据就让我凭空相信自己，我做不到。”高取俊记刚要开口说话，冴子摇摇头打断了他。

“因此，我想最好的办法就是快一点把凶手抓获，只有这样才能证明不是我干的——请不要担心。现在的我虽然怀疑自己的一切，但是，你说的那些话，我完全相信。”

“和泉同学！”

高取俊记用力回握着冴子的手。冴子感到脸颊发热，羞涩地垂下了头。

“嗯——”

少顷，冴子慢慢地抬起眼睛，轻声问道：“嗯，我妈妈过世后葬在了什么地方？你知道吗？”

“这个，在医院我打听过了。”高取俊记回答，“你母亲的灵位供奉在相里市宗像家的菩提寺内。”

“我能求你一件事吗？”

“我能做到的话，当然没问题。”

“出院后，你能带我去祭拜一下妈妈吗？”

冴子在心中搜寻着妈妈的面容。

（……妈妈！……救命啊！……）

可是，那个面容和那些不幸事件的记忆一起被封藏在了心底深处。

“我想向妈妈道别——真正的告别！”

（然后我就要完全忘记。不是在不知不觉中自然忘却，也不是被人强制忘却，而是真正从自己的内心深处，主动地与那些令人不快的过去彻底告别……）

高取俊记把手臂伸向冴子纤弱的肩膀。冴子闭上眼睛，把脸颊轻轻贴到他温暖有力的肌肤上。

不能归咎于任何人。不是爸爸的过错，不是妈妈的过错，不是姐姐的过错，当然也不是少女的过错……

少女与血玩耍着，被扭曲的审美意识和伦理观左右着。到处都是红色，血的颜色浸透着一切，吞噬着一切。

少女的心向着一个方向——恶魔和神佛同住的深渊，加快了脚步。那个深渊叫什么名字？少女不知道。在不知不觉之中，少女一边继续玩耍，一边朝着被称作“疯狂”的深渊一步步前进。

第九章　魔女们的夜晚

1

在所有必要的检查结束后，二十二日，星期一的傍晚，冴子被允许出院。

开车来接她出院的宗像千代劝冴子回宗像家休息，因为第二天，即二十三日是法定假日，可冴子不同意，坚持要回学生公寓。

做出这样的决定，对冴子来说，当然需要非常大的勇气。如果回到公寓，一定还会发生什么事——冴子的心中，总有这样一种令人讨厌的预感。尤其是想到还要与那些用怀疑目光注视自己的同班同学再次见面，心里总是有一种说不出的痛苦。可是——

冴子已经暗暗下定了决心。

（绝不能再逃避了！）

越逃避，自己越被逼进死胡同。对过去的恐惧，对现在的怀疑，如果这样下去的话，即使能够做到对现实的一切视而不见，也根本没有解决任何问题。

——我相信我自己！为了对高取俊记——还有其他所有的人，都能够挺起胸膛说出这句话，那么从现在开始，必须面对现实，别无选择。

（因此……）

早点回到公寓，总之，有些事情必须查清楚。首先，要查明高取惠到底是因何而死。就从这件事开始吧。

听说杀害堀江千秋和中里君江的凶手还没有抓到。警察依然按照精神变态者流窜作案这条线索继续侦查。

从发现中里君江的尸体，即冴子住院那一天开始，警察就开始二十四小时不间断地在学生公寓附近巡逻。也许是加强了警戒，凶手没有了再次下手的机会，又或许是凶手已经从这片区域离开了，不知是哪种原因，不过，从那以后，没有发生任何事件。

“不管怎么说，今后，这类可怕的事件再也不会发生了吧？”在驶向公寓的车中，宗像千代这样说道。

“从今天晚上开始，刑警们撤销了警戒。可是不要紧，公寓里现在住进来很多老师，学校也要求她们在晚间进行巡视，同时也要求学生们彻底执行傍晚以后绝对不准外出的规定。只要大家多加注意，就不会有什么疏漏……”

从宗像千代的只言片语中，冴子感觉到她有一种无法掩饰的胆怯，难道是自己神经过敏?

(真的再也不会发生什么事了？)

对于这个问题，冴子知道，其实宗像千代比谁都更想知道答案。

在外面的西餐馆吃过晚饭后,晚上八点左右,两人到达了公寓。

“我今天晚上也住在这边，如果你有什么不舒服，或者发生了什么异常情况,马上告诉我。”站在没有一个人影的玄关大厅里，宗像千代用一种出乎意料的温柔声音说。

“早点回房睡吧。另外，一定要注意把门窗都关好。好吧？”

“是！”

冴子仰头望着身材高挑的姨母的脸。

“嗯，姨母……”

“什么事？”

关于自己已经知道了过去经历的事，要不要告诉宗像千代呢？在车里时，冴子就一直犹豫。把从高取俊记那里听来的话全部告诉宗像千代，再问问她有关妈妈去世时的详细情况，好不好呢?

“嗯——”

话到嘴边，冴子又咽了回去。

(还是暂时往后放一放吧。等到——自己完全调整好心态的时候再说吧。)

“不，没什么了。对不起！”

“真的吗？”宗像千代用一种略带怀疑的眼神注视着冴子，“那就好。真的，今天晚上你能回到这里来住，真的很好。”

“是！我不要紧。让您担心了，真是对不起！”

“没什么呀。”宗像千代一边说着，一边伸出双手轻轻地按了按冴子的肩膀，“好啦，回房间去吧——晚安，冴子同学！”

回房途中，在三号楼的台阶处，冴子碰到正要进入宿管员房间的山村丰子。

一看见冴子的身影，她伸向门把手的手立即停了下来。她像看见幽灵似的吓得目瞪口呆。

“啊——和泉同学。”她一边说，一边从房门那边走向冴子，“已经没事了吗？听说你从窗户掉了下去，我一直很担心啊。”

“托您的福。”

“最近危险的事接连不断发生……你可要小心啊。”然后，山村丰子好像还要说什么似的，直直地看着冴子。

“嗯，还有什么事吗？”

听到冴子的发问，她缓缓地摇了摇头，轻声叹息着走进了自己的房间。

在二楼走廊里，冴子与几个认识的同学擦肩而过。

她们认出是冴子后，都一脸惊异的表情，然后慌忙停下脚步，低垂着头。冴子用一种俯视的神情，尽量看着正前方，向她们点头致意。接受冴子的致意后，少女们惊慌失措的反应，出奇地一致。

315 室的门是锁着的。

冴子用从宗像千代手中领取的钥匙打开了房门，战战兢兢地走进屋内。

房间没有什么大的变化。有些物品的摆放位置和以前稍微不同，大概是宿管员或者谁清扫房间时动过吧。高取惠的物品还是原封未动。过两天我会来取——最初高取俊记来访时这样说过。可是，冴子知道，他上周根本没有时间来取。

不管怎样，得先洗个澡。住了六天的医院，身体和头发都已经很脏了。这个状态，干什么都打不起精神。

例假在住院期间结束了。洗完澡，换上新的内衣，顿时感觉身心舒畅了很多。

吹干头发，冴子走到高取惠使用的书桌前。

"高取惠。"冴子轻声唤道。

——仅仅两天的朋友。如果她还活着，我们一定还会在这个房间说很多很多的话。然后，如果真的和她成了亲密的朋友，那么，说不定在什么时候，自己和高取俊记一定会以一种与现在完全不同的形式相遇吧。

（为什么，你什么都不告诉我呢？）

——的确，这就是她对我的关怀和体贴。为了一个刚刚转学过来的内向懦弱的少女，为了尽量不让我产生过分的不安。

她是多么想和人倾诉啊，多么想得到别人的帮助，多么想……高取惠绝不会自杀！冴子现在终于确信了。

高取惠所拥有的那种“坚强”，绝不会允许她逃避现实。

如果说，她的那种“坚强”，只是为了掩饰她内心孤独的一种手段的话，那么，即使是在她心情最沮丧的时候，她都能够咬紧牙关挺过来。仅仅因为那个原因她就选择死？这绝不可能……

冴子越来越相信高取俊记的话了。

（“小惠绝不是自杀！”）

这句话多次从他的口中说出来。而且——

（“我想一定是发生了什么事。”）

当听说班里进行着“狩猎魔女”的游戏后，他就说过的。

（“我想一定是发生了什么事。在第二次被‘处刑’的那天夜里。”）

是的。一定发生了什么事。因为发生了什么事，才造成了高取惠的死亡。

（“这一回，我要当这次事件的调查者。”）

为了死去的高取惠，也是为了高取俊记。不仅如此，高取惠死亡的真相，或许与其后发生的两起杀人案也有某种关联吧。

守口委津子不是说过吗？堀江千秋和中里君江，这两个被害人的共同点都是“委员会”成员。也就是说，这两人都参与了对高取惠的“处刑”。如果按照这条线索考虑，也许会有什么收获……

“高取俊记。”

冴子再次自言自语道。这一次，面对早已深深铭刻在自己脑海中的高取俊记的真挚目光——

（请给我勇气吧！）

不知道为什么。虽然厌恶却又无法停止。

有东西正从心底的深渊处，咕嘟咕嘟向外溢。

无法抗拒。无法抑制。

（不能逃避！）

2

冴子轻轻地敲响了一楼最里侧——304 室的房门。

“是！”

里面马上传出了回答声：“哪位？”

是桑原加乃的声音。“我是和泉冴子！”

“啊？”

隔着门，冴子仿佛看到了桑原加乃惊慌的表情。

“我是和泉冴子，有些话要和你说。”

桑原加乃的室友应该是关绿。没有听见关绿的声音，她是在洗澡呢，还是不在房间？冴子最希望的就是，只有桑原加乃一人在房间……

过了一会儿，门被打开了一条细缝。

“我今天出院，刚回来。”冴子说，“突然来打扰，实在很抱歉。因为，有些事不得不问问你。”

“啊！什么事呀？”

桑原加乃用平时那种清脆的声音说道。可是，她的脸上却露出掩饰不住的惊慌。

“实际上，是关于死去的高取惠同学的事。”

“啊——”

桑原加乃用手捂住光滑的前额，向后踉跄了一步，然后把目光从冴子身上移开，想要把门关上。

“等一下！”冴子急忙把手伸进门缝中，“等一下！我都知道了。我知道高取惠为什么是魔女，也知道大家在搞的游戏。”

“我什么也……”

“你说谎！”

“我什么也不知道。”

“你说谎！”

关门的力道渐渐弱了下来。

“不要逃避！桑原加乃！”

冴子直视的目光和桑原加乃胆怯的目光对在了一起。“啊——”桑原加乃又发出一声叹息。“哧”的一下泄了劲，把门打开了。

“请进！”桑原加乃说道，“关绿现在刚巧在茶歇室。如果可能的话，最好在她回来之前……”

进入房间，冴子注意到床上放着一个大号的手提箱，不禁吃惊地问道：

“桑原同学，这是干什么？”

“请坐！”桑原加乃把冴子让到椅子上，自己坐到了床边，“——正像你看到的。”

“这么说……”

冴子环视整个房间，发现前面书桌上桑原加乃的东西，以及周边书架上都收拾得干干净净。

“明天早上，我就要离开这里了。”

“离开这里？难道——”

“退学，去别的学校。”桑原加乃的举止，端庄得体，细长的眼睛一直注视着自己的膝盖，“手续已经办好了。今天和老师、宿管员都告别了。”

“为什么要走？”发问的同时，冴子“啪”的一下把手捂住胸口，“看来，果然是因为高取惠的事……”

“别说了！”桑原加乃低着头，使劲地摇着头，“那件事，已经……”

“可是，桑原同学。”

“太可怕了，我想逃离这里。这个学校，我一天也不想待了。”桑原加乃摇着头，慢慢地抬起眼睛，“和泉同学。前两天，发生那样的事……我并不是恨你，我一看到大家都那样——我就随大溜儿了，那样……

“现在大家都很害怕。关绿也是，我也是。我想绫大小姐也一定是。”

“因为你们那样对待高取惠？把她当作魔女的事？”

桑原加乃没有回答这个问题。

“如果继续待在这里，我也会和堀江千秋、中里君江一样被杀死。我自己明白。这就是冲着我们几个来的。”

“你认为是谁想向你们几个下手？”

“不知道是谁。可是一直——在你住院期间也是，我总觉得，不知道在什么地方，总有一双恐怖的眼睛在盯着我。”

“桑原同学！”

冴子一边抑制着自己强烈的心跳，一边更加严厉地问道：

“请告诉我！那天晚上——对高取惠进行第二次审判，并‘处刑’的那天晚上，在那个房间里，到底发生了什么？”

“那……”

桑原加乃低下了头。“不行——不能说。”

“那么也就是说，那天晚上，在那个房间里，发生了一件让你们无论如何都不能说的事情？然后——又是因为发生了那件不能说的事情，所以让你们恐惧到了甚至害怕自己被杀的程度。这么说来，无论我怎样往最坏的方面想象，你都不会有什么不满吧。”

“最坏的想象？”

“是的！”冴子狠狠地瞪着桑原加乃，“高取惠不是自杀，是被你们所杀！”

“不是的！”

桑原加乃两手捂住脸颊。“不是的。我们没有杀她。”

“你们不是说她是自杀吗？那我告诉你，高取惠绝不会自杀。她是被你们强行关进去的吧，那么她是怎样拿到煤油的？退一步说，即使煤油是她自己事先准备好的，可那样的事——自己在自己身上点着火后，还能够从容地跑进浴室，打开淋浴，这种事平常人是绝对做不到的。”

“那是——”

桑原加乃小小的嘴唇中，发出了蚊子一样的声音。“那是一个意外。”

“意外？”

“是。”

“意外？什么意思？”

桑原加乃捂着脸颊的双手又缓缓滑落到膝盖上。长长的头发垂落在纤弱的肩膀上，肩膀在微微地颤抖。

“你想听吗？另外，你相信吗？”

“如果是真话的话。”

“哎，我不能再保持沉默了。虽然你可能不会相信……”桑原加乃低着头，一点一点地开始讲述：

“大致的情况你好像已经知道了。大概，是守口委津子告诉你的吧。那天晚上——我们五人——绫大小姐、堀江千秋、中里君江、关绿，还有我，把高取惠叫到那个房间——魔女的房间。

“虽然她在七月份已经受过一次审判，被关在那个房间待了一个晚上。可是那之后，她和守口委津子完全不同，对我们既没有丝毫的畏惧，也从不巴结献媚，和以前没有任何的变化——所以，我们认为她没有任何反省的意思。因此，特别是绫大小姐，说这一次一定要狠一点，一定要让她服软。我们在审判魔女的时候，怎么说呢，有一种非常奇妙的感觉——过后回想起来才发现原来那是一种令人恐惧的残酷气氛……

“因此——那天晚上，关绿特意从楼下的储物间里找出煤油，灌入一个空的饮料瓶中。”

“为什么要用煤油？”

“对魔女处刑，当然要用火刑。”

“你们怎么可以……”

“不。谁也没有要真的点火——我们把高取惠拉进浴室，大家围着她……关绿一边摇晃着饮料瓶，把煤油浇到高取惠的身上，一边高喊‘魔女啊，魂飞魄散！’就是这样开始的。”

（怎么可以……）

“你们疯了！”

听到冴子不由自主的喃喃声，桑原加乃点了点头。她双手交叉放在膝盖上，突然，一滴透明的液体滴落在她白皙的小手背上。

“是的。是！”

桑原加乃抽着鼻子，哽咽起来。“大家——还有我，当时眼中一定闪烁着异样的目光。也许我们真的疯了。不管怎么说，当时我们一心想的就是怎样做才能让这个自称‘魔女’的高取惠变得更像魔女。我们完全被当时现场的那种气氛所左右，并沉迷其中。”

（为什么……）

“后来我注意到，绫大小姐不知什么时候把关绿带来的火柴拿在手中……简直就像电影画面中出现的驱魔仪式似的，她的口中念念有词。‘现在对你进行审判。’‘如果想要求得原谅，只要你跪地求饶即可。’然后，她划着了火柴……”

“怎么会那样？”

“大家都很奇怪，真的，都很奇怪。

“高取惠——不管我们怎样对她，她都一直顽固地闭着嘴，一声不吭，瞪着我们。她一定是认为我们不敢真的点火。她的那种态度，反而激得我们更加狂傲与亢奋。

“不知什么时候，我们五人的手中都点着了火柴。最后，我们纷纷把燃烧的火柴向她身上投去。”

桑原加乃像得了疟疾似的，肩膀在间歇性地抽动。

“真的，是瞬间发生的事情。谁也没有出声。高取惠自己就连叫喊的声音都没有发出来，她的衣服、头发，哗的一下就烧了起来……不知道是谁慌忙打开了淋浴，但她已经……”

“为什么不马上报警？”

面对冴子的高声追问，桑原加乃又抽动了一下肩膀。“怎么可能去报警。”

“可是，那是你们干的事情……”

“谁也没有那样的勇气。大家都不知所措……不，只有绫大小姐一个人，还算是比较冷静，当看到火熄灭后，她说这件事绝对不准对外人说。只要我们都默不作声，高取惠的死就会被当作自杀处理。事已至此，我们只能按照她的吩咐去做。我们把有可能留下指纹的地方都擦了一遍，把房间的钥匙留在现场，让淋浴的水就那样一直流着……然后，我们悄悄离开了现场。”

“你们以为这样就可以蒙混过关了？”

“绫大小姐说不要紧，只要大家保守秘密，就不会暴露。”

桑原加乃缓缓地抬起头。冴子发现，曾几何时，在食堂早餐餐桌上与她交谈时的那双文静清澈的眼睛，早已不见了踪影。

现在竟然变成了哭得红肿的眼睑和战战兢兢在半空中游离的目光……

“高取惠死后，堀江千秋搬到了你的房间，那是因为——古山老师和绫大小姐商量此事后，绫大小姐命令堀江千秋过去的。”

“城崎绫，命令？”

“嗯。你对狩猎魔女游戏到底知道多少？这是绫大小姐最关心的——因此，命令堀江千秋前去侦查。”

（侦查……）

面对眼睛大张、表情凝滞的冴子，桑原加乃恳求道：

“因此，那真的是一次意外。谁也没有想真的杀死高取惠。真的……”

（不能逃避！）

（啊——又来了。那个又来了……）

巨大的红色旋涡，轰轰隆隆，浩浩荡荡，从黑暗深渊的最深处涌起。无法抗拒。

（血。）

耳语，在耳朵中，在脑海里。

（血债血偿！）

3

九点半时，挂在柱子上的那个古典摆钟，“当”地敲了一下。

桑原加乃一直坐在床边，用恍惚的眼神望着冴子走后的房门，好一会儿才回过神来。

冴子什么也没说就走了出去。对于桑原加乃那句——不要把我说的话告诉任何人的恳求，她既没有肯定，也没有否定，只是含糊地点了点头就走了出去。

（为什么给说出去了？）

白皙的额头上渗出湿漉漉的冷汗，桑原加乃把手帕轻轻地贴到额头上。

这是绝对不能说的事。如果被别人知道的话，自己、关绿，还有城崎绫，作为害死同班同学的肇事者，一生都会被别人在背后指指点点。会被警察询问，会被别人怀疑精神不正常……而且，我们自己也会被别人当成“魔女”。要接受精神鉴定，要接受审判，之后……

（魔女啊，魂飞魄散！）

那天晚上，在不知不觉之中，她也向高取惠抛出了那样的话。她尽量不让隔壁房间听到，发出了强而有力的低沉声音。

（魔女啊……）

异常的刺激，正因为异常才让她们兴奋得忘乎所以。她们向高取惠挥甩着饮料瓶。嗅到那种气味，高取惠应该马上就明白了浇到自己身上的是什么东西吧。然而，她依然一声不吭。嘴角依然紧闭成一字形，向被疯狂所左右的五人投去哀怜的目光。正是这种目光，刺激得她们更加疯狂……

我们来玩狩猎魔女游戏吧。最初，当听到城崎绫说出这句话时，桑原加乃也大吃一惊。这么荒谬的事情！她甚至怀疑是不是城崎绫的精神有些不正常。然而，结果证明，城崎绫确实抓住了这个学校的学生们那种想成为“审判者”的潜在心理欲求。

虽说是一种游戏，可是最初，任谁都有罪恶感，然而没过多久，那种罪恶感，就被——我们是在审判“魔女”——这样一种不可思议的快感所代替。

“啊——”

桑原加乃从胸膛深处挤出一声长长的叹息，然后，晃晃悠悠地从床上站了起来。

绫大小姐是一个强人，记得自己曾向冴子说过这句话。特别是在她那完美无缺的美中，有着一种自己所不具备的“毒”——不，正是因为有了那种“毒”，所以，她的美才变得完美无缺。

桑原加乃是家中最小的女儿，父亲是东京一家有名的私立大学的教授，母亲也是小有名气的花艺师。桑原家族也是一个杰出学者辈出的书香门第。

慈祥的父亲，慈爱的母亲，还有两个忠厚的哥哥……在“温室”般祥和的家庭中，桑原加乃一帆风顺地成长着。无论是在学校还是家里，她都是名副其实的“好孩子”。什么不满啦、忧郁啦、愤怒啦，这些情感，一直与她无缘。

要说烦恼的话，大概只有一个，那就是在“温室”长大而特有的——懦弱。

小学和初中时，桑原加乃一直是同学们欺负的对象。稍微受到一点儿欺负，马上就抽抽搭搭，眼泪汪汪。她越是这样，对方（呀，哭泣包。）（胆小鬼……）越是变本加厉。即使这样，她也决不反抗，不记恨他们。因为，不管在学校里受到什么样的欺负，逃回家后，一定会有人爱怜自己，安慰自己。

两个哥哥都继承父志，考上了研究生。对于幺女加乃，父亲更是格外地疼爱，不想让她在学术方面有所发展，而是希望她将来能成为一个像母亲一样，传统端庄的贤妻良母。因此，高中就为她选择了这所“圣真”学园。

桑原加乃对于父亲的决定没有任何不满，顺从地来到这里。最初，对于从没经历过的严格管理，桑原加乃确实感到相当痛苦，可是不久她就适应了。由于远离家人，各种各样的烦恼和不满无人可以诉说，于是她就把这些统统堆进心底的一个角落，并在外面拉起一道遮蔽的窗帘。尽管她没有产生什么太大的感情波动，可是每一天也都是恍恍惚惚的。

（爱哭泣的胆小鬼……）

（温室里长大的大小姐……）

因此，当城崎绫这样的人物出现时，桑原加乃真的无法抗拒她那种毒药般的魅力。

“啊——”

桑原加乃又长长地叹了一口气，慢腾腾地向浴室走去。在这个公寓的最后一晚，在临睡前，让这种烦心的令人不快的回忆和冷汗一起流淌出来吧。

冴子会不会把事件的真相告诉别人呢？

她绝不会默不作声。那样的事情，她不可能保持沉默。

（大概，会告诉她的姨母宗像校长吧……如果那样的话，我们几个……）

本来不应该告诉她的，可是又不能不说。

堀江千秋被杀后，自己还没有过这样切实的恐惧。堀江千秋是晚上一个人外出时被精神变态者杀害的，老师这样的解释也许还是很有说服力的。

可是，第二天，被关进禁闭室的中里君江被杀，这种恐惧一下子膨胀起来。

有人在审判我们的罪行——她忽然产生了这样的念头——不知道是谁。也许是神，也许是恶魔吧。知道我们五人杀死高取惠的罪行，所以，就像我们审判高取惠一样，我们五人也会被处以同样的死刑。

在这不到一周的时间里，她是多么想把这件事全部告诉某位老师。与其这样一直饱受无形恐惧的折磨，还不如把这件事全部说出来，让自己心安一些。可是，她一直没有说出来，因为每当看到同室的关绿，还有城崎绫的眼神……

冴子一定会跟谁说吧？事到如今，还是那样为好——那样为好。桑原加乃这样自言自语道。

不管怎样隐藏，罪就是罪。自己犯下的罪（我们害死了高取惠……）无论如何也洗刷不掉。即使离开这个学校，即使逃出那个无形杀手的手心。

桑原加乃进入浴室，稍微犹豫了一下，还是决定让浴室的门大开着。最近几天，桑原加乃对于打开紧闭的房门这件事害怕得不得了。

进入浴缸，拉上浴帘，一边让身体沐浴在热气腾腾的淋浴之中，一边用手指小心翼翼地梳理着从小学时候就留起来的长发。

不管怎样，明天一早，就要离开这里返回东京了。回到家里——对，自己已经决定了，到时跟爸爸（我想爸爸一定会理解我的）把这件事情全部说清楚……

——突然。

米色的浴帘被一只手拉开了。桑原加乃还没有来得及转身去看，一把尖刀就深深刺入她的右侧肩窝。

桑原加乃身体向前一倾，头部重重地撞到水龙头上。

“啊……”

桑原加乃发出一声呻吟，刚想站起来，后背中央又重重地挨了一刀。比疼痛更让她吃惊的是，从肩头到前胸，混着淋浴的水流向下流淌的全都是鲜红的颜色。

（——？！）

这一切来得太突然了，最初的瞬间，桑原加乃还没有明白这种颜色的含义。可是她马上就意识到这是从自己身体里流出来的血，也终于明白了自己现在的处境。

（原来……）

冴子出去之后，自己忘记把房门锁上了。一定是有谁进来了，有人（为了杀我？）悄悄地进来了。

（我，死了吗？）

重重的刺杀，肌肉撕裂的声音。疼痛。喘息。痉挛。

（……啊！）

再一次，刺杀。白色的胴体渐渐变了颜色——在深红色的洪水之中，疼痛渐渐麻木——意识渐渐远去。

（啊……原来如此）

——我要穿上衣服。在走向死亡的途中，在心底的一角，桑原加乃产生了这样的想法。

（在这样的地方，这个样子死去的话。）

手腕伸向浴缸边缘。

(……衣服，在那儿呀……那个……那个更衣筐里……)

凶手的尖刀朝着手腕又刺了过来。

(噢……)

(……求求你……衣服……)

不久——

在凶手那发狂和冰冷的目光注视下，桑原加乃发出最后一声呻吟后，气绝身亡。

(还剩两个。)

4

把手伸向门把手的时候，忽然听到房间内传出轻微的呻吟。关绿立即停下手，扶了扶眼镜，然后伸长脖子。“加乃？”

门轻轻一推就开了。原来门没有锁。

“这是冲我们来的，一定是有人在审判我们害死高取惠的罪行。”这几天一直这样喋喋不休、害怕不已的桑原加乃竟然没有锁房门？关绿狐疑不已。

从学校回来后，除了去食堂吃饭，桑原加乃一直不肯走出房间半步。不管城崎绫和关绿怎样安慰她，她都是顽固地摇着头，总怕自己也会被杀死。以致最终走到退学和离开公寓的地步……

只是单纯地忘记了锁房门，还是，有外人在房间里？

“加乃？”

关绿推开房门走进屋里。房间里一个人影也没有。在卫生间？还是在浴室？

“加乃？”

关绿听到从左手边最里面的门内传出轻轻的流水声。

（在淋浴呢。）

“在浴室里啊。”

关绿看看桑原加乃放在床上的手提箱，轻轻地叹了口气。一头倒进自己的床上。

（果然，她要走了。）

她侧耳倾听着浴室的声音，“骨碌”一下翻成仰面朝天躺在床上的姿势。

刚才在茶歇室和城崎绫聊了很久。自从上周的事件发生后，大多数学生一到晚上九点钟就都回到自己房间了，茶歇室里只剩下城崎绫和关绿两人。于是，她们俩开始商讨今后的事情。

这之前在食堂里，她们俩从其他同学那里听到了有关冴子已经出院并且回到学生公寓的消息。因此，她们俩主要讨论的是，今后该对冴子采取什么样的态度。

前几天，得知中里君江的死讯后，在教室里发生的那件事，确实是太糟糕了。因为这件事，城崎绫也生关绿的气了。关绿反省了一下自己的行为，也觉得当时自己太过冲动和鲁莽。

当时，继堀江千秋之后，中里君江也被杀了。而且事发的前一天晚上，自己确实看到了冴子的身影，并被吓得失魂落魄。当时自己真的认为是冴子杀死了那两人。

城崎绫，当时一定也是这样的想法。班里的其他同学好像也都这样认为。

因此，不论是从谁的口中最先说出“魔女”这两个字，结果都会一样，这两个字就是引爆那场骚动的导火索。于她们而言，冴子就是新来的魔女。新的魔女——而且，从冴子身上，她们突然意识到，什么才是能给她们带来“死”这样巨大恐怖的真正的魔女，因此，她们恐惧，她们叫喊，她们向冴子步步逼近。

大家都疯了。即使是城崎绫，在当时教室的那种氛围中，也不能保持冷静。事实上，正是因为作为“审判长”的她，说出了那句认定冴子是魔女的话，才使教室中那种歇斯底里的气氛更加高涨，使疯狂达到了极点。

幸运的是，从窗户上掉下去的冴子并没有生命危险。而且，那时隔壁一年级学生又正巧在图书室上自习课，所以，没有人听到当时的骚乱。还有，冴子好像并没有把这件事告诉老师。关绿她们这才终于松了一口气。

“好好想一想，关绿！”那之后，城崎绫说道。

“和泉冴子杀死堀江千秋和中里君江，这好像并不现实。”

对关绿来说，把冴子想象成杀人凶手，其中一个理由就是自己对于害死高取惠的一种罪恶感。她武断地认为，万一她们害死高取惠的罪行被冴子知道的话，冴子一定会为高取惠复仇。

可是，就算冴子真的知道了高取惠死亡的真相，难道她会为了替高取惠报仇而残忍地杀人吗？告诉老师或警察，不就完了吗？为什么非得亲手一个一个地杀死“委员会”成员……

确实，自己的那种想法不太现实。

如果冴子真是杀人凶手，那么她或许是天生的杀人狂，或许是死去的高取惠的冤魂附到了她的身上？（杀人狂？冤魂？不至于吧。）

这样的事绝不可能。

“冴子出院后，我们要为前几天发生的事向她赔礼道歉，无论如何一定不能让她把这件事泄露出去。”城崎绫这样说道，“如果收回我们当时对她说的话，并向她解释说那是一场误会，依她的性格，一定会温顺地点头接受。”

虽说如此，可是冴子会那么轻易就相信她们说的话吗？关绿十分担心。

另外，如果冴子不是杀人凶手，那么还有一个疑点，中里君江被杀的那天晚上她看到的那个人影，在昏暗的走廊里晃晃悠悠走动的（那个人是……）那个背影……

城崎绫曾说她是不是看错了。那么晚还下着大雨，穿着睡衣去单身牢房杀中里君江？按照常识，这是不可能的事。

这样说也确实有道理。可是，那个背影一定是冴子。低矮的身躯，纤弱的细肩，垂到后背中央的长发——可那是真的啊。

事到如今，城崎绫依然认为，这两起事件都是外面的精神变态者所为，堀江千秋和中里君江不过是偶然的牺牲品。可是，关绿却无论如何也不能全然相信。

（绫大小姐说的，应该不会有错。）

是的。城崎绫一贯正确。城崎绫说的话是绝对的正确。可是……

在进入这个学校之前，关绿就读于东京的一家私立女子初中，是个十足的“坏”学生。逃课、吸烟、乱交男友，因盗窃和吸毒，还曾经多次被警察予以辅导教育。

谁也不想学坏呀（经常挂在嘴边的辩解……）——谁也不想学坏。比自己小两岁的妹妹（妹妹既漂亮又聪明……学习成绩还相当优秀。）——周围所有人的目光，无论是父母、亲戚，还是老师，总是把自己和那样优秀的妹妹过分地比较……（自卑、嫉妒、逃避、偏执……啊，实在受不了了。）

就这样，关绿好不容易熬到了初中毕业。之后，她能够进入名校“圣真”，完全是父亲多方奔走的结果。父亲在一家大的出版社担任要职，好像与宗像校长在很早以前就有交情。能够把这样一个不争气的女儿送进这所学校，完全是靠私人关系。

入学初，关绿非常感谢父亲的一片用心，也下决心要好好学习。可是，随着对这所学校实际情况的不断了解，她突然联想到，原来于父母而言，把自己送到这里，父母会很有面子，又可以把自己与优秀的妹妹“隔离”开来。

（实在受不了了……）

一堆讨厌的规矩，枯燥无聊的学习，瞪大血红的眼睛拼命寻找学生过错的老师，一群唯唯诺诺、话不投机的同学……这样还不如被送进少年管教所来得舒服。

对校方来说，恐怕她也是学校里的头号“问题孩子”。（入学后，在不到半年的时间里，她就数次被关进那个黑暗的“单身牢房”。挨老师们教鞭抽打更是家常便饭……）

真的受不了了。她恨不得马上就退学，只要能离开这里就好。至少，对，在城崎绫转学来之前，她一直都是这个状态。

城崎绫的到来，给关绿带来了无法预估的影响。以前总是被拿来与妹妹相比而郁结在心的自卑等各种消极心态，因与城崎绫——这个自己根本就不敢与其相比的人物的相识，而烟消云散。

关绿的世界一下子来了个一百八十度大转弯。人，归根结底，都是以自己为中心的——可是，关绿却意识到，不知不觉之中，自己已经把城崎绫放在了自己的世界中心，一切都以城崎绫为中心去看待世界。

微笑、走路、说话，城崎绫的一举一动，都让关绿感动不已，关绿完全沉迷在城崎绫所创造的世界之中。

在城崎绫面前，无论是态度还是措辞，甚至是思考方式和面部表情，她都深受影响（不仅仅是我，堀江千秋、中里君江，还有其他所有的人……）。于是，关绿渐渐感到在这个学校的生活没那么痛苦了。

（绫大小姐……）

现在，关绿对城崎绫可以说是完全的崇拜——甚至把她视为神。在这一点上，关绿和堀江千秋完全一致。

在班里开始“狩猎魔女”游戏时也是一样，关绿对城崎绫也是全然地相信，并打算一直追随她。在高取惠“事件”中——高取惠死亡的主要责任在于关绿，因为是她把煤油带进了那个房间——她相信按照城崎绫的吩咐去做，绝不会出现什么坏的结果。

可是，唯有这一次，城崎绫说的话她不能无条件地全部接受。

是外面来的杀人狂偶然犯案，还是学校内部人员有针对性的杀人？哪一个才是“事实”？这只是一个可能性多少的问题吧。

也许，冴子真的就是那个所谓的杀人狂吧？或者是住在这个公寓里的某个人（谁？）……

这样的想法一直纠缠着关绿和桑原加乃，于是她们都被一种想从这里逃出去的想法所左右。

——淋浴的水声停止了。

关绿抬起头，向浴室门方向看去。“加乃？”

关绿喊了一声。“喂！加乃？”

没有了回答。没有淋浴的水声，自己这么大的声音，里面应该能听得到啊。

“你在洗澡吧？加乃。”

她稍微提高了嗓门，却依然没有回应。

（怎么回事？）

刚才发现房门没有上锁时的那种怪异情绪又一次袭来，关绿蓦然把头抬起。

“说话呀！加乃？”

——沉默。

关绿从床上下来，慢慢向浴室走去。

站在浴室门前，她轻轻地敲门，然后侧耳倾听。滴答……滴答……水滴的声音，微微传来。

“加乃？”

再一次呼唤。她一边等待回答，一边尝试着轻轻转动门把手。门把手转动了。

略一踌躇，关绿把门推开。

“啊！”

刚一推开门，她就看到左手边的浴帘有些异常。浅米色的浴帘上飞溅着斑驳的红点。

“加乃！”

只见桑原加乃跌倒在浴缸里，浴帘上满是飞溅的血点。整个浴缸，就像一桶满满的染料被全部倒在里面一样。还有，后背，新鲜的伤口，有好几处都翻开了，桑原加乃的后背就像……

“啊，啊啊啊啊……”

被杀了，这一次是桑原加乃。如此看来，果然，杀人狂就在这个公寓内……

是冴子！关绿想到。

（果然是她！）

她刚从医院回来，马上就发生了新的杀人事件。这绝不是偶然！

（怎么会是偶然！）

“加乃……”

这时，关绿忽然意识到。

刚才进屋时，明明听到了淋浴的水声，淋浴后来却停止了。这期间，自己一直在屋里，而浴室里是桑原加乃的尸体。

有人把淋浴关了。有人还在（在！）这里。

心脏仿佛已经冻结，全身像被紧紧捆死一样僵直。

这里面——（这个狭小的空间……）有……

就在关绿转身想逃的瞬间，一个人影从门后一跃而出。来不及叫喊，挥舞的尖刀就刺进了关绿的胸膛。

她刚想呼救，张开的嘴便停止了运动。从咽喉的深处，

“哇——”

一股红色的血喷薄出来。

“这……”

（你这个畜生……）

捂着流血的胸口，关绿的肩膀撞到了凶手身上。凶手（黑色雨衣……）往后一闪身，关绿从半开的门中“咕咚”一声跌了出去。下颚撞到地毯上，眼镜也瞬间飞了出去。

浑身的力量瞬间丧失。她想反击，然而身体却不听使唤。她睁开蒙眬的血眼，拼命地把右手向前伸去。五根手指，一边哆哆嗦嗦地颤动着，一边抓向虚无缥缈的空中。

“来人啊！救命……”

喉咙一阵抽缩，却没有发出声来。

“来人，啊……”

“扑哧！”一声钝响。大腿根部一阵剧痛。

“啊……”

关绿一边继续挣扎着还想发出声音，一边用手指抓住地毯，让自己的身体向前爬行。“哧溜”一声，留在浴室内的下半身被拉到了外面。

胸部和腿部的伤口里，血，在汩汩地向外流。

（为什么这么多……血……）

这么瘦小的身体，究竟在什么地方储藏了这么多的血？在关绿渐渐失去意识的过程中，竟然闪过这样一个荒诞的想法。

“救命……”

（……绫……大小姐……）

沾满鲜血的尖刀又深深地刺了过去。同时，关绿口中的声音也彻底消失了，脸也突然无力地跌落在地面。

凶手慢慢地收回尖刀，把刀刃在少女衣服上擦拭了一番。从黑色的帽子下面传来一阵“哼哼哼哼……”的病态疯狂的笑声。

（还剩一个人。）

就在这时——

“桑原加乃？关绿？”

房门外的走廊里传来了呼唤声。

“发生什么事了？桑原加乃！关绿……”

“为什么？你……”

她惊恐地转过身来。少女一声不响，两只手背在身后，静静地走进屋内。

“你——要干什么……”

少女突然发出一声冷笑，举起藏在背后的剃须刀片。

“干什么？”她战战兢兢地向后退着，“不要！不要靠近我！”

她刚想要说这句话，咽喉就一下子萎缩到了意想不到的程度，只能发出微微的颤动。

少女毫不犹豫地向她刺去。然后——

她那沾满鲜血的身体横躺在浴室的瓷砖地面上。

仰面朝天的身体，一下一下地微微抽搐着。

苍白的脸上，凝固着笑容——

少女把沾满鲜血的刀片放进衣兜里，然后，取出一个透明的瓶子，把瓶中的液体洒过去。顿时，房间内腾起一股臭味。

随后，少女又掏出火柴。

少女像小孩摆弄玩具似的，划着了火柴。她看了看燃烧着的小小火苗的颜色，又看了看瓷砖上鲜血的颜色，比较一番后，“扑”的一下把火柴投过去。“呼……”

黑色的头发被火焰包围。眨眼之间，火焰向她的衣服蔓延而去……

少女身体向后闪，心满意足地将眼睛眯成了一条缝儿。

第十章　魔性大曝光

1

“桑原加乃？关绿？”

在304室门前，冴子忽然涌起一股不祥的预感。“发生什么事了？桑原加乃！关绿……”

听完桑原加乃的讲述后回到房间，还不到三十分钟。这期间，冴子一直在思考并烦恼着，从桑原加乃那里听到的关于高取惠死亡的真相该不该告诉别人？要怎么说？

不要告诉任何人！桑原加乃这样央求过。可是，不管她怎样央求，首先，这件事必须告诉高取俊记。问题是那之后……

高取俊记听到这件事后会怎么做呢？他会不会把这件事的真相告诉学校和警察呢？

一旦事情真相大白，桑原加乃她们的处境会怎样呢？一想到这个问题，冴子就无比痛心。如果可能的话，最好还是让这件事情的真相永远留在自己和高取俊记的内心吧。冴子这样想。现在桑原加乃已经把全部事实真相都告诉了自己，之后她会怎样呢？冴子对此特别担心。

刚才，对于她的保密哀求，自己一言不发地走出她的房间，一半是出于对她的无视，一半是因为确实不知道该怎样回答。

再去和桑原加乃聊一聊吧。想到这里，冴子又走出房间。关绿这时也该回来了吧，如果可能的话，对，试着劝劝她们，最好让她们主动去投案自首。

就这样，冴子再次来到门前。然而……

站在门口，她听到房间内传来一种奇怪的声音。不是普通的说话声，好像是一种更加原始的响声——某种动物的鸣叫声。

听不真切。可是，确实又是从这个房间内传出来的。“桑原加乃？关绿？”

没有回音。

冴子把手伸向门把手，使劲一推，门开了。

“桑原……”

冴子刚一迈进屋内，顿时语塞。屋里灯开着，却没有一个人影。她扫视屋内，一眼注意到最里面的地毯上散落的那种颜色。冴子觉得自己仿佛进入了另一个世界。她捂着嘴，睁得大大的眼睛直直地凝视着那里。

（那是？）

虽然在床的阴影中看得不是十分清楚。可是，灰色的地毯上那四处飞溅的斑驳的深红色印迹，震撼着冴子的内心，并把她引向了恐怖的深渊（……圣诞快乐……）。

（那是……）

随着一步步走近，床后面的情景也跃入眼帘。

“啊——啊啊……”

那是一个趴在地上的人的身体。从短发来看，应该不是桑原加乃。

“……关绿！”

瘦小的身体，浸在令人作呕的红色血海之中（……不要！……不要！……）。后脖颈处翻开的裂口，昭示着致她殒命的第三者的存在。

“……啊……啊……”

急剧涌起的呕吐感，瞬间模糊了她的眼睛。冴子一边使劲捂着肚子，一边（……妈妈！……救命啊！……）踉踉跄跄地向后退去。

（不是我！不是我啊！）

膝盖在颤抖，冴子一边拼命地控制着身体的平衡，一边摇着头。

（不是我……）

房间的灯，突然灭了。

大吃一惊的冴子，瞬间条件反射地转身向门口看去。一个黑色的人影从门后一闪，向走廊跑去。

“啊！”冴子终于能够发出喊声，“谁？”

这个影子——（凶手？）对！是凶手！

冴子进来的时候，杀死关绿的凶手还在这个房间里，就藏身在门后。一定是的！

（追！）

冴子在心中喊道。

（是这个家伙杀死了所有的人。快追！快！）

膝盖的抖动不可思议地停止了。冴子猛然向门口冲去。

跑到走廊，向左右一看。左手边——看到了凶手向主楼逃跑的背影。在长长的昏暗的走廊里，凶手披着黑色斗篷似的东西在全速奔跑。

（追啊！）

黑色斗篷——不，更像是塑料雨衣——穿着这个，一定是为了防止血溅到自己的身上。

在拐角处的台阶前，那个人影瞬间停止了。

“来人啊！”

听到冴子的喊声，那个人影马上拐上了台阶。

“来人啊！杀人啦！”

当冴子稍后跑到台阶的时候，碰到了一个从上面走下来的人。

“哎呀！”发出一声尖叫的是守口委津子，“和泉同学！”

她露出了惊诧的眼神。

“到底怎么回事……”

“有人从这里上去了吧？”

“哎？”

“就是刚才，是不是有人从这里上台阶了？”

“啊，嗯。很快地跑上去了。”

“看清脸了吗？”

“没有。好像戴着黑色的帽子。到底怎么回事？”

“是杀人凶手啊！”

冴子抛下愕然的守口委津子，顺着台阶向上跑去。冴子感觉有些喘不上来气。是好久没运动的缘故吧，腿就是不听使唤。

来到二楼的走廊。右手边通向三号楼的走廊里，没有发现人影。向左拐，冴子刚一跑到通向主楼的走廊。

（在那儿！）

已经拉开相当大的一段距离了，在长长走廊的另一端——黑影已经跑过通向二号楼的岔路，正向一号楼方向移动。

“站住！”

虽然腿不听使唤，但冴子还是再次跑了起来。然而——在走廊深处的昏暗之中，那个黑影一下子就不见了。

“啊……”

（跑哪儿去了？哪儿？）

是拐到一号楼去了？还是钻进了哪个房间……

跑到走廊尽头，冴子向一号楼的方向望去。没有一个人影。右手边就是台阶，难道从这里下去了？

“啊——”

（追丢了。）

此时，冴子全身没有一丝力气。她在昏暗的走廊里扫视了一会儿之后，颓然地垂下肩膀，原路返回。

（报警。）

她一边抑制着狂乱的心跳，一边挪动着僵硬的双腿。

（被杀的，果然是关绿？那么，桑原加乃……难道她也？）

冴子忽然想起公寓这边的校长室应该在这附近。

（必须告诉姨母。）

冴子停住脚步，四处寻找。刚巧，左手边就是校长室的房门。冴子急忙跑到门前，“咚咚”地敲了起来。“姨母——校长！校长！”

良久都没有回应。

“我是和泉冴子。校长，不好了。请开一下门！”

冴子一次又一次地敲打着房门。终于，门把手缓缓地转动了。

“冴子？”门开了一道细细的缝儿，宗像千代的脸露了出来，“发生什么事啦？”

低声询问的宗像千代的脸，为什么那样苍白？也许是光线昏暗的原因？冴子瞬间有一丝怪异的感觉。

“304 室有人被杀了。”

听了冴子的话，宗像千代的眼睛一下子瞪了起来。

“真的？”

“是的。我看到一个疑似凶手的人影，就追到这里来了。可是，在这附近就不见了。”

“杀人凶手？”

“是的。”冴子坚定地点点头，“姨母，凶手就在这个公寓内。快点——快点报警。”

“知道了。”宗像千代的声音有些颤抖，“我现在马上报警，你赶紧回房间。记住，今天晚上，你绝对不要再出来了。”

“啊，是！”

“快点回去！”

“是……”

冴子慢腾腾地向走廊走去。背后，传来了校长室慌慌张张的关门声。

2

一回到房间，冴子马上拿起装有钱包和记事本的手包，向楼下走去。她想和高取俊记取得联系。

刚到一楼，就听到从桑原加乃和关绿的房间里传来一阵好像是谁发现了尸体的尖叫声。冴子没有理会，径直向门厅走去，一把抓起放在接待窗口的公用电话，投入硬币，拨通了高取俊记入住的宾馆电话。

“这里是相里花园宾馆。”

“请帮我转615室高取俊记。”

“请稍候。”

在等待电话转接的这几秒钟，冴子感到一种从未有过的漫长与焦急。

不久，听筒的另一端传来了高取俊记那“喂喂”的询问声，冴子马上高声报出自己的姓名。

“和泉同学？发生什么事了吗？”

“嗯——嗯，又出事了……”

“怎么回事？”

冴子用不听使唤的舌头，把刚才发生的事情向高取俊记做了说明。

“你看到凶手了？”

“是的。不过，不知道是谁……”

“不。我想说的是，你是清白的。”随后，高取俊记用严肃的语气说道，“已经报警了吧。”

“是的。姨母说她会报警。可是，我总感觉有点奇怪。”沏子又把刚才产生的疑惑向高取俊记说了一遍。

“我追凶手，中途追丢了。我想可能是钻进附近的哪个房间里去了。莫非……”

“会不会逃进校长室？”

“嗯。虽然不能确定，但有这种可能。”

刚才，宗像千代，那奇怪的苍白脸色，不自然的尖细声音。好像她的房间里有什么不能见人的东西似的，打开一道门缝，只露出一张脸……

沏子握着听筒的手，颤抖不已。“高取先生，我，我不知道该怎么办才好。”一阵短暂的沉吟声过后，高取俊记说道：

“这样好吗？你马上回房间，锁好门，无论发生什么事都不要出来。我先试着和藤原刑警联系一下，然后，我马上去你那里。”

“你是说来我这里吗？”

“是的，我过去。因此，你要镇静。好吗？”

“好。我，嗯……”

此时，一股暖流从沏子的心底油然升起，有一句话不由自主地涌到嘴边——我爱你！可是，沏子知道，现在不是说这句话的场合。不过，不知怎的，冴子总想把这句话说出口。

就在这时——

“在那儿！”

背后，突然传来了刺耳的尖叫声。“看到了！在那儿！”

“哎？”

冴子急忙转身，向连接走廊的门后望去，看到一群正用手指点着自己的少女。原来是同班同学。

“在那儿！快来人啊！”少女们表情僵硬地叫喊着，“怎么回事？”

从听筒里传来了高取俊记的惊诧声。“这是什么声音？和泉？”

“啊，啊……”

刚想回答，又传来了少女们的轰鸣声。“杀人犯！”

有两三个学生的身影出现在走廊里。“在那儿。快点！”

冴子斜视着那些正用惊恐中又闪烁着兴奋的目光注视着自己的少女。

“喂喂？和泉？喂喂？”

听筒从手中滑落。

“什么？你们说什么？”冴子向少女们问。

“不要装糊涂！”站在前面的少女尖声叫着，“桑原加乃和关绿被杀了。你不要再隐瞒了。是你把她们杀了吧。”

“哎？”

“你一回来，就又发生了杀人案，你再也抵赖不了了！”

“不是！”

冴子背靠着电话机，使劲地摇着头。

“你说谎！”

“旁边房间的人都看到了！”

又一个少女补充道：

“她觉得情况有些异常，往走廊偷偷一看，正好看到你神色慌张地从桑原加乃的房间里跑出来。她预感到好像发生什么事了，就进屋去看，结果看到了桑原加乃和关绿……”

“不是那样的！”

“杀人犯！”

“我只是……”

“杀人犯！”

“果然，你是魔女！”

“对呀，是魔女啊！”

“不对……”

又有几个少女跑了过来。在走廊的昏暗之中，她们慢慢向冴子逼近。

“你是魔女！”

几个雪白的手指，一起刺向冴子。

“杀人的魔女！”

（和上一次完全一样。）

“魔女！”

在这种异常的空气震动中，冴子的全身颤抖不已。手包也“啪”的一声从手中滑落。和上一次一样——不！比上一次更加疯狂。一双双发红的眼睛，一声声燃烧着恐惧和憎恨的尖叫声……

“如果放过你，下一次，不知道是谁还会被你杀死。”

“因为你是校长的外甥女，警察也拿你没办法。”

“魔女！”

（不是。）

“杀人犯！”

（不是。）

“精神病！”

（不是……）

现在，发疯的（不是我！）是她们。因为恐惧，以及为了打消恐惧而产生的憎恨，使她们完全失去了理智。看来无论怎样解释，她们都不会听的。如果就这样被她们抓住，真不知道她们会对自己干些什么。

“魔女！”

“抓住她！”

“杀死她！”

（高取俊记！）

冴子闭上眼睛，在心中暗暗喊道。

（快点来！救我……）

少女们的脚步声越来越近。虽然听到了老师的呵斥声，可是她们根本不屑一顾。闪闪的目光渐渐聚成一束，向冴子射来。七嘴八舌的叫骂声，一步一步逼近的脚步声。

冴子背在身后的手摸到了接待窗口旁边的门。

（逃！）

门把手冰凉的感觉传到了手中。

（拜托，希望门没锁。）

“咔嗒”一声。啊，谢天谢地。门没有锁。冴子一翻身，一下子钻进那个门中。

3

冴子发生什么事了？！“喂喂，和泉？喂喂？”尽管大声呼唤，可是没有回答。

把听筒用力贴近耳朵，高取俊记拼命地想获取那边的信息。

冴子和其他少女的声音，混杂在一起传了过来。说得很快。她们好像在就什么事情屡次三番地进行争辩和吵嚷。

（杀人犯……）

（魔女……）

高取俊记从声音中辨别出这样的单词，不胜愕然。

从声音来判断，大概是冴子和她的同班同学。难道是在冴子追踪杀人凶手和给自己打电话的期间，她们之中的某个人发现又发生了新的杀人事件，于是，她们断定这一定是刚从医院回来的冴子干的。

“喂喂？喂喂？”

不管怎样呼叫，都没有回应。“不好。这样的话……”

放下听筒，高取俊记匆忙披上外衣。把一张冴子来电话时自己正在看的照片塞进上衣口袋，他冲出了房间。

（她现在很危险！）

冴子刚出院就又发生了杀人事件。而且，所谓的“委员会”成员还是在公寓内被杀，这真是最坏的事态。

知道这件事的少女们，一定会像上周把冴子从窗户逼落时一样——不，不仅如此，这次她们一定是怀着更加巨大的疑惑和恐惧来对待冴子。她们一定会再次把冴子视为“魔女”，并进行声讨。如果这种集体心理再次失控，再次爆发群体性歇斯底里症的话……

（她太危险了！）

高取俊记穿过宾馆大厅，刚一跑到外面，就看见一辆待客的出租车。他一头钻进出租车内，马上掏出一张一万日元的纸币递给司机："最快的速度，去'圣真！'"

从这里到圣真学生公寓，需要二三十分钟。这期间，最好是平安无事。

喘息稍稍平静下来，高取俊记忽然想到自己忘记与藤原刑警联系了。坏了！停车打个电话？算了，没有那个时间了。

如果宗像千代报警的话，当我赶到那里时，警察怎么也该到了。那时，冴子的人身安全应该有保障了。只是——

刚才在电话中，冴子透露说宗像千代的行为很怪异，因此对她有些怀疑。如果真被冴子说中的话……

高取俊记一边注视着车窗外流动的城市夜景，一边紧咬牙关思索着。

（宗像千代是凶手？这种事不太可能吧。）

高取俊记忽然略有所思，伸手取出了刚才塞进衣兜里的照片。

这是今天中午藤原刑警给他邮寄过来的。在前几天会面时，高取俊记特意把自己的住处告诉了藤原刑警，并说自己还会在这里住上一段时间，如果他有什么更多的消息能够告诉自己的话，就与自己联系。

在一起寄来的信中，藤原刑警这样写道："这个也许会有助于唤起冴子的记忆。如果可能的话，希望近期可以再次见面。"

借助从车窗外照射进来的路灯光线，高取俊记凝视起这张微微发黄的照片。

前后共三排，身穿制服的少女们整齐排列着。下面空白处印着各个学生的名字……

看着看着，高取俊记突然吃惊地皱起了眉头。

（等一下！）

车内光线太暗，无法再次看清。然而，一瞬间脑海中浮现出的是……

（原来是那样啊，果然。）

对于自己的猜想，无论如何也不敢相信。高取俊记浑身战栗，汗毛倒竖。

他的后背深深陷入座椅里，双手捂住双眼。

4

冴子逃进了接待窗口后面的办公室。

从里面锁上门，然后扫视房间，黑暗之中，冴子注意到正面右手边的墙壁上还有一个门。

冴子不顾一切地跑到那个门前。如果把这个门也锁上的话，这个房间就进不来人了。在骚乱平息之前，如果把自己关在这个房间的话……

啊——

可是不管自己怎样用力按压门把手中央的按钮，门就是锁不上。

“啊……”

（锁坏了。）

背后，敲打门板的声音越来越疯狂，越来越剧烈。不一会儿，冴子又听到“转到走廊那边去”的叫喊声。

冴子慌忙打开门，跑出了办公室。

出了门是一段短短的走廊。右手边，马上就是死胡同。左手边是连接主楼走廊的十字路口，可是，从那边已经传来了少女们的脚步声。

正对面，还有一扇门。冴子边暗暗祈祷着边飞奔过去。门没有锁。里面一片漆黑——从飘浮在空气中的气味判断，这里是食堂的厨房。

冴子用手摸索着向前移动。不知在黑暗中的何处，由于自己的突然闯入而受惊的小动物们发出了惊慌的响动。

冴子的眼睛渐渐适应了黑暗的环境。在厨房灶台对面，她看见了食堂那一排白色的柜台。越焦急，腿越不听使唤。一不小心，她一脚踢翻了地面上的一个不知道装了什么的箱子。失去重心后，冴子的胳膊本能地向旁边一甩，手腕一下子碰到了一个放在台面上的锅。锅掉到地上，发出一声清脆的巨响。

冴子慌忙越过柜台，来到食堂餐厅。

没有光亮的房间很宽敞，黑暗中微微泛着白霜，那是透过窗帘照进来的路灯余光——

冴子听到了厨房门被打开的声音。

她马上钻到餐厅正中央那个大餐桌下面。此刻，冴子才感到自己身体瘦小的好处，在两侧都塞满椅子的空隙间，可以像老鼠一样自由穿行。冴子尽量往从外面看不见的地方——黑暗的深处爬行。她拼命地控制着喘息，抑制着心跳。

过了一会儿，她听到了少女们进入食堂的脚步声……

“不在这儿！”

“跑哪儿去了呢？”

“让她跑掉了！”

“一定得找到她！”

“对！放过她的话，一定还会有人被杀。”

少女们的尖叫声，在黑暗中回荡。冴子把身体缩成一团，额头贴到了地毯上，屏住呼吸。

“是不是跑到走廊去了？”

“去追吧！”

“吧嗒吧嗒”的脚步声，从鼻尖前面穿过。少顷，她听到了通往走廊的门的开门声——突然。

“是绫大小姐啊！”不知是谁叫了起来，“绫大小姐！”

“找到她了吗？”听到了城崎绫清澈的嗓音。

“我们从门厅一直追到这里。”有人回答道。

“快点把她抓到！”城崎绫的声音异常冰冷，“她是魔女！她想杀死我们所有的人。”

在食堂的黑暗中，

魔女……

魔女……

魔女……

魔女……

少女们七嘴八舌的声音，形成了一个个异常嘈杂的旋涡。“即便受到老师们的训斥，我们也不要理她们。因为她们什么也不知道。”

“是啊。”

“她们也不可能知道啊。”

“而且还是校长的外甥女呢。”

“让我们来抓她！”

“抓住魔女！”

……

脚步声和说话声，渐渐远去。

不久，食堂又恢复了夜晚的寂静。冴子躲在餐桌下面，紧紧地抱住颤抖不已的身体……

5

出租车停到了公寓门前。

翻过紧闭的校门，高取俊记全速向公寓正门跑去。夜，漆黑一片。

天空中没有一颗星星，伸手不见五指。高取俊记觉得眼前这条在繁盛茂密的榉树林中开辟出来的林荫小路，好像比自己以前所走过的任何一条路都要长、都要黑。特意铺设的鹅卵石，此时竟变得如此讨厌，格外地硌脚。偶尔刮起的阵阵凉风，搅动得所有树叶都沙沙作响。

终于跑到了公寓正门。“咚咚咚！”高取俊记急促地拍打着那扇对开的大门。

“开开门！开开门！”

看一眼手表，刚过十一点。从挂断冴子的电话到现在，大概已过了四十分钟。

看样子，警察好像根本就没有来。难道说……

“开门！来人啊！把门打开！”

门，看起来很结实，撞不开。到别的地方看看吧。高取俊记正要转身离开，忽然听到了开门的声音，门缓缓地打开了。

高取俊记“哧溜”一下钻进门内。开门的女人吓得发出一声惊叫。

“我不是坏人！”高取俊记对看起来像是值班老师的女人说，“我听说发生大事了，急忙跑来了——学生们呢？”

“啊，啊……”

对方用惊恐的表情无可奈何地说道。“啊，二年级的学生好像发疯了，我们老师怎么说都不听……”

“马上给警察打电话！”高取俊记高声喊道，“在这个公寓内，又发生杀人案了！”

“啊——啊，是！”

抛下惊慌失措的女教师，高取俊记凭借着上次来时的记忆，向公寓内部跑去。

“和泉冴子！”

高喊一声之后，侧耳倾听。从各处传来的都是少女们那念咒似的声音。

“和泉冴子！你在哪儿？”

他跑过昏暗的走廊，拐向台阶。不管怎么说，首先只能先去冴子的房间看一眼。

爬上台阶，来到长长的走廊。

（该往哪边走？右？左？）

只来过一次，高取俊记已经记不清该往哪边走了。

就在他东张西望的时候，忽然看到一个人影从右手边走了过来。

（学生？）

（不，不像。）

是一个高个子女人的身影。看起来年龄很大，不像是学生。她慢慢地向这边走来，脚步有些慌乱。

“谁？”她对着停步不前的高取俊记喝问道，“站在那儿的，是谁？”

声音听起来有点耳熟——可是，怎么感觉那声音好像十分痛苦。

“我不是坏人！”高取俊记又和刚才一样回答道。

“谁？你是男的？”

这时，高取俊记终于听出是谁的声音了。

“是宗像校长吧。”

在处理高取惠善后事宜的时候，高取俊记和宗像千代校长见过一面。高取俊记急忙跑到晃晃悠悠向这边走来的宗像校长身边。突然，他发出一声短促的惊叫。

“啊！您怎么了……”

宗像千代面如土灰，正用右手紧紧攥着左手腕。“没什么。”

宗像千代好像隐藏什么似的把紧握着的左手腕转到一边。可是，高取俊记却看得很清楚。浅灰色睡袍的左袖口已经染成了深红色，的的确确，那是血的颜色。

“你是——高取惠的哥哥吧。”宗像千代的表情显得异常痛苦，“你怎么来了……”

“我接到了和泉同学的电话。”

“冴子给你打电话了？”

“是的。不过，宗像校长，您受伤了？”

“不是什么大不了的伤。”

“可您的脸色很不好。”

高取俊记转到宗像千代的旁边，伸手去拉她的左手手腕。

“哎哟……”宗像千代痛苦地呻吟着，随后，“扑通”一声跪倒地上。

“您伤得不轻啊！”

睡袍袖子已经完全被血浸透，血正从袖口不断滴落。

“宗像校长，您，被凶手——”

“什，什么……”

“您是被逃进校长室的凶手刺伤的吧？”

就在此时，“哇哈哈哈哈哈……！”

不知从何处传来一阵凄惨的怪叫声，划破了无边的黑暗，在整栋洋楼中回荡。

6

抓魔女……

抓魔女……

抓魔女……

当班里的少女们都陆续奔向走廊去寻找冴子的时候，城崎绫一个人留在了食堂。

伫立在朦胧的夜幕中，她一边不停地梳理比夜幕还要黑的头发，一边拼命地抑制心头的慌乱。

（一定要冷静！现在这个时候，更需要冷静！）

她闭上眼睛，开始做深呼吸。一次、两次……

（好啦，就这样，多做几次深呼吸，心情就会平静下来吧。）

（爸爸……）

（宝贝儿，告诉爸爸，到底发生了什么事？）

“啊啊，爸爸。”

（那个人——那个人不好啊……因此……）

小学四年级的春天。那一天，第一次来家里的家庭教师——一位年轻的女孩。

“能够为城崎先生的爱女做家庭教师，我感到无上的荣幸。”被父亲聘为家教的她，当时是一所大学的在读研究生。

“好可爱的小公主啊——绫大小姐？从今天开始，请多关照啊。”在二楼城崎绫的学习室，目送着父亲离开后，她说道。

“真是了不起的爸爸。你有那样了不起的爸爸，绫大小姐，你真幸福啊。”

“那是当然的啦。”城崎绫一边暗暗地想着，一边得意扬扬地点着头。

“真是位了不起的爸爸啊。”

家庭教师一边走向落地窗，一边不停地重复着。“还有，你妈妈也是。”

（妈妈也是？）

“我刚才在门口见到了。她和城崎先生非常般配，既美丽又高雅。”

（说什么呢？）

（那样的人，哪里……）

少女幼小的心中，瞬间腾起一股熊熊燃烧的怒火。女教师站在开着的窗口欣赏着宅院中的景色。她的背后，突然出现两根幼小的手指。

一声尖叫——然后，一切又回归寂静。

毫无准备从窗口摔下去的女教师的身体，再也没了动静。时至今日，当时救护车的尖叫声，还一直在耳畔回响……

“你为什么要那样做啊？”

父亲一边温柔地抚摸着正在抽泣的女儿的头，一边柔声询问道。

“为什么要那样做啊？”

（那个人，因为说出那样的话。）

“她，她那样……”

（是啊。她竟然说妈妈和爸爸很般配。）

仅仅这样的解释，爸爸就原谅她了。“不是绫宝贝儿的错。绫宝贝儿一点也不坏。别怕，宝贝儿。爸爸会把这件事处理好的。”

（啊啊，爸爸……）

继续深呼吸。一次、两次——对，三次……

城崎绫随手拉出一把放进餐桌下面的椅子，轻轻地坐了上去。

城崎绫——是城崎家的幺女。她有两个姐姐，比她年长许多，都已经修完学业，嫁入还算不错的好人家。

父亲是以第一名的成绩毕业于T大建筑设计专业，现在已是国际知名的建筑设计专家。从小，父亲一直是她心目中任何人都没有资格与其相比的理想男性。

虽然他今年已经四十八岁了，可看起来依然还是那么年轻潇洒，那么朝气蓬勃。儒雅中尽显英国绅士风度，英俊的脸庞流露出睿智的笑容，性格斯文，嗓音是悦耳的男中音……

城崎绫爱着父亲。父亲也对从小就美貌出众、多才多艺的幺女城崎绫格外疼爱，远甚自己的妻子，以及其他的女儿，甚至是任何人。

年幼的时候，城崎绫就听父亲这样说过：

“在这个世界上，我最爱的就是你——绫宝贝儿。你是我最骄傲的女儿。你是只属于我一个人的艺术品。你想要的，无论是什么，我都会满足你。为了你，我愿意去做任何事。因为，你是我们家的女王。”

正像他说的那样，无论城崎绫提出怎样刁钻的难题，他都能接受。无论她想要什么东西，他都能马上奉上。只要她想要的，无论是什么，都能马上得到满足。就这样，城崎绫作为父亲最优秀的女儿一直快乐地成长着。

“等我长大了，要嫁给爸爸。”

小学低年级的时候，和父亲单独相处时，每当听到城崎绫说出这样的话，父亲都会高兴地眯起眼睛频频点头。虽然不久之后，她就理解了结婚的含义，也知道女儿和父亲结婚是不被允许的，可是成为父亲的新娘，这个愿望却一直没有破灭。

（为什么呢……）

为什么呢——原来是因为有那个女人的存在啊。那个女人——就是他的妻子，自己的母亲。

（为什么父亲和那个女人结婚了呢？为什么，我是从那个女人的肚子里生出来的呢？）

那个女人漂亮吗？也没什么嘛！她高雅吗？和父亲般配吗？哪有的事啊！

傲慢无知——平白无故地享受着丈夫的财富和声名，真是俗不可耐的女人……

早熟的城崎绫，从小学时候起就开始轻视母亲。对于自己是她的女儿这一事实，也感到非常羞耻。在自己身体里流淌的血液，不仅仅是父亲的，还有一半是她的，这决不允许，她也决不相信这是事实。

“为什么父亲和她结婚了呢？”

在发生家庭教师死亡事件之前，城崎绫曾问过父亲这个问题。

“因为那时候，我还没有遇到绫宝贝儿这样的人啊。”父亲回答。

因此，城崎绫越发相信这个事实。

父亲已经不爱现在这个母亲了。为什么呢？因为她根本就不是和父亲最般配的人。和父亲般配的人，应该是更加美丽、更加温柔、更加聪明的女人……（对，就像我这样的人……）

从小学高年级，一直到初中——随着年龄的增长，城崎绫也出落得越发楚楚动人，才华横溢。在家里，对城崎绫的教育，主要由父亲承担，其他事情则全部交由保姆去做。

对城崎绫来说，父亲以外的人，都不能与之相提并论。当然包括母亲、姐姐们、亲戚们、对她尊敬并投来羡慕眼光的同学们，还有一直表扬她的老师们。同时，她相信父亲也一定和她有着同样的想法。

父亲和母亲的夫妻关系，终于变得冷淡。一定是因为父亲和女儿之间那种异常亲昵的关系加剧了夫妻之间的矛盾。

平时的晚上或者休息日，每当城崎绫和父亲在家中的音乐室里一起欣赏着古典音乐，共度快乐时光的时候，那个女人，总是投来一种好像看到什么令人作呕的东西似的异样目光。丈夫的心，被自己的女儿夺走了，可怜的女人……

（可是呢，城崎绫，无论你多么能够抓住父亲的心，无论如何，你也成不了他的妻子哟。）

母亲冷酷的眼中，燃烧着愤怒之火。她不去好好反省自己，只一味地表现出没有品位的嫉妒。

（你父亲的妻子是我。你是她的女儿，无论怎样，你都是枉费心机，他不可能成为你的丈夫。小心堕入畜生道哟。）

不仅是这样的恶言恶语，那个女人，还经常用那种明显轻蔑的眼光遥望着互相疼爱、亲昵嬉戏的父女俩。

在她的心底，一定对女儿充满了憎恨吧。

“——如果她死了就好了！”

在黑暗之中，听到自己说出这句话，城崎绫的嘴角顿时松弛下来，闭上了眼睛。

（是的。如果她死了就好了，那个女人！）

深爱的父亲，现在远在美国。当她知道父亲要去美国时，当然也想要跟着一起去。没有了那个令人讨厌的、碍手碍脚的女人，想象着只和父亲两个人的海外生活，心中不禁涌起了无限的向往。可是——

爸爸在犹豫再三之后，考虑到对女儿在教育方面的影响，最终没有答应带女儿一起去。

“当然也不带你妈妈去！”面对不高兴的女儿，他这样说道，“两年后，等我回来的时候，你会成为一个怎样的端庄淑女呢？我很期待哦。”就这样，城崎绫转到了这所学校。

（爸爸……）

明年的夏天，爸爸就要回来了。那个时候，一定要用最美丽的笑容去迎接他。可是——

可是为什么，一切会变成现在这样呢？

“为什么……”

来到这个学校后，城崎绫第一次体验到了一种东西，即来自他人给予的“惩罚”。

刚刚转学过来时，自己根本不知道这是违反校规的行为，就扎着一条红头绳来到了学校。当时立即受到了老师的斥责，手掌也被教鞭狠狠地抽了一下。那之后，上课的时候，她总是恍恍惚惚地望着窗外，想着爸爸，那时……

以前，无论是在家里还是学校，从没有人训斥和惩罚过城崎绫。城崎绫一直是一个没有任何缺点的完美女儿、完美学生。因此，即使是她偶尔有了什么过失，犯了什么错误，也从来没有人敢批评她。特别是在家里，每当妈妈或者姐姐想要追究她的过错时，爸爸马上就会顶回去，反而会对她们进行训斥。

不论什么时候，爸爸都能原谅她、保护她。不论什么时候——

对了，就连那个家庭教师被她从窗户推下去的时候也一样。

（可是，这个学校的老师们……）

无论如何，自己的这种感情绝对不能表露出来。如果表露出不满或者反抗的话，那绝不是和爸爸般配的女人应该采取的行为。

然而，遗憾的是，她的内心并没有做到忍耐。在这个世界上唯一一个和爸爸般配的人（那就是，不论从哪种意义上说，都应该是完美无瑕的淑女。），就是自己。可是，一直这样坚信着的自己，在这个学校，却被挑出了毛病，并受到老师的审判和惩罚。正是有了这种被审判和被惩罚的经验，因此才……

狩猎魔女。

压抑在心底的那种能量，一定要向谁——不是老师，而是找一个背叛自己的审美观和伦理观的人作为对象发泄出来。不然的话，无论如何都忍受不了。

最初，把守口委津子作为“魔女”开始的这个游戏，在满足了自己和其他少女那种畸形的心理欲求之后，作为一次愚蠢的“欺负同学”事件，也许仅此一次就应该结束了。可是没想到……

“那个人的，那种眼神……”

那个人——高取惠的，那种眼神。

浓浓的睫毛下，斜视着城崎绫她们那乌黑的瞳孔中，明显地流露出那种鄙视和轻蔑的眼神。

那种眼神，和妈妈的眼神完全相同。就像嫉妒自己和爸爸的亲密关系，并对此进行嘲笑似的妈妈的眼神。

在对高取惠进行“审判”——“处刑”的过程中，城崎绫从她的瞳孔中看见了妈妈的影子。“魔女”这个词，其实完全是通过高取惠投向妈妈的诅咒。

因此，那天晚上——第二次“处刑”的那天晚上，也是一样……城崎绫颓然地靠到椅子背上，低声地自语道：“我并没有打算杀死她。”

——不，不对。自己是想杀死她的。

当关绿拿出装满煤油的饮料瓶时——当把煤油洒向高取惠的身上时——当自己拿起火柴时。

（现在对你进行审判！）

（如果想要求得原谅，只要你跪地求饶即可。）

城崎绫确实是把对束缚住父亲的那个女人产生的憎恨和杀意，全部发泄到了眼前这位少女的身上……

她想隐瞒这件事。因为她知道，过去在这个房间内曾发生过类似的事件，最后被作为自杀事件处理了，因此，她相信只要封住“共犯者”的嘴，真相绝对不会被发现。可是——

作为“共犯者”之一的堀江千秋被杀了，随后，中里君江也被杀了。今天晚上，桑原加乃和关绿又……

“最后一个该轮到我了吗？”她稍微提高了声量，向黑暗中问道，“是高取惠在复仇？难道真的会有那样——那样荒唐的事吗？”当然，没有人回答。

（和泉冴子。）

（一定是她。）

关绿说得对。一定是她知道了高取惠的死亡真相，然后为了报仇……

“是她！一定是她干的！”

早点抓到她，把她的嘴封上。在自己被杀死之前，在她把真相告诉别人之前。要不惜一切手段——如果可能的话，对！就把它说成是因为班里同学极度恐慌而发生的意外事故……

这时——

城崎绫突然听到有人在悄悄移动的声音，不禁从椅子上站了起来。

“谁？”

她把目光投向微微开启的那扇通往走廊的门。“谁，是谁在那里？”

找到和泉冴子了？是哪个老师吗？

（还是……）

就在她刚想是否还有第三种可能的时候，突然从门对面跑出一个黑影。

“啊！”

在城崎绫发出惊叫的一瞬间，那个黑影就以闪电般的速度飞奔到城崎绫的怀中。

“哇哈哈哈哈哈哈……！”

伴随着撕心裂肺般的怪叫，一种冰冷的感觉刺进胸膛。这一击，让城崎绫的全身充满了死亡的恐惧。

城崎绫疯狂地挥舞双手。黑影敏捷地一转身，城崎绫的双手扑空，腿也不听使唤，身体一下子失去了重心。凌乱的黑发，飘飘悠悠……飘飘悠悠……在夜幕中舞动，就像一个失去了控制的会跳舞的玩偶娃娃。

（动不了了。）

身体颓然地倒在地上。

（——死？）

（啊……果然，那样……）

就像从窗口摔下去的家庭女教师那样，就像被火焰吞噬而死的那个少女那样。

（动不了……）

心脏的声音。

“怦，怦……”

怎么听得这样清楚？怎么这么大的声音？

（……爸爸）

（……我不想，死……）

（……不想，死……）

“城崎绫？”

恐惧、惊愕、困惑、怀疑、失意、悔恨、憎恶……就在自己所有的情感都被漆黑的死亡深渊渐渐吞噬的时候，城崎绫的耳中突然听到了这样一个细若柔丝的声音。

“城崎绫！？”

7

即使少女们的脚步声远去了，藏在餐桌底下的冴子依然不敢出来。

（不管怎么说，就先在这里躲着吧。）

虽然屋内并不热，但冴子的额头却渗出了汗水。可是就连动手擦一下汗这样的动作，冴子都犹豫不决。她害怕只要稍稍动一下，弄出任何动静，少女们就会蜂拥而入。

（警察还没有来？）

（这么说，果然姨母……）

冴子睁开眼睛，看到的是漆黑一团。一声叫喊情不自禁地从心底向上喷涌，汧子急忙紧紧地咬住嘴唇——干巴巴的嘴唇仿佛渗出了血迹，她拼命、拼命地闭上眼睛。

就这样，不知过了多久。

（几十分钟？还是几秒钟？）

在食堂鸦雀无声的黑暗之中，汧子忽然听到有什么东西在窸窣作响。汧子睁开眼睛。

（还有人？）

少女们都应该出去了啊。可是，究竟是谁？难道是，那个杀人凶手？

“如果她死了就好了！”

低声的耳语。（谁？）那种清澈的嗓音……（城崎绫？）

沉默了片刻。

“为什么……”

比刚才的声音又大了一些。

（果然，这个声音是城崎绫……）

她为什么留在这里？刚才她命令所有人都去抓我，她自己却没有走，而是一个人留在了这里啊。

“那个人的，那种眼神……”黑暗中，她好像在自言自语，“我并没有打算杀死她。”过了一会儿，她又说了一句，“最后一个该轮到我了？”

她稍微提高了音量，又向黑暗中问去。“是高取惠在复仇？

难道真的会有那样——那样荒唐的事吗？”

“是她！一定是她干的！”

（不是我！）

冴子差点叫出声来。

（不对。杀她们的另有其人——那个黑影……）

冴子几乎想要站出来，走到城崎绫面前跟她分辩。可转念一想，城崎绫也许只是在冷静地自言自语。

不，不对——

不能说她是冷静的。回响在黑暗之中的声音，虽然没有其他少女那样的惊恐和亢奋，可是，“委员会”成员中的四人都已经被杀死了，现在，她一定比谁都会更加相信存在着一个以她们几个为明确目标的杀人凶手。而且，下一个目标就是她自己。

她的心中，怎么会冷静呢？现在，她一定是一边等待着追捕冴子的少女们的报告，一边与自己内心的恐惧作斗争。她怕害死高取惠的自己被无情地“审判”。她的内心在即将陷入疯狂之前，为了找到一丝心理平衡，固执地把冴子认定为杀人凶手……

正因为这样，才应该把杀人凶手不是自己，而是另有其人的事告诉她，冴子想到。

（待在这里可不行。）

冴子拼命地向看不见身影的城崎绫的内心发送着信息。

“危险……杀人凶手不是我，是别人！拜托！赶快叫警察。”

——就在这时。“谁？是谁在那里？”

城崎绫的声音。冴子以为她说的是自己，吓得（发现我了……）浑身颤抖起来。

“啊！”

城崎绫又发出一声叫喊，在黑暗中回响。“唰唰唰唰！”冴子听到地毯上的跑步声，瞬间之后，一阵撕心裂肺般的怪叫声就响彻整个房间。“哇哈哈哈哈哈哈……！”

怪叫声拖着长长的、长长的尾音。随后好像是一阵很多人的呼吸声、脚步声。少顷，“扑通”一声，重物倒地的声音……（城崎绫？）

“城崎绫？”

冴子忍不住呼唤起来。没有回答。传来的是低沉、微弱，马上就要断气似的呻吟声……

“城崎绫？！”

随着一声大喊，冴子从餐桌底下钻了出来。

右手边对开的餐厅大门洞开着，灯光从走廊里照了进来。大门正对面窗口附近，散落着白色制服衬衫（城崎绫……）——头部对着走廊方向，俯卧在地上的正是城崎绫的身体。

冴子没有看到杀人凶手的身影。难道是马上逃到走廊去了吗？还是藏身在这个大餐厅的某个黑暗角落里？

冴子连滚带爬地跑到了城崎绫的身边。

深红色的地毯上，长长的黑色头发在微微飘散。她两只手压在纤弱的身体下，整个身体就像一个会动的玩偶娃娃一样，一下一下地抽搐着。胸口附近流出来的染透了地毯的血——那种血的颜色，也被黑暗染成了黑色。

然后，抽搐突然间停止了。死亡瞬间，那张因恐惧而变得苍白的脸无力地歪向了一边。

（啊，为什么……）

两眼圆睁，翻着白眼，鼻梁附近堆满了深深的皱纹，半开的嘴中向外伸着长长的舌头……

幽暗之中呈现出的这张死亡之脸，还是那个城崎绫吗？冴子真的有些不敢相信，怎么会如此的丑陋、扭曲、歪斜、可怕……

“城崎绫？”

（你到底是什么呢？）

当初，冴子对自称“魔女”的高取惠也曾抱有同样的疑惑。也许，最大的谜团，真正的“魔女”，大概就在城崎绫——这个美少女的内心吧。

（究竟你是……）

冴子蹲下身，刚想伸手去扶城崎绫的肩膀，忽然感到一阵强烈的眩晕。她一只手撑在地上，用力摇晃着脑袋。

霎时，脑海中嗡嗡作响，那种声音像是爆炸似的迅速飞散开来。

……圣诞快乐……

（哎？什么？）

……圣诞……快乐……

……平安夜……圣善夜……

这是一直开着的电视里传出来的歌声。

……万暗中……光华射……

……照着……圣母……

（那个梦……）

……也照着圣婴……

“不要！”女孩的尖叫。

“不要！不要！”

（啊，这是……）

原来是那里啊！小时候被带去的那个别墅的客厅。那个——倒在白色地毯上的男人身体（爸爸！）……

手握沾满鲜血的菜刀，紧靠墙站立的女人。从厨房伸出脸来，目睹这一场景后哭泣叫喊的少女（啊啊，是姐姐！）……

女人（发狂了！）瞪着姐姐。当姐姐跑到客厅去抱爸爸的尸体时，滴血的尖刀又刺进了姐姐的后背。

“妈妈！救命啊！”姐姐一边回头看，一边发出绝命的尖叫，“妈妈！”

幼小的身体颓然倒在浑身是血的爸爸的后背上。

“妈妈……”

面对突然苏醒的记忆，冴子愕然地叫出声来。

随后——当幼小的冴子呆呆地看着爸爸和姐姐倒在血泊之中时，女人疯狂的眼睛又转向了冴子。那是多么熟悉的脸啊！不敢相信，好像有什么可怕的妖怪附在了她的身上。

惊恐的冴子哭泣着钻进了沙发底下。

发疯的女人对那个沙发又敲又打，又摇又踹，折腾了半天后，一边发出含混不清的笑声，一边离开了沙发。随后，她蹲在血泊之中的死尸旁边，发出怪异的哭泣声……

“妈妈！”

冴子又一次叫出声来。

是的。那时，冴子确实看见了。在十二年前的那个圣诞节的晚上，杀死爸爸和姐姐的，不是别人，正是妈妈——宗像加代。

8

过去和现在——穿梭在两个时空之间，冴子继续缓缓地摇着头。眼前横躺着城崎绫的尸体，和记忆中一母同胞的姐姐，还有爸爸的尸体，交织在一起。发疯的妈妈的目光、笑声和呜咽声，在冴子的心底激荡起阵阵汹涌的旋涡。无边的黑暗中，蠢蠢蠕动着鲜红的血，渐渐侵蚀了模糊的视线……

逃到沙发底下，那是一个狭小的空间。混乱和恐惧。难熬的时间。（冷。）在害怕和战栗中，冴子渐渐睡着了。（肚子饿了。）（不能出去。）

疯女人的脚步声。电话铃声。（谁呢？）（妈妈。）（可怕的妖怪……）（爸爸）已经不能动了。（姐姐）死了。（死了。）（死了。）（死。）死……黑暗来了……

（大河原肇先生？）

是警察来家里时呼叫的声音。意识清醒了那么一瞬间，然后一切又陷入黑暗。

红色、红色，黑暗的最深处……

“和泉冴子？”

声音（啊，好熟悉……）。

“和泉冴子！”

（啊啊……）

眼前躺着的尸体——（这里）（现在）（这个是）城崎绫。

冴子终于回过神来。她转头一看，有一个身影正向食堂飞奔而来。

（高取俊记……）

“你不要紧吧？”他跑到冴子身边，“刚才那个叫声……啊！”

高取俊记的目光瞬间凝固在倒在冴子身旁的少女身上。“她是谁？”

“城崎绫。”

“城崎绫？”

“嗯。”

“果然如此，她已经死了？”

冴子蹲在地上，轻轻地点点头。

“到底发生了什么事？”高取俊记抓起了冴子的手，“那个杀人凶手还在这里？”

“大概是。”

“好，站起来！”

“高取先生！呜——”

像决堤的河水，眼泪一下子涌了出来。战战兢兢的冴子，紧紧抓住高取俊记温暖的手腕。

“我，我被她们追赶，藏在这里的餐桌下面。然后，她……”

“不要怕！你不用再担心了！”高取俊记用力抱起抽抽搭搭的冴子，“不要紧了。警察马上就来了。”

“高取先生，我——我——想起来了……”

“有话以后再说。现在重要的是——”高取俊记双手放到冴子纤弱的肩膀上，似乎要帮助她抑制住颤抖，“宗像校长，受了重伤。”

“姨母，受伤了？”

“是的。好像是——”

这时，冴子的眼角余光被什么东西所吸引。

高取俊记挡住了城崎绫的尸体。在他的斜后方——遮挡窗户的窗帘……

“为什么你姨母要包庇杀人凶手……”

冴子的注意力（那是？）都集中在那个窗帘上。颤动……微微的，不自然地颤动。

冴子屏住呼吸，她悄悄地把视线向下移动。透过沉沉的夜幕，冴子看见窗帘下面有两只黑黑的脚。

“怎么了？”高取俊记注意到冴子的神情有些异样。

“嘘！”冴子悄声说道，并悄悄示意他看窗帘的方向。高取俊记顺着她的视线望去，当他看到那双脚时，也大吃一惊。他身体瞬间僵硬，然后轻轻地松开了冴子的肩膀。

“你退后！”

他用耳语悄悄命令道。然后——

“出来！”高取俊记向那边厉声喊道，“躲在那里的家伙，你出来！”

窗帘一动不动。下面的两只脚也……

高取俊记双手握拳，向前迈了一步。“你逃不了了！出来！”

然后，再向前一步。再向前一步……

突然，“哧”的一声，深红色的窗帘被撕开一道裂缝，尖利的刀锋径直向步步逼近的高取俊记的鼻尖刺去。

高取俊记大吃一惊，急忙向后退。撕裂的窗帘从挂钩处脱落下来，“啪”的一下罩住了高取俊记的头。高取俊记躲闪不及，修长的身躯一下子仰面朝天倒在地上。

冴子两手抱住冰冷的两颊，呆呆地站在那里。杀人凶手出现了。

黑色的大帽子罩住了头部，肩膀在剧烈地上下起伏。凶手俯视着被窗帘羁绊住而拼命挣扎的高取俊记。他右手握着一把尖刀，在窗外射进来的路灯光线的反射下，闪着冰冷的寒光。

（他要被杀了。）

“住手！”

冴子一边高叫着，一边向杀人凶手冲去。

（不准你杀他！）

那只挥向高取俊记的手，被冴子死死地抓住。冴子没想到，那只手意外的纤细。然而那只细细的手腕有着一股难以想象的力量，几乎要把冴子甩了出去。冴子一边死死地抓住凶手的手腕，一边不顾一切地用头向凶手的咽喉撞去。

两人的腿纠缠在一起，一齐摔倒在地。凶手趁势挣开了冴子的手。尖刀在黑暗中疯狂地乱舞。那把夺走五名少女生命的凶器，掠过冴子的左手手腕。冴子感到一阵钻心的剧痛。

趁冴子疼痛慌乱的间隙，凶手迅速站起身。冴子拼命地抱住凶手的腿。

“住手！”

面对大声喊叫的冴子，杀人凶手恶狠狠地踢踹过来。这是一股疯狂的力量。冴子的胸口受到凶手膝盖的撞击，疼痛难忍，一下子滚到一边，趴在地上。

胃液逆流到咽喉。痛得满地打滚的冴子被凶手步步紧逼。

“住手！”

被窗帘缠身的高取俊记终于摆脱了束缚，重新站了起来。

“别伤害她！”

他大喝一声，拉开架势。杀人凶手的眼睛再次转向高取俊记。

（高取俊记……）

冴子忍受着痛苦，一边往下咽着又苦又酸的胃液，一边拼命地支起双手把头抬了起来。

高取俊记和凶手纠缠在一起，虽然高取俊记在身体上占有优势，可是，却被那把疯狂挥舞的尖刀所压制，不一会儿，他就被凶手压在身下。

凶手骑在他的身上，挥舞的尖刀向高取俊记的喉管（危险！）刺去。高取俊记闪身躲过，“哧啦”一声，尖刀刺在了地毯上。

（他——他……）

冴子拼命地想站起来，可是，刚才胸口受到的那一击，使她全身无力。手和膝盖支撑在地毯上，她焦急得瑟瑟发抖。

尖刀再次挥舞。这一次高取俊记抓住了凶手的手腕。

“高取先生！”冴子出乎意料地站了起来。她忘记了疼痛，也忘记了恐惧，用尽全身力气向凶手的黑色后背扑去。在冴子的冲击下，尖刀从那只被高取俊记死死抓住的凶手手中，“当啷”一声掉到地毯上。

冴子不假思索地向那把掉到地毯上的尖刀扑去。失去了凶器，凶手顿时惊慌失措。冴子拾起尖刀，朝凶手的左肩用力刺去。

“噗……”

尖刀划开肩膀上的肌肉，然后“咯噔”一下，刺到了骨头。

凶手捂着伤口，一个跟头栽到地上。冴子双手紧握着滴血的尖刀刀柄，向凶手一点一点地挪动着脚步。

“不要！住手！和泉！”是高取俊记的声音。

“啊……”

冴子把目光投向刚刚坐起来的高取俊记。就在这一瞬间，凶手的身体又猛然一跃而起。

“哈啊！”

冴子被一股蛮力拦腰抱起，一下子摔到窗户上。玻璃发出尖锐刺耳的破碎声。冴子后脑重重地撞在粗粗的窗棂上。凶手肩头流出来的血，黏糊糊地甩到她脸上。

“哇——啊啊啊啊啊……”

双手，满是黏糊糊的血的触感。血，从额头流进眼中，从嘴唇的缝隙间流进口中。

“啊……啊啊……”

朦朦胧胧（血……红色的血……这样的……啊啊……），冴子的意识开始模糊起来。

“住手！”

就在这时，冲着走廊的餐厅门口传来一声尖锐的叫喊。后背贴在窗户上的冴子，欲从地上起身的高取俊记，还有飞身扑向从冴子手中掉落的那把尖刀的凶手——三人的目光一齐望向那边。

“住手！”又是一声。

站在那里的是宗像千代。她的左手手腕无力地耷拉着，鲜血还在一滴一滴地向下流。然而，她颤抖的另一只手紧紧握着的却是……

“和泉冴子！高取俊记！你们别动！”

她严肃地命令道。话音刚落，她就猛地向重新握起尖刀的凶手扑去。

“啊！”

（姨母！）

“宗像校长！”

面对向自己扑来的宗像千代，凶手瞬间露出了畏缩，但随后又挥起尖刀。而宗像千代已经弓着身躯一下子钻到了凶手怀中。

“咕呜……”

帽子下面发出了痛苦的呻吟。在凶手向宗像千代挥舞尖刀之前，宗像千代手中的尖刀已经刺进凶手腹中。

高取俊记摸到了照明开关，打开了房间的电灯。从天花板上垂吊下来的豪华吊灯，一下子驱走了黑暗。

“姨母……”

冴子茫然若失地向宗像千代走去。满身鲜血的宗像千代呆若木鸡,她眼中流露出来的是悲伤和绝望。她无可奈何地看看冴子，然后又把目光投向躺在地上的凶手。

凶手的身体，被沾满鲜血的黑色塑料雨衣所包裹。

“咕……咕……呜呜呜……”

呻吟声和身体的扭动，渐渐微弱。不久，终于没了动静。高取俊记把凶手的身体翻到仰面朝天的状态。

“对不起了！”宗像千代自言自语道，“已经没有别的办法了。请原谅我吧。”

罩在头顶的黑色帽子，“哧溜”一下滑落到地上。看到暴露在灯光下的那张脸，冴子不禁惊讶地捂住了嘴。

“啊啊——”

高取俊记低声嘟囔道。“果然如此啊！”

这张脸，正是圣真学生公寓三号楼的宿管员——山村丰子。

9

尖刀，伴随着横飞的血沫，从手中滑落在地。她双手捂住腹部，双膝一软，“扑通”一声扑倒在地。刺进腹中的菜刀，顺势没入她的身体更深处。

没有一点杂质的红色在心底旋转，轰鸣，越来越红，流淌在自己身体内的血的红色全部汇入其中。

疼。肩头的伤和整个腹部……眼睛模糊得什么也看不清了。把意识覆盖得严严实实的那层疯狂的面纱也开始渐渐消退。

（我是什么？）

她问自己。

（我为什么……）

看到和泉冴子的脸时，第一次有了这种奇妙的感觉。新住进来的少女，那双不可思议的含有阴影的褐色大眼睛，让她有一种奇妙的忐忑不安。

（那个到底是什么呢？）

“疯狂”真正开始在她心底萌生是在……

（对，那天晚上。）

半夜，她被一种奇妙的声音惊醒，发现二楼拐角处特别室的门没有锁，于是，屏住呼吸进入屋内，在那里，她目睹了惊人的一幕。

浴室的门半开着。那里传出异样的低语声……

几名少女围着一名少女。她们口中吐出来的好像都是骂人的脏话。

当时，由于光线太暗和角度因素，没有看清少女们的脸。不知她们在干什么，也不知道自己该干什么，她呆呆地僵立在那里。不久，可怕的事情发生了。被围在中间的那名少女的身体，突然被火焰包围。

她惊慌失措，想立即飞奔过去，可是，身体却动弹不得。这一方面是因为心理上受到了突发大事件的强烈冲击，另一方面是因为这一场景唤醒了长期沉睡在她心底的某种东西（*那，就是那个……*），那个紧紧束缚自己的东西。

被火焰包围的少女断气后，剩下的少女们开始商量怎样做才能把自己干的这件事掩盖过去。她诧异地听着她们的谈话，一边悄悄地藏在特别室的沙发后面。

过了一会儿，少女们走出房间。就在那时，她把这五张脸牢牢地铭刻在心中。

这五人，都是她熟悉的二年级学生。她们的名字是：城崎绫、关绿、桑原加乃、中里君江，还有堀江千秋。

她去敲校长室的门，是在那之后的事情了。

她去向宗像校长报告有重大事件发生，也许那时她的心就已经开始发狂了。

虽然她报告说在特别室发生了重大事件，可是，她始终没有把她看到的事实真相说出来，后来警察询问她的时候也是一样。那天晚上看到的事情绝对不能对任何人说！不知在心底的何处，仿佛有某种东西这样命令道。

那个东西到底是什么？即使现在——自己正一步步走向死亡深渊的时候，也无法搞清楚。那个东西究竟是何时开始栖息在自己心里的？或许，从遥远的过去开始，它就一直在那里吧。

不久，她的心，就完全被那个充满疯狂的某种东西的意志所支配。她明白那个充满疯狂意志的东西的真正目的，是在堀江千秋的尸体被发现的那天早上，在自己的房间内，当她从睡梦中醒来的时候。在房间内的盥洗台上，她发现了放置在那里的沾满鲜血的黑色雨衣和万能菜刀。于是，她想起了前一天晚上做的那个梦（在庭院中杀死少女……）。

可是，那不是梦吗？（我，杀人了？）

瞬间，她考虑到自首。可是她马上又否定了这个想法，因为，在她的耳孔深处总有一个声音在呢喃。

（那五名学生犯了罪，我必须对她们的罪行进行审判，必须用她们自己鲜红的血，去偿还她们自己所犯下的罪孽……）

心中的那股疯狂意志在四处寻找着鲜红的血的颜色，自己无论怎样都无法违抗那个耳语的意志。

第二天夜晚，她看到了在雨中行走的少女（和泉冴子？）的身影（那是错觉吗？还是……）。随后，昏昏入睡的她再一次在梦中“执行”了“审判”。第二个“受刑者”，就是那天晚上被关到禁闭室的中里君江。

然后，今天晚上——

这一周来，公寓内外的警戒相当严密，盘踞在心中的那股疯狂意志好像没有行动的打算。可是今天傍晚，当那时的五名学生之一，桑原加乃前来向自己辞行说明天一早就要离开公寓时——

“绝不能让她逃脱！”那股疯狂对她耳语道。

（在今天晚上，必须杀死桑原加乃。）

在走廊遇到出院回来的那个孩子——和泉冴子后，一回到房间，她这一次是在完全清醒的状态下，眼睁睁地看着自己被卷入巨大的红色旋涡的正中央。

穿上雨衣，拿起尖刀，悄悄钻入304室，杀死桑原加乃，然后又杀死回到房间的关绿。可是，紧接着有人来访，原来是和泉冴子。

躲开冴子，向走廊跑去。她觉得现在让别人知道自己的真面目是件很麻烦的事。

当然不能直接跑回自己的房间。于是她疯狂地向二楼跑去，可是不知为什么竟然逃进了校长室。

宗像校长看到她的样子，好像什么都明白了。于是，打发走了前来敲门的和泉冴子，也没有报警的意思，而是让她坐到椅子上，让她自己冷静下来。

（为什么呢？）

她——山村丰子的意识，在徒然地追问着。

（为什么校长会做出包庇我——这个杀人犯的行为呢？）

作为山村丰子的她，当然是不可能理解这些的。因为要想知道这个原因，必须打开栖息在她心中的另一个自我——疯狂嗜血的记忆。

她甚至对庇护自己的校长挥起了尖刀，然后再度跑到走廊，为了剥夺还剩下的一个罪人——城崎绫的性命。

（究竟，我……）

意识在逐渐远离，她似乎听到宗像千代对自己说："对不起了！已经没有别的办法了。请原谅我吧。"

（啊啊——）

在生命结束前的最后一刻，在混沌意识的一角，她喃喃自语着。

（原来是那样啊。姐姐……）

10

因左手腕受伤而住院的宗像千代，由于出血过多和受到强烈的刺激，一度病危，然而，幸运的是她最终还是保住了一条性命。

“也许最大的罪过，就在于我和父亲——还有死去的母亲。”几天后，她对前去病房探视的和泉冴子和高取俊记这样说道。

“冴子，告诉你这些话一定很残酷，可是事到如今，我想，再这样隐瞒下去的话，一定会让你更加痛苦……”

“加代——你的母亲，从小时候开始，就有些不正常。作为一个小孩来说，她的话非常少，总是沉默寡言，一个人在房间里或院子一角发呆，或者做白日梦。可是，她对于比她大两岁的姐姐——我，却是非常地喜欢。”

宗像千代把视线移到空中。在她那苍老的眼睛中，满含着深深的悲痛和慈爱。

“父亲伦太郎，是那样一个人，不仅是对加代，对我也是一样，小时候，总之，我们是在对他的恐惧中长大的。妈妈也是一个非常严格的人，我们姐妹俩稍有什么毛病就会遭到严厉地呵斥。

“加代经常问我一些问题。其中印象最深的就是，在我读小学二年级的时候，她问我‘死刑’是什么意思。那时，我随口回答说：‘人做了坏事就要被杀死，这就是死刑啊。’当时我大概是这样回答的。现在想起来，这句话在她那颗本来就与正常人不同的心中，一定被扭曲成畸形，然后被牢牢地记住了。

“加代刚上学的时候，有一次，我养的小猫把她十分珍爱的小鸟咬死了。随后不久，就在院子里发现了我那只小猫的尸体，是被一种非常残忍的手段杀死的。我想，这大概就是那个孩子对咬死小鸟的小猫判处的‘死刑’吧。”

“死刑……”

冴子一边在口中不断地重复着，一边轻轻地点着头。

“那件事之后，有一次我自己也遭到了那个孩子的报复。那是因为我想毁约，所以那个孩子一定是把我判为‘说谎罪’了。也许——是因果报应吧，那个时候也是左手腕被她刺伤了。

“异常愤怒的父母把加代关在家里，也就是所说的禁闭吧。由于之前她就常有一些异常的举动，所以，发生这件事之后，父母就更加确信她的精神有些异常。

“可是，她上初中的时候，那种异常表现渐渐消失了。不久之后，她来了月经。那个时候，她看起来已经完全恢复了正常。

“后来我在大学专修心理学，那时我猜想，是不是因为月经的开始，对潜藏在她心底的狂魔起到了一种克星似的抑制作用呢？也就是说，潜藏在她心底的那个狂魔对红色的鲜血有一种强烈的渴求，而把这种渴求变成行动的一个正当化手段，就是利用‘对罪恶进行审判’这种替天行道的使命感。因此，当每个月月经来临的时候，她看到从自己身体里流出来的血，那种对血的异常欲求就被中和，被抑制住了吧。

“证据就是，她高二的时候犯下了那桩可怕的罪——对，三十五年前发生的那次事件，就是她干的——大概是因为学校和公寓的管理太严格，她不能适应那种紧张的学习生活和人际关系，从而产生了精神焦虑，这才惹出那样的灾祸吧。可是，在出事之前，她就说过她已经有好几个月没来例假了。那时，她班里有一位名叫岩仓美津子的同学，大概是加代发现了那名学生的行为有什么不可饶恕的‘罪’吧，所以才对她进行审判。

“那次事件在宗像家的运作下，按照自杀事件处理了，加代也被悄悄地领回了家。父亲找了一名熟悉的精神科医生对加代进行诊治，那个医生说不要紧，过一段时间，随着她月经失调症状的消失，她的精神状态就会稳定下来……

“那之后的几年，她一直被关在家里，对外则宣称是待字闺中。在这段时间，没想到加代的行为格外正常，医生也诊断说她可能不会再犯病了。于是父亲就答应了很早以前就来求婚的大河原家，把她嫁了出去。当然，以前发生的这些事情都被当成了秘密。

“过了一段时间，当得知她怀孕的消息后，我们都非常担心。其中我最担心的是，从她怀孕到生产这段漫长的时间，即她的月经停止的这段时间……

“幸好这些都是杞人忧天。两年后，当第二个孩子——也就是冴子你出生的时候，加代已经三十五岁了，据说当时有点难产，不过最终还是母女平安。那时，父母认为加代已经完全恢复正常了，所以很是安心，对外孙女们的陆续降生也高兴得不得了。可是，就在我们渐渐淡忘加代以前的身影时，又发生了那次事件。”

宗像千代停了下来，久久地凝视着冴子。冴子坚定地回望着她。

“十二年前那次事件的来龙去脉——你大概已经知道了吧？不过后来我们才知道，早在那次事件发生一年前，加代就经常说自己月经失调。

“怀孕和生产期间的月经停止，这是自然的。所以经期恢复正常后，对她的心理没有产生什么太大的影响。可是，后来她严重月经失调，再加上她对这件事本身的恐惧和不安，再次唤醒了潜藏在她心底的那个狂魔。可以这样解释吧。

“出事之后，我们把已经完全发疯的加代送进了一所由我们家控股的医院。由于没有足够的证据，警察无法认定加代的罪行。可是对于了解加代过去的我们来说，事件的真相显而易见。不过，究竟是什么原因使加代在那个时候把疯狂的杀意转向自己的丈夫和女儿，也许永远是一个谜……

“不管怎样，我们——特别是我的父母，为了保护宗像家的名誉，完全有必要把加代从世人的眼中隐藏起来。宗像家出了一个精神病人，这个事实尽量不让更多的人知道，这才是最重要的。

“把幸存的冴子送到和泉家做养女，也是出于这样的考虑。杀人犯女儿生的孩子绝对不能留在宗像家，虽然这样的说法很过分，可是我过世的母亲一直这样强烈坚持。

“住进医院的加代，在最初的一两年内，表现很狂暴，被诊断为重度精神分裂症，单独关在一个房间。可是，随着持续的治疗，她的病情也渐渐好转。到了第三年，动辄就经常失调的月经也完全恢复正常，因此她的精神状态又恢复了正常。

“不过——这时，她的心理状态发生了很大的变化。大概是她心中正常的那部分希望把自己那段恐怖的经历全部抹去吧。也就是说，恢复平静后的加代，完全失去了对过去的记忆。那时，我已经是‘圣真’的校长了，在和父母商量之后，我去医院找了院长，向他提出了一个请求。那就是让宗像加代这个人从这个世界上彻底消失——即，给那个已经完全失去记忆的加代，灌输一个和自己真实经历完全不同的虚构的过去。宗像加代那个人已经彻底死了，作为另外一个人，让她重新踏上第二条人生之路。

“我们宗像家，也不希望就这样一直让加代待在精神病医院。可是，把已经完全失去记忆的加代重新接回宗像家，没有人会赞同。当然，反对最强烈的还是母亲。从自己的肚子中生出来的孩子是精神病，这个事实，她无论如何也接受不了，所以她坚决不承认加代是自己的女儿。”

“太过分了……”

“是的。确实很过分。于是，为加代着想，我想出了一个办法。与其让她一直被狂魔所束缚，沿着过去那种可怕的经历继续生存下去，不如赋予她一个完全不同的记忆，这样也许会让她今后的生活更加幸福吧。

“就这样，在医生的配合下，我们给加代赋予了山村丰子这样一个完全虚构的人物名字和过去经历。

“后来，宗像加代在医院内‘去世’。我们让医生给加代出具了死亡诊断书，然后把加代的灵牌供奉到寺院中。当然了，实际上她带着山村丰子的记忆，悄悄地出院了……

“出院之后的加代——不，是山村丰子，我把她安排到学生公寓做宿管员。我的这一做法也遭到了父母的强烈反对。他们担心这样做很危险，虽然对于加代的记忆，我们已经刻意让它深深地埋葬在了她内心最深处，可是，也许说不上什么时候那种记忆就会苏醒过来。确实有这样的危险，我也曾这样想过。

“可是，完全放手，让她一个人去面对完全陌生的世界，我无论如何也做不到。结果，在我向父母保证会把她置于我的眼皮底下之后，强行地按我的想法对加代做了这样的安排。从那时起到现在已经六年了。

“在这六年中，我根本没有发现山村丰子有任何危险的征兆，我也经常找她谈话，一方面是想确认她依然还是山村丰子，另一方面也祈祷她能够就这样一直以山村丰子的身份生活下去。当然，我也一直担心。特别是，她已进入更年期，我最担心的，就是当她闭经的时候……”

宗像千代猛地闭上了眼睛。

“我——”

布满深深的皱纹和黑黑眼圈的脸上，有泪水扑簌簌地滚落下来。“她太可怜了。”

“过去我们是普普通通的好姐妹。就是因为她的心理在发育过程中出现一点问题，而且又因为她是宗像这个特殊家庭的女儿才……作为姐姐，如果可以的话，我想就这样一直把她留在身边，一直看护着她。

“一年前，最讨厌她——对她最恐惧的母亲去世了。我和父亲商量之后，冴子！我们这才决定把你接回来。虽然为了宗像家的血脉不断绝——这是一个重要的原因，可是，冴子，至少你要相信这一点，把你带回你本来就应该生活的地方，把你作为宗像家的人养育成人，这也是我们能够做的一点点补偿。我和父亲都是这样的想法。把幼小的你送给别人家当养女——把你从宗像家驱赶出去，而且把你母亲的过去全部埋葬，对这一切的一点点补偿……

“把你接到公寓来住，我们当然知道，这要冒相当大的风险。因为，也许你从山村丰子身上会回想起已经忘记了的妈妈的面容，也许，山村丰子看到你，会重新拾回宗像加代的记忆。尽管如此，可是考虑到你们两人最后的见面是在十二年前，这期间，你已经完全长成一个大姑娘了，至少，从山村丰子这方面来说，她是不可能认出你的。最后我们做出了这样的判断。

“总之，我就是一心想把你和你妈妈，你们两人都放到我的身边——希望可以有机会弥补你们，我和父母犯下的‘罪’也可以得到谅解。可是没想到，最终却招来这样凄惨的结果……”

尾声

“啊，对了！”

走在长长的石阶路上，高取俊记突然停下脚步，转向冴子，“我差点忘了，和泉同学。”

“嗯？”

冴子茫然地忽闪着大眼睛，抬头望着高取俊记的脸。

“嗯——嗯——如果你不嫌弃的话，我有一样东西想送给你。”

“哎？什么东西？”

“哎呀。怎么有点像表白时的台词呢？”高取俊记不好意思地挠了挠头，“不，当然不是那个意思啦。实际上，是这个！”

高取俊记从胸前的口袋中掏出一件东西，看了起来。冴子也歪着头看了过去。

“嗯！请看！”

“这是——”

冴子从高取俊记的手中接过那张照片，一边端详一边轻声问。“这是——妈妈的？”

“是的。也许不应该重新勾起你痛苦的回忆。这是那一天——事件的最后一天，藤原刑警给我邮寄过来的。他在附言中说，这张照片也许对我有参考作用。”

“这是高中的班级集体照啊。”

“是的。下面印着名字。你妈妈在第二排的中间位置。”冴子在已经发黄了的黑白照片中寻找着妈妈的脸，“找到了吗？”

“是！”

十七岁的宗像加代，长长的头发分成三股，编成一条辫子垂在胸前，正瞪着大大的眼睛注视着冴子。

“那天晚上，当我坐在驶向公寓的出租车中，重新审视这张照片的时候，我的脑海中突然浮现出第一次去看你时见到的山村丰子的脸庞。不会有这样荒诞的事情吧，也许是我神经过敏吧。当时我突然这样想。”

“因此，那时——”冴子抬起眼睛，“当你看到我妈妈——杀人凶手的脸时，你脱口说道‘果然如此’？”

“是的。”

冴子再一次把视线移到照片上。高取俊记微微弯下腰，忧心忡忡地偷看着冴子。

“对不起，让你难过了吧。刑警说这张照片他不需要了，最好把它交给你，我也这么想。”

“谢谢！”冴子看了一眼高取俊记，然后又看起了照片，“我和妈妈长得真像啊。”

冴子忽然想起了守口委津子不知什么时候说过的话。

（……怪不得——昨天我一看到你的时候，就觉得，你的脸看起来好像和谁相像呢。）

现在回想起来，她所说的那个“谁”，也许就是指每天都要在公寓里和她们见面的山村丰子——宗像加代吧。

“这样战战兢兢、惶恐不安的眼神，好像在看着我的脸。”

“那是……”

“嗯——我明白。”

冴子把视线从照片上移开，微笑起来。

“妈妈是妈妈，我是我——不要紧。我——对这件事已经不再耿耿于怀，不再想不开了。怀疑自己、恐惧自己的时期，已经过去了！”

“啊，和泉！”

“我曾经对你说过吧，要去给妈妈扫墓，并向她告别。”

“当然记得啊。”

“所以，今天，我就是为这个来的。真正地向妈妈告别。而且也是和我自己的过去告别……谢谢你，高取先生，能够陪我一起来。”

九月二十八日，星期日。两人正在相里市内宗像家的菩提寺扫墓归来的路上。

“谢谢你，高取先生。”冴子又重复了一遍。然后把照片小心翼翼地放进包中。“今后你有什么打算？”

高取俊记一边慢慢地迈动着脚步，一边回答道：“啊，暂时还没有。”

冴子一边欣赏夕阳无限好的金秋景色，一边梳理随风飘舞的褐色长发。

“我打算，等姨母恢复健康后，再和她谈谈。如果可能的话，也想和外公好好地聊一聊。”

“你真的变了呢。”

在夕阳的余晖中，高取俊记眯起了眼睛。

“是吗？”

“变得坚强了。”

“如果真是那样的话——那么，这一切都是你的功劳。”冴子轻轻地依偎在高取俊记的身边，挽起他的胳膊，“所有的心结都解开了！我——现在。”

西边的天空和绵延的群山被夕阳镀上了一层美丽的余晖。日落西山。纵目遥望，那无边的风景，都闪耀着一层炫目、鲜艳的色彩——

（为什么？）

（为什么，红色。）

（红色。）

（红色……）

（为什么美丽的……）

（……血。）

少女的明眸，顾盼中闪烁着心旷神怡般的陶醉，粉红色的嘴唇浮起了淡淡的笑意。

文治
磨铁图书旗下子品牌

更好的阅读

出 品 人 沈浩波
特约监制 潘 良 于 北
产品经理 烨 伊
特约编辑 刘 烁
版权支持 冷 婷 郎彤童
装帧设计 沉清Evechan

关注我们

官方微博：@文治图书
官方豆瓣：文治图书
联系我们：wenzhibooks@xiron.net.cn

图书在版编目（CIP）数据

浙江省版权局
著作权合同登记章
图字:11-2020-471号

魔女的诅咒 /（日）绫辻行人著；刘荣伟译．—杭州：浙江人民出版社，2021.5（2021.8 重印）
ISBN 978-7-213-10019-2

Ⅰ．①魔… Ⅱ．①绫… ②刘… Ⅲ．①长篇小说－日本－现代 Ⅳ．① I313.45

中国版本图书馆 CIP 数据核字（2021）第 014748 号

魔女的诅咒

Monü de Zuzhou

（日）绫辻行人 著　刘荣伟 译

出版发行	浙江人民出版社（杭州市体育场路 347 号　邮编　310006）
责任编辑	祝含瑶
责任校对	杨　帆
封面设计	沉清 Evechan
电脑制版	雨　山
印　　刷	三河市冀华印务有限公司
开　　本	880 毫米 × 1230 毫米　1/32
印　　张	13
字　　数	245 千字
版　　次	2021 年 5 月第 1 版
印　　次	2021 年 8 月第 2 次印刷
书　　号	ISBN 978-7-213-10019-2
定　　价	49.80 元

如发现图书质量问题，可联系调换。质量投诉电话：010-82069336